不会在意

赵剑云 / 著

中国书籍出版社

图书在版编目（CIP）数据

不会在意 / 赵剑云著 . — 北京：中国书籍出版社，2014.3
（中国书籍文学馆·小说林）
ISBN 978-7-5068-3909-9

Ⅰ.①不… Ⅱ.①赵… Ⅲ.①小说集—中国—当代 Ⅳ.① I247

中国版本图书馆 CIP 数据核字（2013）第 304244 号

不会在意

赵剑云　著

图书策划	武　斌　崔付建
特约编辑	陈　武
责任编辑	杨铠瑞
责任印制	孙马飞　张智勇
出版发行	中国书籍出版社
地　　址	北京市丰台区三路居路 97 号（邮编：100073）
电　　话	(010) 52257143（总编室）(010) 52257153（发行部）
电子邮箱	chinabp@vip.sina.com
经　　销	全国新华书店
印　　刷	北京富达印务有限公司
开　　本	650 毫米 ×940 毫米　1/16
字　　数	190 千字
印　　张	14
版　　次	2014 年 6 月第 1 版　2014 年 6 月第 1 次印刷
书　　号	ISBN 978-7-5068-3909-9
定　　价	28.00 元

版权所有　翻印必究

序

李敬泽

"中国书籍文学馆",这听上去像一个场所,在我的想象中,这个场所向所有爱书、爱文学的人开放,不管是白天还是夜晚,人们都可以在这里无所顾忌地读书——"文革"时有一论断叫做"读书无用论",说的是,上学读书皆于人生无益,有那工夫不如做工种地闹革命,这当然是坑死人的谬论。但说到读文学书,我也是主张"读书无用"的,读一本小说、一本诗,肯定是无法经世致用,若先存了一个要有用的心思,那不如不读,免得耽误了自己工夫,还把人家好好的小说、诗给读歪了。怀无用之心,方能读出文学之真趣,文学并不应许任何可以落实的利益,它所能予人的,不过是此心的宽敞、丰富。

实则,"中国书籍文学馆"并非一个场所,它是一套中国当代文学、当代小说的大型丛书。按照规划,这套丛书将主要收录当代名家和一批不那么著名,但颇具实力的作家的长篇小说、中短篇小说集和散文集等。"中国书籍文学馆"收入这批名家和实力作家的作品,就好比一座厅堂架起四梁八柱，这套丛书因此有了规模气象。

现在要说的是"中国书籍文学馆"这批实力派作家，这些人我大多熟悉，有的还是多年朋友。从前他们是各不相干的人，现在，"中国书籍文学馆"把他们放在一起，看到这个名单我忽然觉得，放在一起是有道理的，而且这道理中也显出了编者的眼光和见识。

当代文学，特别是纯文学的传播生态，大抵集中在两端：一端是赫赫有名的名家，十几人而已；另一端则是"新锐"青年。评论界和媒体对这两端都有热情，很舍得言辞和篇幅。而两端之间就颇为寂寞，一批作家不青年了，离庞然大物也还有距离，他们写了很多年，还在继续写下去，处在最难将息的文学中年，他们未能充分地进入公众视野。

但此中确有高手。如果一个作家在青年时期未能引起注意，那么原因大抵有这么几条：

一、他确实没有才华。

二、他的才华需要较长时间凝聚成形，他真正重要的作品尚待写出。

三、他的才华还没有被充分领会。

四、他的运气不佳，或者，由于种种原因，他的写作生涯不够专注不够持续，以至于我们未能看见他、记住他。

也许还能列出几条，仅就这几条而言，除了第一条令人无话可说之外，其他三条都使我们有足够的理由对这些作家深怀期待。实际上，中国当代文学的丰富性、可能性和创造契机，相当程度上就沉着地蕴藏在这些作家的笔下。

这里的每一位作者都是值得关注、值得期待的。"中国书籍文学馆"

收录展示这样一批作家，正体现了这套丛书的特色——它可能真的构成一个场所，在这个场所中，我们不仅鉴赏当代文学中那些最为引人注目的成果，而且，我们还怀着发现的惊喜，去寻访当代文学中那相对安静的区域，那里或许是曲径幽处，或许是别有洞天，或许是，众里寻他千百度，蓦然回首，那人却在，灯火阑珊处……

目 录

不会在意
001 ◀

借你的耳朵用一用
014 ◀

除非鸽子不会飞
029 ◀

一次别离
043 ◀

相依之诗
068 ◀

目
录

好好说话
▶ 083

在宝岛的七天七夜
▶ 104

那些飞逝的过往
▶ 124

水镜子
▶ 145

可以。爱
▶ 181

不会在意

1

　　下班永远都比上班积极，任何人都是如此，沈小燕也不例外。下午六点的铃声一响，沈小燕伸了伸懒腰，迅速关掉了眼前的电脑，下班了，下班时间沈小燕向来准时。沈小燕到卫生间洗了洗手，在镜子里，她看到自己麻木不仁的表情，为了迎接这个美好的黄昏，沈小燕冲着镜子里的自己吐了吐舌头，她的脸才生动起来。出了卫生间，沈小燕拿着背包，逃命似的从公司跑了出来。

　　办公室那个鬼地方，沈小燕一刻也不愿多呆。沈小燕在公司属于最底层的员工，她的工作好听一点是文员，不好听就是打杂的，在整个公司，沈小燕的地位只比一个人高，就是公司的钟点工。沈小燕每天不光要打印数不清的文件，她还负责送文件，给同事端茶倒水。沈小燕在公司就像个排球场上的自由人，哪里需要去哪里。

　　更令沈小燕心里添堵的是，她那有几分姿色的小脸蛋，常常遭到公司老男人的性骚扰。那些不喜欢下班，不喜欢回家的四零五零后，一个个闲来无事就爱使唤沈小燕，还动不动抓一下沈小燕的手，拍一下沈小燕的屁股，或在沈小燕专注打印文件的时候，突然靠过来说些无聊的话。沈小燕心里恨得牙痒痒，可表面上还要假装不在乎，还得说句类似打情骂俏的话，"讨厌，少来了"，其实沈小燕心里喊着的是死不要脸的，甚至想飞起一脚，把他们一个个踹下楼。沈小燕目光不能表现出生气，她只能忍耐，不过她不会让自己的无名火无处发泄，她有专门的受气包，那个受气包不是个包包，是沈小燕的办公桌，应该是办公桌的一条腿。但凡沈小燕有不顺心的事，她都会狠狠地踹几下办公桌的右前腿。

　　上次，公司的王经理为一件很小的事，批评了沈小燕。那天沈小燕的心情本来不错，那天的天空万里无云，落了一夜的雨，空气清新，沈小燕哼着一首明快的歌儿，闻着湿漉漉的空气刚进公司，王经理就走过来，要昨天打印的文件。沈小燕的心情还停留在她的歌声里，她随手拿了文件就给王经理送去，没想到文件给拿错了。王经理发现文件拿错了，是午餐时间，她气冲冲地把沈小燕喊过去，沈小燕只看见她的嘴唇在快速蠕动，她假装没听见，可王经理的吼声，办公室外面的人都听到了，沈小燕的耳朵又没有塞棉花，她怎么能听不到呢，她不能假装没听见，太自欺欺人了，只能忍着。

　　王经理是个离了婚的中年女人。她的遭遇本应是大家同情的，听说她刚离婚的那阵子，整天喝醉，天天迟到，喝醉后也常常无家可归，她的前夫不光背叛了她，还夺走了她的孩子和房子，她本可以闹的，听说为了孩子，她什么都没要，离婚后的王经理变成了彻底的工作狂。沈小燕自从听说了王经理的故事，她就格外同情王经理，平时王经理吩咐的事，她都很努力的完成，可是没想到还是出错了。沈小燕被王经理批评了将近半个小时，沈小燕犯的错原本不该遭到如此的批评，无非就是把三号文件拿成了四号文件，可是王经理就是揪住不放，她从员工守则开始批评，她还说要向上级反应。沈小燕一直低着头忍耐着，直到王经理的吐沫星子飞光了，沈小燕才耷拉着脑袋走出来。当她再次坐到电脑前，发觉她的桌子上又多了几份要处理的文件，看来要加班了，沈小燕一下子就爆发了，她站起来，猛踹桌子腿，这次她踹了足足十五下，气消了一半，在她踹十六下的时候，王经理笑眯眯地走过来："小沈，你在干什么？"

沈小燕通红着脸回头发现，王经理把手里的一杯热气腾腾的咖啡递给她。

沈小燕喃喃自语："这个桌子腿总是不稳，似乎比其他几个腿矮半截。"

王经理听了也没凑过来看，倒是把咖啡小心翼翼地放到桌子上，说："小沈，刚才我的态度不好，你别往心里去！"

沈小燕很想说习惯了，话到嘴边又吞了回去。她早就知道王经理的伎俩，常常是先骂一通，把她的气撒完，然后就端一杯免费的咖啡过来安抚一下受气者，典型的打一巴掌给个糖。沈小燕看着她红红的嘴唇，有点不知所措，她知道，刚才她张牙舞爪地踢桌子腿的样子一定被王经理看见了。果然王经理后来再也没有批评过沈小燕。她可能觉得沈小燕不是病猫，也有老虎发威的一面。沈小燕觉得偶尔踢一下桌子腿还是很有成效的。沈小燕从来也没安抚过她的受气包，更奇怪的是，她踹了一年下来，那个桌腿依然是坚强地站立着，如果那个桌子腿是个人的话，一定会有杀人的想法，沈小燕想着想着哈哈笑起来，这年头，如果不自嘲，不乐观，真的会被气死，欺负死。

出来混是很不容易的，沈小燕已经混了三年了。这三年，沈小燕一直是忙忙碌碌的，她觉得自己快变成金钱的奴隶了。上大学的时候，沈小燕很喜欢读诗，那时候她喜欢读的诗都是爱情诗，曾经在一棵开满花朵的丁香树下，沈小燕和一个男孩通过诗来憧憬过他们的爱情。

我想和你在一起，

生活在某个小城镇，
在永恒的曙光里，伴着无尽铃声。
小镇的旅馆里——细微的，
是古钟的鸣响，就像时间的流逝。
傍晚时分从古雅的房间里，
偶尔传出竹笛声，
倚窗而立的，是吹笛的人；
窗台上，硕大的郁金香在盛开，
即使你不曾爱过我，我也不会在意。

那首诗，沈小燕永远地刻在了脑子里，可那个和她一起读诗的男孩如今却早已没了联系。沈小燕已经很久没有想起他了，她也很久没有读过诗了。

沈小燕现在倒时时刻刻想起乔南，乔南是她刚刚分手的男朋友。乔南这家伙自从分手后再也没来找过沈小燕，倒是沈小燕很多次有找他的念头。不过那也只是个念头，沈小燕是不会放下自己的骄傲的，她不相信乔南是那么绝情的人。他也在赌气吧？

2

沈小燕逃出大楼，逃出强辐射的电脑房，逃出含有大量有害气体的写字楼，她走到街上，长长地出了一口气，又站在一棵法国梧桐下深深地吸了一口气，大量的氧离子令沈小燕头脑瞬间清醒。

沈小燕公司所在的地段，是这个城市最为繁华的商业街，这条街上布满了大大小小的品牌店铺，沈小燕刚到公司的时候，中午休息时间她就拉着同事在这条街上闲逛，她逛遍了这条街的每一个角落，后来她和那些开店的大店主小店主们全都混得很熟。她把工资大部分都贡献给了这些店铺。

沈小燕慢慢往住处走,她喜欢步行,她喜欢缓慢地穿过这条繁华的街道,她喜欢和很多陌生人擦肩而过,那种感觉让她不再孤单。离单位不远,便是黄河,夏天的时候,她经常和乔南呆在黄河边,喝着三炮台,吹着凉风,饿了吃点烤肉,那真是惬意。只是乔南如今已不知去向。

沈小燕前所未有的孤单,刚刚和乔南分手,她还不太适应一个人的生活。过去沈小燕一下班,乔南就站在公司的大楼下等她,然后他们手牵手去附近的小店吃饭,他们总是说说笑笑,丝毫感觉不到时光流逝,更感觉不到孤单。分手后一个月,沈小燕感觉到孤单汹涌而来。沈小燕不喜欢马上回家,她喜欢在大街上,在人群中消磨时间。偶尔,遇见流浪歌手,她会站在一旁安静地听歌,离开的时候轻轻放点零钱。

沈小燕像往常一样,穿过人行道,上了天桥,天桥上人来人往,没有一张生动的表情。沈小燕突然觉得有些累。中午的工作餐本来吃的不太饱,工作餐永远就是工作餐,寡淡地在胃里停留不到下班,全部会被消化掉。

黄昏的光,总是让人恍恍惚惚提不起精神。沈小燕从天桥上走下来,她的脸色在黄昏中显得有些朦胧。

手机就是这个时候响了,打电话的是沈小燕的闺蜜林芊芊。

电话里的林芊芊显然在哭。

沈小燕,你快来陪我,你要不赶来,估计你就再也见不到我了,我不想活了。我真的想马上死,我好痛苦。

听语气不像是开玩笑。平时林芊芊打电话也会有夸张的时候,也会死啊活的恐吓沈小燕,沈小燕向来一语会识破她的诡计,因为电话里林芊芊的语气是高涨的。今天林芊芊的语气明显的低落,像是低到了尘埃里。

沈小燕有些担心。

林芊芊，出了什么事，你快告诉我啊！

我什么都不想说，我就是不想活了。林芊芊说完居然压掉了电话。

沈小燕看着手机愣了片刻，立刻狂奔起来，她在奔跑的时候，忘记了肚子咕咕咕的叫声，她肚子里现在不是充满饥饿，而是充满了疑惑。

她想尽快出现在林芊芊面前。

林芊芊不光是沈小燕的同窗，还是她的爱情顾问，更是她在这个城市里唯一的闺蜜。平时林芊芊也常常说话口无遮拦，一惊一乍的，可这次沈小燕觉得林芊芊是真遇到事了，但她一点儿也不担心林芊芊会去寻短见，林芊芊是那种超级爱自己的女孩。

林芊芊和沈小燕是大学同学，她们住同一个宿舍，用班上男生的话说，林芊芊美若天仙古灵精怪。林芊芊当时被全票当选为班花，差一点儿被选为系花，而沈小燕在男生眼里则是单纯的小家碧玉，她可爱率真。大学里林芊芊和沈小燕的关系铁得可以穿一条裙子，毕业后，两个人的工作又找到了同一个城市，不过林芊芊目前已经升到主管，而沈小燕还是个小小的职员。足见两个人的情商是有些差距的。好在她们的友情还和大学时代一样，这就够了。

3

沈小燕见到林芊芊的时候，她正坐在外滩小镇咖啡屋的一个角落里抽烟。沈小燕老远就看见了她的萎靡不振。就连那个角落也乌烟瘴气的厉害。林芊芊面前的桌子上除了摆着个烟灰缸外，就是一大堆被泪水浸湿的纸巾。

出什么事了？别吓我！沈小燕问。

林芊芊熄掉手里的烟，忽然就闪烁其词起来。

小燕，你先点菜，我们边吃边说。林芊芊故作镇定。

她一镇定，沈小燕越发地觉得不对劲，这可不是林芊芊的风格。

在今年春天之前，沈小燕和林芊芊是常常见面的，她们经常会窝到某个咖啡馆的角落里畅聊，常常从清晨到日暮，聊得不亦乐乎。偶尔她们还会在沈小燕租住的蜗居里，一边吃着爆米花，一边聊聊金钱的重要性，一边骂骂男人的不靠谱。如果沈小燕记得没错的话，她们已经很久没有这样窝在某处聊私房话了。不是沈小燕不想聊，是林芊芊恋爱了。沈小燕觉得自己恋爱的时候还是常常有空见林芊芊的，可林芊芊自从恋爱后，就变得异常神出鬼没，基本上没有时间再搭理沈小燕了。就连沈小燕和乔南分手那么大的事情，林芊芊都没有参与，沈小燕当时想让她出主意的，可林芊芊在电话里说，沈小燕，不喜欢了就分手，回头我再给你介绍新的白马王子，千万别难过，这个世界上两条腿的男人多得是。

沈小燕是因了林芊芊的这句话和乔南果断分手的，她分手的时候模仿林芊芊的语气说，乔南，这世界上的男人多得是，没有你我照样可以活下去的，而且活得阳光灿烂。

可是林芊芊在沈小燕分手后的三十天里，居然一个慰问电话都没有打来，这让沈小燕深深地开始怀疑林芊芊的重色轻友程度，绝对是五星级别的。

"芊芊，你说我够朋友还是你够朋友，任何时候你一声召唤我立刻出现，而你居然一个月都没和我打电话。你要知道，这个月我失恋了。"沈小燕一边看着林芊芊，一边抱怨着。她其实是为了转移林芊芊的注意力，她喜欢和林芊芊你一句我一句的来回斗嘴，她不喜欢看着林芊芊深沉的样子。

"小燕，我们现在同是天涯沦落人，我也失恋了！"

林芊芊说完失恋，表情突然憎恨起来。过去伪装的女人味儿，也荡然无存。沈小燕是压根都不会相信林芊芊失恋的，林芊芊怎么可能失恋呢？

就在沈小燕怀疑林芊芊失恋的真实度的时候，沈小燕的手机响了，是个陌生的号码。沈小燕向来不接陌生号码，一来沈小燕的圈子极其小，大家都知道她的号码，二来，沈小燕担心打电话的是个变态。去年冬天的某个深夜，沈小燕曾经接过一个陌生号码，对方一接通就喊她亲爱的，然后说了一大通追悔莫及的话，中间不待停顿，害得沈小燕不知如何是好。后来那人非要沈小燕原谅他，沈小燕说，好吧，我原谅你了。说完才挂了电话。从那以后，沈小燕从此不再接陌生的电话，尤其是在夜里她坚决不接。

沈小燕压掉电话，电话又响起。一旁沮丧的林芊芊，眼瞅着不能和沈小燕说心里话，她很果断地接起电话，这一接，林芊芊喊了声乔南。沈小燕才知道是乔南打来的。

分手一个月，乔南是第一次打电话，这令沈小燕有点不知所措。

林芊芊说，乔南，你这家伙太不靠谱，你知道自从分手后沈小燕的日子是怎么过的？

沈小燕一把夺过手机，刚喂了一声，只听见电话里乔南喊了句，小燕，你还好吗？

手机就没电了。

沈小燕看着手机发呆，她在怀疑自己，怀疑自己为什么再一次听见乔南的声音心潮如此澎湃。她原本以为自己早已将乔南忘记了。

乔南是个狼心狗肺的家伙，他比沈小燕想象的要绝情一百倍。乔南打电话会有什么事呢？沈小燕不由自主地想着。

这时菜上来了，林芊芊斟满一杯酒，举杯一饮而尽。沈小燕说，芊芊我来陪你喝。沈小燕也给自己倒了一杯，不过她喝了一口才发现，林芊芊倒的是二锅头，不是啤酒。

林芊芊喝到第三杯的时候，终于撑不住，放声哭了起来，哭声凄绝，眼泪横流。林芊芊一边哭一边给自己倒酒，她全然不顾周围人异样的眼光。

芊芊你到底怎么了，就算分手也不至于自毁形象吧。

林芊芊听了，忽然笑了，她举着酒杯说，小燕，我这次是输大发了，男人都不是什么好东西。真的，小燕，乔南那么好的小子在这世上是不多见的，你怎么就和他分了？

嗨，不说他，反正我觉得你说的有道理，男人真不是东西。

林芊芊听见沈小燕骂男人，忽然就笑了。

小燕你又不懂男人，你又没被男人骗。我这次是被骗到家了。

林芊芊说着放下酒杯，点了一支烟。沈小燕看见林芊芊的眼泪又流出来了。沈小燕握住了林芊芊的手，说，芊芊，我知道你这次是动了真情，但别伤自己，就当是一次挫折。

林芊芊把脸埋到沈小燕的手里，又哭了。

小燕，那个家伙消失了，彻底消失了。我找遍了所有地方就是找不到他，那么大一个活人说消失就消失了，你说他能去哪里呢？

林芊芊说的那个家伙是一个姓魏的男人，他原本是林芊芊的一个客户，而且是个大客户，林芊芊和魏第一次见面是在公司所在大楼的电梯里，正是早上上班时间，最后一个挤进电梯的林芊芊不小心踩了魏的脚，魏非但没有责怪反而说了句很幽默的话，不踩不相识。林芊芊立刻抬头看了一眼魏，眉宇清秀的魏冲林芊芊笑了笑。林芊芊突然就不好意思起来，脸也红了，心也嘭嘭嘭地乱跳。没想到一进公司，经理就让她和另外一个主管接待一个大客户，林芊芊走到接待室就看见了魏。魏符合林芊芊择偶的一切标准，魏帅气，多金，魏有自己的公司而且更令林芊芊欣喜若狂的是，魏居然对林芊芊一见倾心。但林芊芊是研究过恋爱宝典的人，她是一定不会让魏轻易得到的，她对魏展开了欲擒故纵的战术，果然，魏对她愈加疯狂。恋爱不到三个月，魏就送车给林芊芊，可是林芊芊却死活不收。林芊芊要的不是车子和房子，她要的是一个终身饭票和伴侣。

沈小燕从来没见过魏，但见过魏的相片，相片上的魏看起来没有林芊芊说的那么帅，除了个子高，一身的名牌外其他均很平常。根本就没有林芊芊的前任男友一半帅，林芊芊的前任男友是个研究生，遇见魏后，林芊芊找了个很荒唐的借口和他分手了，害得那个研究生差点儿自杀，后来听说研究生去英国读博士了。

林芊芊喝了满满的一杯二锅头后，她擦干眼泪说，本来魏对我一直很好，而且还答应今年国庆节回去拜见我父母，可是他两周前突然就消失了！

那他的公司呢？沈小燕问。

跑了和尚跑不了庙，这个道理三岁的小孩子都懂。

他的公司也不知道搬到哪里去了？林芊芊说着又哭了，这次她是小声哭，她一边哭，一边给自己倒酒。沈小燕没有劝她少喝点，她觉得林芊芊喝醉了发泄一下，也许这个坎就过去了。

小燕我现在算是想明白了，过去魏对我好，我觉得就是因为我死守着最后一道防线，春天的时候他第一次说要娶我，我一激动就让他突破了防线，没想到，他得到我后就消失了。林芊芊说着又喝了一杯。

沈小燕自始至终都没听明白，那个魏为什么消失。直到喝完一瓶二锅头，林芊芊彻底醉了，沈小燕扶着她下楼的时候，她才听见林芊芊喃喃地说，小燕，我没和你说实话，那个魏不是消失了，不对他是消失了，他是被她的老婆给带走了，他有老婆，他居然有老婆，而且他的公司还是他老丈人给赞助开的，你明白吗，小燕，我被魏欺骗了，我知道这是个老套的故事，可是连傻子都能识破的故事，我却成为了受害人，小燕我这次是惨到家了……

沈小燕拦了一辆出租车把林芊芊送回住处，一到住处，林芊芊倒在床上就睡了，沈小燕看见林芊芊眼角还挂着一滴泪珠，她本想擦，抬起手又放下了，也许这次恋爱失败能改变林芊芊的择偶标准。

4

沈小燕刚走出林芊芊家的楼道，意外地看到了乔南。

借着月光，沈小燕望见了乔南一脸的焦急，沈小燕走过去，轻描淡写地说，你怎么来了。

小燕，你总算来了，你去哪了，我给你电话，你的电话关机了，我又打林芊芊的手机，她的手机也是关机，你们到底在干什么？

沈小燕还是面无表情地看着乔南，其实她此刻的内心早就波澜壮阔了。

芊芊她刚刚分手，心里难过，我陪她喝酒去了。沈小燕说。

乔南又靠近沈小燕一点，他突然说，小燕，我们结婚吧。

沈小燕以为自己听错了。估计有第三个人在场也会觉得听错了，这个突然要和她结婚的男人，一个月前和她已经分手了。现在突然要结婚，沈小燕愣住了。

乔南和沈小燕是在一次聚会上认识的，他们是一见钟情。乔南比沈小燕大三岁，可丝毫看不出有什么成熟的地方。乔南家庭条件优越，大学毕业后到银行工作，如今已经是业务经理了。在沈小燕看来，乔南对她是真心的，可有一点沈小燕一直耿耿于怀，那就是乔南老想彻底拥有她，而沈小燕就是不满足他的这个愿望。在一年多和爱情有关的日子里，乔南拉过无数次沈小燕的小手，亲吻过无数次沈小燕的小嘴唇，可是，每次到关键时刻，沈小燕都喊停。这样乔南每次都像个战场上失败的战士，他屡败屡战，每次结局相同。后来乔南就开始怀疑沈小燕是否真的爱他。乔南觉得沈小燕不爱他，如果爱她就该给他。

终于有一天，乔南和她看完电影后，要去她的房间过夜，被沈小燕果断地拒绝了。

沈小燕说，乔南，我觉得你爱的只是我的身体，这样的爱，不要也罢。我们分手吧！

乔南也是从小被娇生惯养的，他也觉得很愤怒，他说，沈小燕你又传统又可笑，都什么年代了，何况，我没有说过不负责。

沈小燕说，乔南，你什么都别说了，你去找那些勇于献身的女人吧，我永远也不会。

乔南说，我一会儿就去找，你放心。

乔南把她丢在马路边，一个人开车走了。看着乔南头也不回，沈小燕当时就傻了，她是说气话，她是想延长纯纯的爱情，那样的爱情才能让人永生不忘，没想到乔南这次真的和她分手了，分手后居然一个月都没打电话来。沈小燕觉得他真是无情，她为此流了不少的泪。

但她没有给乔南打一个电话，而是分手后，果断地换了手机号码。

乔南我累了，我想回去休息，你也回去吧，我们都分手了，我不想再和你纠缠，我喜欢分手后永不联系的那种关系。沈小燕说这话的时候还故意打了个哈欠。

乔南一听急了，他一把抓住沈小燕的手说。小燕，我们明天就去见我父母，后天就去见你父母，周末我们就结婚。

沈小燕听乔南一口一个结婚，她抬手摸了摸乔南的额头。

乔南，你没发烧吧？我们都分手了！

小燕，我说的是真的，这一个月你知道我是怎么过的？我在出差，我没有一刻不想你，我每时每刻都在脑海里向你倾诉我对你的爱，虽然我没得到你的身体，我确信我爱上了你，小燕，我们结婚吧，我从来没有这么肯定过要和你永远在一起。

沈小燕看见乔南站在月光下，身材修长，宛如君子。突然她的心动了。那一刻，她才发现自己在很久以前，就深深地爱上了乔南，而且从未忘记，只是她不想承认，她一直在和自己赌气。

她说，我困了，要回去睡了，今天是很累的一天。

乔南说，我送你回去。

乔南打车送沈小燕回住处。在路上，沈小燕靠在乔南的肩头睡着了，乔南伸手轻轻把她揽在怀里。那个很轻微的举动，令沈小燕无声地哭了，她的心忽然幸福地疼痛起来。

乔南低喊着，小燕，我们再也不分开了。

沈小燕说，永远也不分开。

乔南说，小燕，你知道吗，和你分开的第二天，我就被领导派去出差。在路上，很多次，我都想给你打电话，尤其是当火车经过一片向日葵地的时候，那时候，向日葵开得那么好，阳光照射着金灿灿的田野，我的脑海里，突然出现了我牵着你的手，走在向日葵中，那一刻，我才意识到自己，我不能没有你，我就发誓，明年向日葵开花的时候，我一定要带你去那里，我要看到你在葵花中微笑的样子。

　　沈小燕说，乔南，也许分开的一个月的时光，是有道理的，至少，我知道，我每一天都在想着你。

　　这天晚上，沈小燕留下了乔南，同时结束了她的处女之身。沈小燕感觉到了疼痛，不过她想，疼痛是短暂的，就像快乐是短暂的一样，好在大多数的时间都是不疼痛也不快乐的，她现在不想爱情，不想粮食和蔬菜，她只想在乔南温柔的臂弯里好好的睡一觉，她甚至都不希望有梦来打扰她……

借你的耳朵用一用

鲁新奇从超市一出来,就撞见了一场西北风。此时正是这个城市西北风猖狂的季节,深秋时分,太阳没有了暖意,寒凉冰冷的风,四处飘零的落叶有点像孤魂野鬼,不知归途。华联超市的广播里不断重复着一些优惠商品的价格。鲁新奇提着满满的两个大包走出超市,广播的声音越来越远。

街上的人很少。这是条商业街,有高档服装店、品味咖啡馆、婚纱影楼、精品屋,一家连着一家,若是盛夏时节,这里的夜晚繁华如昼。而此刻,只有一片阑珊的灯火。

鲁新奇走出商业街,看到一家烟酒店,才想起,自己忘记买烟了。烟酒店的老板叼着个小烟斗正在打游戏,鲁新奇走进去说了声:"老板,给我拿条红塔山。"

老板半天才从电脑前挪过来。他极不情愿从游戏中回到现实。鲁新奇给钱拿烟,正要推门出去。

一个衣衫褴褛的乞丐老妇人推门进来。

"老板,可怜可怜我吧……"

老板立刻冲到前台,连推带搡地把老妇人挡到门外,嘴里骂骂咧咧地嚷着:"我可怜你,谁可怜我啊,说不定你比我还有钱……"

鲁新奇跟着出来了。他看手上有几块零钱,就顺手给了老妇人。

老妇人不停地道谢。

鲁新奇没有再理会。他不觉得给几块零钱有多大的快乐和宽慰,他只是觉得那老妇人不容易。这么大年纪了,还出来乞讨。

天色越发暗淡,玻璃橱窗亮起了各色的灯饰。鲁新奇缩了缩脖子,如果不是手里提着大包小包,他真想抽一支烟,他没有烟瘾,但长时间不说话,他会觉得嘴巴有些寂寞。

新婚的时候,他嘴巴总是闲不住,总想亲吻颖的小嘴唇,慢慢的,他的嘴巴就闲下了,结婚八年了,哪有天天如胶似漆的,那样的甜蜜的光景只是几个月。不管男女,都喜新厌旧,都会厌倦。就像你再喜欢吃红烧狮子头,如果天天吃,吃不了一个月就会腻了。如今颖去了法国,要在那里呆一年,他过着单身汉的生活。他和颖常打越洋电话,偶尔会视频一下。

一年365天,掐着指头数数也不长。

朋友们都希望鲁新奇趁着老婆不在潇洒一下,鲁新奇有点自嘲地说,颖在的时候,他有贼心没贼胆,颖出国后,贼却忽然没了。鲁新奇才35岁,当他说"贼没了"的瞬间,他想,"贼"代表着年轻吧,也许他开始老了,他开始怕麻烦了。

颖对他好像格外的放心,从不突然打电话,突然查岗。鲁新奇也一样。他们的婚姻进入了相安无事的阶段。

鲁新奇走到住处的时候,天完全黑了。

小区保安很热心地招呼他:"鲁老师回来了……"

鲁新奇提高嗓门应了一声。

如果没记错的话。他今天只说了三句话,在超市交钱的时候,收银员问他有没有八毛的零钱,他翻开钱包找了半天,说了句没有。还有买烟的时候说了一句，现在是第三句话。

进了楼道，鲁新奇跺了跺脚上的灰尘，进了电梯，鲁新奇放下包，轻轻地按了下10楼，电梯里就他一个，直到家门口，也没遇见一个人，邻居们都在吃饭看电视了。鲁新奇摸了半天才找到钥匙，好不容易打开门，这个锁子和钥匙总是有些拧着，每次开门都不是很顺，换锁太麻烦，还是凑合着用吧。基本上每天只开一次门。他通常早上七点半出门，晚上七点回来。他现在喜欢呆在有人的地方，比如办公室，比如商场。他下午两点多去的超市，天黑了才回来。他现在喜欢热闹，喜欢喧哗，哪怕他只是个旁观者。

鲁新奇打开灯，放下重重的两个包，如释重负地出了口气。坐下来换鞋。穿好拖鞋，他一抬头就看到了妻子颖的照片。

那相片是颖走的时候放的，鲁新奇很少看。但也没有拿开。相片上的颖看起来很幸福的样子。那还是她婚前的相片，她抱着一只棕色的小熊，坐在草坪上傻笑。那时候她刚研究生毕业，正在和鲁新奇热恋。他们常常骑着单车在校园里转啊转，有时候靠着硕大的梧桐树说笑、打闹、亲吻，颖的小拳头砸过来，他总是嘿嘿地笑着说打一拳吻一下，颖总会嘟着嘴巴说讨厌，他总是忍不住凑过去咬她的嘴。

如果这个世上有爱情，那么他和颖算是爱情吧。

今天是周末，颖也没有打电话来。她在实验室？还是在上课？鲁新奇一算，她才走了三个月，像是走了好几年的样子。

鲁新奇想喝口水，拿了杯子，里面空空如也。他放下水杯，去厨房烧水。一个人的生活，厨房也格外清净，水在烧，鲁新奇一直站在火边，他等着水开，他常常忘关煤气，关门，关电视。颖每次电话里都会提醒他，记得关好门窗，记得关煤气，记得刷碗，对他倒不是特别上心。

偶尔颖会说："新奇，很寂寞吧，如果很孤独就去找朋友吧！"

有时候颖会调皮地说："新奇，回去我们就怀宝宝吧！"颖这么一说，鲁新奇就会很想念颖，夜里就想搂着她睡觉。

颖在的时候，他们经常吵架，头几年是为了你爱不爱我，我爱不爱你吵，接着又因为吃饭口味不同，总之鸡毛蒜皮的小事都可以吵起来，那时候鲁新奇常常恨不得用书堵住颖的嘴，现在他却很想念她的唠叨。

水开了，鲁新奇泡了杯铁观音，又热了一下中午吃剩的米饭和菜，开了一瓶啤酒，这就算晚餐了。

家里很安静也很整洁。

这个三房两厅的130多平方米的房子，鲁新奇真正活动的空间很小。两个卧室他几乎不去，除非拿换洗的衣物，他才进去。他现在住书房的小床，书房里也没有传说中乱七八糟，相对而言有些杂，但很有秩序。

鲁新奇喝完啤酒，收拾好餐桌，点了一支烟，烟盒里只剩下三支烟了，还好刚才又买了，不然半夜醒来真不知干什么。鲁新奇站在厨房抽烟，他开着窗户，过去因为烟味的事，颖没少和他唠叨，后来颖说，以后你要抽烟就去厨房，开着窗户关上门，那样我就闻不到。他同意了，每次就去厨房抽烟，烟味散不尽，可以用抽油烟机抽抽。

外面风大，烟味散得快。窗外霓虹灯闪烁不停，鲁新奇看着各色灯光，大家都在吃晚饭吧，他想着，忽然觉得心里有点空，也不是难过，现在没有什么可难过的。

出了厨房，他这才听见手机响了。

周末全天，这是唯一的一个电话，往日周末，一些朋友同事都会打进一些电话，有时候母亲也会打电话。母亲的电话总是有些唠叨，她每次都会把话题引到孩子的问题上。

"不生孩子出什么国？"母亲一直不赞同颖出国做什么访问学者，在她看来，没有什么比生孩子更重要的事，她常挂在嘴边的一句话是趁我腿脚还方便，老骨头还有些力气，你们赶紧生，生下来，你们爱怎么忙就怎么忙，我来带孩子。

每次一聊到这个话题，鲁新奇会默不作声。他理解母亲，也理解颖，她们有不同的立场，而他不能偏向任何一个立场。母亲的话有道理，而颖去进修对她的事业有帮助。鲁新奇每次会安慰母亲："妈，面包会有的，孩子也会有的。"

老太太每次都很无奈地挂了电话。

母亲在郊区，鲁新奇基本上一个月去一次。每次去住上两三天再回来。每次去，母亲都恨不得把所有的好吃的填进他的胃里，在母亲看来只有120斤的儿子太瘦了。为了哄老人开心，鲁新奇总是大口地吃，有时候都吃撑。

给大学生上课相对是比较轻松的，就是科研压力比较大。鲁新奇很喜欢自己的工作。

电话还在响，鲁新奇在大衣口袋里找到了手机。

是个陌生的号码。

他有些犹豫要不要接。他现在怕麻烦，这可能是逐渐老去的症状，他甚至有些想被世间遗忘，也许一个人生活久了，会生出这样的想法，不想社交，不想找朋友倾诉，不想和不相干的人有些细微的牵连。他不知道自己在抗拒什么。常常在三尺讲台上，他面对着一张张年轻的面孔，他会陷入深思，他不知道他到底能为他们做点什么，但是，听他课的学生从来没有少过，大家都希望听真话。他从来不对学生说些不切实际的话，这大概就是学生喜欢他的原因。

电话还在响。铃声有些顽强。

鲁新奇轻轻地按下接听键。

"喂，是……鲁先生吗？"

显然是个女的，她声音婉转，略带醉态。

"是的，你是？"

"我想……你可能不记得我……了，不过不要……紧，我刚在手机里……发现一个陌生的名字，就打……过来了……"女子说话结结巴巴的，估计她可能喝了不少酒。

"是，有什么事吗？"鲁新奇的声音略显紧张和不友好。

"等一下……，我……去喝……口水！"女子忽然放下电话，过了半天才回来。

"喂，你还在吗？我刚刚喝了一杯解酒茶，又去了卫生间，不好意思……"女子的口齿清晰了许多。

"嗯，还在，请问你找我有事吗？"鲁新奇警惕地问。

"你别紧张，也别一副拒人于千里之外的感觉，第一我不问你借钱的，知道吗，有一次我爸突然晕倒，医院要紧急做手术，可是我卡上的钱不够，我就挨着个地给我的朋友一个一个打电话凑钱，当时还差8000块，我借了整整一上午，总算凑够了。但那8000块钱不是很多人借给我的，而是一个人，有人说，当你在借钱的时候，你才会发现你的朋友是那样得少。哎别说朋友不借钱了，就算是亲兄弟也不见得会把钱借给你，后来我常常给我周围的人说，如果你想考验你的友情是否真实，那就去问他借钱吧，对了，我都不知道自己说哪里了，恩，想起来了，你的声音很像我当初要借钱的那些朋友的声音，他们一听说我要借钱，都变得吞吞吐吐，就像嘴巴里含了两个话梅糖，他们天天和我混在一起，一听说我爸爸紧急动手术，都变得有事了，一个个借口满天飞，我当时那叫一个绝望，后来总算有一个人将我解救于水火之中，那个人后来成了我的男朋友。说实话，要不是他在危难之中借我钱，我爸可能早就不在人世了……"

鲁新奇被这些不着边际的话打动了。

这女的是谁，他什么时候和她认识的，什么时候留的电话，不过，他知道，他不需要问这些。她此刻就是想借助他的耳朵倾诉一下，没有别的。

"你喝酒了吗？"鲁新奇问。

"嗯！"电话那头忽然沉默了一下，轻轻咳了一声。

"我喝酒了，我一个人刚刚喝了一瓶半斤的二锅头，才发现我还有点酒量。本来我是想喝完酒倒头就睡的，可没想到喝完后，一点都不想睡，说真的我现在只想睡觉，睡觉，然后等醒来的时候，一切都是美好的，没有我想的那么糟……"

"你遇到什么事了？"鲁新奇问，他本来想打开电脑看一下颖有没有留言，有时候颖不打电话，她会发邮件或者在MSN上留言。现在接了这个电话，他估计一时半会儿挂不了了。

"我很想去人多的地方喝酒，比如酒吧里，可说真的，我怕我醉酒后很邋遢，听说女人醉酒后会哭闹，谩骂，甚至在地上打滚什么的，我觉得那样不好。那不是什么淑女形象。有一天晚上，我打车回家，出租车师傅和我闲侃，他说：'你们女的千万别在外面喝醉，他说他拉过几个喝醉的女人，她们喝醉了真是惨不忍睹，哭闹呕吐都是小事，有的衣衫不整，有的小便失禁，如果身边没个人，那很危险。'我当时听了就想，无论发生什么，我都不在外面喝醉。人喝醉了怎么都那德性呢。现在才觉得，也许是心里苦吧。喂，鲁先生你在听吗？"

"嗯，我在听，放心，今晚我的耳朵借给你用！"鲁新奇说着在裤兜里摸出烟盒，他的眼睛在找打火机。

电话里的女子笑了两声，又哭了："你真是好人，知道吗，我已经很久都没有笑了。我再不说说心里话，我可能就疯了。没有人理解我，他们都觉得我是庸人自扰。"

女子忽然不说话了，鲁新奇听到她深吸了口气，她又伤心了。

客厅里只开着一盏灯，其他地方都是昏暗的。鲁新奇和女子同时陷入了沉默。鲁新奇在大衣兜里摸到打火机，把手里的烟点着，轻轻吸了一口，他感觉到了女子的悲伤，他的心也有些低落。这个世界变化很快，人人都比过去更加喜新厌旧，那些喜欢怀旧和追寻永恒的人注定会败下阵来。毫无疑问，电话那头的女人，肯定是有很多的梦想被现实击碎了。

"你……吃饭了吗？"女人慢慢吐出一句话，鲁新奇听见她清了清嗓子，她的声音变得清晰起来。

"我吃过了，还喝了一小罐啤酒。"鲁新奇说着又吸了一口烟，周围都是淡淡的烟味。鲁新奇索性靠在沙发上，很舒服地抱起一个靠垫。这个靠垫是很多碎花布拼凑而成的，很田园的风格，颖在家时最喜欢抱着它看电视。

"今晚我就想变成一个酒鬼，我不光喝了二锅头，还喝了杯红酒，对了，还有一瓶梅子酒，那味道酸甜酸甜的，就像初恋的心情。我头有些晕，我坐在地上，看着头顶的吊灯，我觉得自己好孤单，觉得自己好像被世界抛弃了一样，于是我就开始翻手机。你可能不知道，我的朋友很少，平常我不善于交际，见了陌生人都会脸红，不管男的女的，都会脸红，所以我手机的电话基本上都是亲朋好友的电话，同事的电话也有几个，一般公司有事才联系的，其他时间基本都是老死不相往来的那种。就像我们家的邻居老奶奶，上次我家里的水管坏了，我去她家想要一盆水，结果，我好不容易鼓足勇气敲开门，你知道她说了什么，她说她们家的水管也坏了，可能吗，从此以后，我们就再也没说过话。现在的人都怎么了，一个个的像防贼似的。你可别说我小心眼，是老奶奶自己不愿意和我说话的。接着我刚才的话题说，我翻了一遍手机号码，只发现你是我想不起来的人，但是我怎么会有你的电话呢，我真的不记得了。所以我想给你打电话，我想你肯定也不记得我是谁，所以我们两个通电话，肯定是有趣的事情。"电话那头的女子傻傻地笑了。

"的确很有趣，我也不轻易给人留电话的。"鲁新奇将烟从嘴边拿开，他也笑了。

生活中常会有意想不到的事情发生，很有意思。

"你知道吗，我好久都没笑了。你说谁不喜欢笑，不喜欢整天笑，可是当你觉得未来一片迷茫的时候，笑肯定是很困难的。过去每个月我就烦那么两三天，就是大姨妈来的那几天，现在我好像被大姨妈包围了。我的大姨妈不走了。"女子的笑声在持续，很无奈的笑声。

鲁新奇知道她说的"大姨妈"，他心想，男人其实每个月也有郁闷的几天。人的心情和月亮一样，都会有阴晴圆缺的时候。

鲁新奇把烟拿到嘴边，吞云吐雾了几口。香烟是个好东西，他考研的时候，找工作的时候，几乎都是靠香烟支撑着过来的。这支烟抽完了，他轻轻弹掉了寂寞的烟灰，把烟头也熄灭了。

鲁新奇咳嗽了一声，听电话那头的女子继续说。

"我每天都很忙，可到晚上仔细一想，好像也没忙啥，我男朋友问我一天到底忙啥呢，整天不着家。我懒得理他，我现在很烦他。我们本来计划五月结婚的，都被我找借口推后了。我们同居两年了，他妈早就把我当儿媳妇了，一来就对我指手画脚的。什么厨房没打扫干净了，屋里太乱了，穿的衣服领子太低了，说实话我烦她，但不讨厌她，她是个好人，就是太挑剔。有时候，去她家吃饭，她会给我夹菜，劝我多吃点，我害怕结婚也不是担心未来的婆婆。但我说不上我担心什么。只是觉得自己一事无成。别的女孩结婚的时候不知是什么感觉，反正我没幸福感。我现在有点后悔和男朋友同居，如果不同居，就看不到他那么多缺点，也许会有步入婚姻殿堂的幸福感吧。说真的，我很害怕，很彷徨，每天夜里睡不好，我记得我以前挺没心没肺的，基本倒头就睡，累了还能打个小呼噜，现在我整晚整晚都睡不着。"

"你因为怕结婚而睡不着？"鲁新奇问。

"也许吧，我越是睡不着，心里越是觉得烦。想和他结婚有什么好，现在双方父母都在准备婚礼，他说要带我去买钻戒，我说我很忙，你随便买一个吧。他居然为此和我三天不说话，他说我根本不把结婚当回事。结婚对于女人来说，是天大的事吧，你说我能不当回事吗？我马上28了，明年我就29，我们这里不说29，直接说30岁，那我明年都30了，从大学毕业到现在，这些年我都干了些什么呢，好像就是上班回家，吃饭睡觉。和男朋友刚谈恋爱的日子，我还觉得挺幸福的，现在谈婚论嫁了，我忽然觉得自己有些亏。知道吗，我就谈了他一个，有一次他喝了点酒，我就问他和几个女孩发生过那种事，他居然掰着指头数了半天，说有三个，我是他的第四个。我真有点不敢相信，他看起来人模狗样，挺实在的一个人。可是我总不能跟他的过去怄气吧。我只能忍了。我们的新房装修好了，他说要给我买辆车，其实这些我都不在乎。我就希望他对我好一点，对家庭负点责。他满口答应。可我知道，他其实不能保证什么，谁知道未来会是什么样。"

"没有人知道明天会发生什么，但承诺和誓言我们还是要相信的。"鲁新奇说着。

海誓山盟是爱情里最美好的部分，鲁新奇是相信的。他对颖，对曾经的初恋都曾掏心掏肺地爱过的。鲁新奇又摸出一支烟，烟盒彻底空了，他把烟衔在嘴边，站起身来，看了看窗外，窗外的灯火零零星星的，很多人都该睡了吧。

电话那边的女子听起来倾诉欲还很强。她在纠结什么呢？

"我现在不是小女孩了，我知道自己想要什么样的生活，可是我的工作生活都很不如意。尤其工作，我不会溜须拍马，这年头小人得志，在公司，我始终处在最底层的位置，听起来是个助理，其实就是个打杂的。工资也没多少，倒是天天受气，领导说我工作态度有问题，我只能低声下气，我每天按时上下班，让我做什么就做什么，他凭什么说我的工作态度不好啊！"

"我想你得调整一下心态。大家工作都一样的，只是心态不同，所以感受就不同！"鲁新奇若有所思地说。

"也许我有点理想主义，我一直觉得今年没有去年好，越长大烦恼越多，现在好歹还有自由，一想到结婚后生活变成老公、孩子和厨房，还有做不完的家务，天天为些鸡毛蒜皮的小事吵架，我的头就大了。"女子苦笑着说。

"你爱他吗？"鲁新奇问。他忽然觉得自己已经好久没有提到过爱字了。他也好久没有对颖说过爱了。颖出国的前天晚上，颖轻轻地吻着他，摸着他的脸说，老公，你爱我吗？鲁新奇有点疲倦，闭着眼睛点点头，那晚颖和他一直缠绵，说要让他饱一年。再相爱的人结婚后也会有彼此厌倦的时刻吧。

鲁新奇端起杯子，喝了一口水，他离开沙发，关了客厅的灯，走到书房，看了看表，都十一点了，平时这会儿，他都准备睡了。

他躺在单人床上。

女人的声音也有些倦意，语速明显慢下来。

"你也觉得我不爱他？可是我想对你说，我爱他，我从没有这么爱过一个人，可是他现在觉得我不爱他，他说相爱的人就像梁山伯祝英台，死了也要化蝶在一起，他说他怀疑我对他的爱，他觉得我不愿意嫁给他。我说我害怕，他居然说，你又不是少女，你怕啥，他说完这个我抽了他一耳光，我就开始哭。我说你不知道我怎么变成女人的吗，他一下子就慌了。我所有的第一次都给了他。他居然还觉得我不爱他，他妈每次一见我就问，啥时候去领证，他们就光知道领证领证，我都快被逼得喘不过气来了。我妈也说，赶紧在年前把婚事办了，我妈说，女孩子条件再好，也耗不起。我说，大不了一个人过一辈子，我刚一说完，就被她从头到脚批了一顿。"

鲁新奇忍不住问："你为什么怕结婚？"

"你听出了我的害怕？"

"恩，我感觉你在逃避什么？"鲁新奇认真地想了想说。他感觉有些累，虽然躺着，但一只手要拿着手机，保持姿势不动，时间久了自然会酸，鲁新奇把脚垂到床边，来回动了动，手机也换了个耳朵听。不过他还是想听女子说话，哪怕她的话很无聊，漫漫长夜有个声音在耳边总是好的，何况她说的都是心事。

"被你说着了，有一件事，我只和我奶奶说过！"女子严肃起来。

鲁新奇也坐了起来。

"如果你觉得我是个可信的人,那说说吧。"

女子喘了口气,感到她似乎哭了。

"我很小的时候就发现我爸有一个相好的,我父母是包办婚姻,他们的感情看起来很好,只是我妈的工作比我爸的要忙些,她常常出差,我妈几乎半个月就出差一次,每次她一出差,我爸就把我送到奶奶家。有一次,我到奶奶家了,才发现作业本忘了没拿,就匆匆回家拿,我打开门,就看见爸爸在,家里还来了个阿姨,我就说忘记拿作业本了,感觉我爸有点慌,他急忙把作业本给我,又送我到奶奶家。记得那个阿姨也有些不自然,她给了我一个棒棒糖。后来有一次我妈出差,因为下雨,我没去奶奶家,夜里我上卫生间,听见卧室里有说话的声音,而且是那个阿姨的声音,他们说话的声音很低。我当时想她可能是来串门的吧。第二天,我去了奶奶家,把事情和奶奶说了,当时我奶奶正在织毛衣,她急忙放下手里的活,把我揽到怀里。她说,孩子,千万不要把这事情告诉你妈,不然你就闯大祸了,你可能连家都没有了。当时我大概明白了爸爸和那女人的关系,所以这件事到现在我没有对任何人说起。我奶奶去世的时候,我站在她身边,她紧紧地握着我的手,那目光还是生怕我说出去。我哭着说,放心吧奶奶。奶奶去世以后,我就上大学了。也回家少了,我不知道我父母的真实婚姻,我记得我妈每次出差回来,我爸都在厨房做饭,晚上睡前给我妈端洗脚水,他们看起来很恩爱,或许那都是表面的。直到前两年我爸突发脑溢血,生命危险,我守在医院里照顾他。一天下午,一个阿姨来看他,她喊了一声我爸,我一眼就看出她就是那个阿姨,原来这么多年他们一直都没有断过。我就找了个借口出来了,说实话,我受不了他们的眼神,这么多年了,快20年了,他们居然还有那样的眼神。我爸说,差一点就见不着了。那阿姨的眼泪就流了出来。我爸是个老实的男人,他不光心眼好,还特别热心,周围的邻居有什么苦衷,都喜欢找他倾诉。可就这么一个好男人,居然一直心里爱着另外一个女人。这么多年他们的爱都没断,所以我害怕婚姻。不太相信我男朋友。"

鲁新奇听了有点震撼，他说："你爸是个好男人，无论对你，对你母亲还是对他的爱情。"

电话里的女子沉默了。

"可是我自打知道他的秘密后，我就知道了婚姻中的谎言，我最受不了男朋友给我撒谎，他明明去酒吧喝酒，可是他就说在加班，这样的事我发现了好几次，每次我都会大发雷霆，我会崩溃，为什么不能说实话呢？朋友对我撒谎我也受不了，只要我发现她们对我撒谎了，我马上会当场指出，然后老死不相往来。"

鲁新奇换了个躺着的姿势，夜已深了，小床边的落地台灯发出幽暗的亮光。这种光给人一种温暖的感觉。

鲁新奇心想，若不是她从小发觉父亲的秘密，她也不会害怕结婚的。他决定开导开导她："这个世上没有一个人敢说，'我这辈子没有说过一句谎话'，如果有人对你说这句话，你信吗。你自己难道真的没有说过谎吗？"

女子说："我想我肯定说过谎，从小到大，不管学业工作还是对好朋友。"

鲁新奇说："你现在也许理解不了你的父亲，但慢慢你会理解他，我们一生中有太多的秘密和难言之隐，但生活还要继续，所以，有时候谎言并不是欺骗，而是为了让对方幸福，比如你爸，比如此刻我的妻子突然打来电话。她会问你在和谁通话，通话那么久，我肯定会说，和一个多年不见的同学，我不可能说，我和一个陌生的女子。如果我实话实说，那么她远在国外肯定会胡思乱想的。所以，我觉得你父亲的秘密让你不再信任任何一个人了。你马上要结婚了，你也该知道爱情在人的一生中的美好，所以，你该打开这个心结了，其实你可以和你父亲谈谈，我想他肯定会告诉你关于他的爱情故事的。你该原谅你的父亲，他其实是保全了家庭，他是个负责任的男人。

电话那边是长久的沉默，鲁新奇知道，打开心结也是需要时间的。

女子幽幽地说道："这个秘密在我心里20年了，现在说出来，忽然觉得没什么，我该为父亲的爱情感动吧。过两天我要和男朋友去领结婚证了。我想至少我们是相爱的，比我父母幸福多了。他们是包办婚姻，婚前才见过几次。"

鲁新奇清了清嗓子说："你说了这么多，归根结底，你是对未来不可预知的生活有些迷茫，知道吗，你现在的所有担心、设想都是不存在的，没有人能预知未来，未来其实在你的心里，你想要她变成什么样，她就会变成什么样。你明白吗？"

"我想我懂了，知道吗，我这次下定决心结婚，其实是个意外，说来也是个笑话了。"女子的口气轻松了不少。

"笑话？"鲁新奇有点不相信自己的耳朵。

"是，我以为我怀孕了，我以为我的肚子里有了小生命。当时，我大姨妈推迟，吃饭恶心，嗜睡，连我男朋友都觉得是真的，他忽然对我关怀备至，充满柔情。为了对孩子负责，我就对他说，我们结婚吧！当时他的表情相当兴奋，他紧紧地握着我的手说，你终于要成为我的老婆了！过去他老求婚，我老拒绝，所以这次我主动说出来，他非常激动。他把我们要结婚的消息，第一时间通知了他的家人。他幸亏没说我怀孕了。现在酒店订了，婚纱照也拍了，前天我的肚子忽然开始疼起来，我熟悉那种疼，是要来例假了，果然。我只能对我男朋友说，我来例假了，没想到他居然说，放心吧，结婚后你会很快怀孕的。他挂了电话，我独自一人去了公园，在人工湖边，我忽然觉得自己心静如水，那天的云朵很美，天空湛蓝，我不知道我的生活会怎样，但我无法回头，因为我真的要结婚了，这次是真的，我不能再反悔了，那天我在一个无人的角落哭了一场，回来的路上，我就想把自己灌醉，我怕我又胡思乱想。"

女子说完长长地出了口气。

鲁新奇觉得她的生活还是很美好的。

他笑着说:"我想我不必再开导你什么了,谢谢对我的信任,今天是个美好的夜晚,我祝福你,希望你的未来和你梦想的一样美丽!"

"谢谢,我现在轻松了很多,尽管我对你一无所知,但是,我想能听完我这么多废话的人,一定是个极善极好的人,我想我会幸福的,谢谢你啦,呵呵……"女孩郑重地说完,又轻轻地笑了,她的笑声很动听,好像一个天真烂漫的少女得到一个小礼物后的满足。

鲁新奇也笑了。

挂了电话,鲁新奇才感觉到手机的灼热,还没有这么长时间的打过电话呢。

钟表指向凌晨两点,周围很安静。夜空深沉,淡淡的月光透过窗棂照进书房,鲁新奇脱了衣服,他听到衣服脱离身体的窸窣声,鲁新奇忽然想,如果此刻颖轻轻地在他耳边说一句:"新奇,我很想你!"那一定很美吧。

鲁新奇闭上眼睛,他想明天一早他要给颖打个电话,他想着想着就睡着了。

除非鸽子不会飞

"快忙完了吗？"戴容儿一边摘着菜一边问小青。

"快了，刚才只顾着和你说话，把账没记，我得赶紧记，不然一会儿就忘了。"小青翻着账本，很认真地记下了刚才卖出的一包盐两包饼干和一瓶醋。

小青低头记账，戴容儿抬头看她。小青一手拖着腮，嘴巴里咬着笔，应该是在想刚才卖出的东西有没有遗漏。小青的右边嘴角有个浅浅的酒窝，笑的时候会变深，不笑的时候若隐若现，戴容儿想，小青长大肯定是个美人儿。戴容儿听人说，她妈妈右边嘴角也有个酒窝。那小青一定是遗传了妈妈的样子，其实也不完全是，小青一头自来卷肯定是遗传爸爸的。

戴容儿看着那浅浅的酒窝她的神情恍惚起来。

小青是戴容儿的亲妹妹，小青却不知道，小青如今喊着属于她自己的爸爸妈妈。小青只知道戴容儿是突然出现的一个朋友，好像是上天派来陪她解闷听她说知心话的好朋友。

小青的字写得不好看，但却很工整。小青自言自语地念叨着："戴容儿,你说,刚才除了卖掉盐两包饼干和一瓶醋还有别的吗?"

"哦,我想想,好像还卖了一根火腿肠,你忘了,是个穿开裆裤的小男孩买的。"

"你看我都差点忘记了。我总是这么粗心,要是我有你那么心细就好了。"小青急忙把火腿肠的账记上。

"小青,如果你把账记错了,你妈会打你吗?"戴容儿问。

戴容儿对小青的生活一清二楚。小青的养母是榆树镇有名的母夜叉,她几乎见不得小青的手闲着。戴容儿每次来小青都是手忙脚乱的。小青不是在看铺子就是在做饭、洗衣服。在养母的调教下,小青快速地长成了一个小大人。

小青不知道她不是她妈妈生的,小青什么也不知道。出生没多久的事,她怎么可能记得。小青只知道她妈妈的脾气不好,经常打她。小青还知道她妈不光对她没好脸色,她和整个榆树镇的人也有仇。好在小青的养父把小青当命根子。

"当然打了,上次卖掉了十瓶啤酒,我记成了八瓶,也怪我贪玩记错了,我妈就拿了扫把满院子追着打我。幸好我爸回来了,不然我就惨了。不过我妈打我其实不疼,就是她的样子吓人,我爸常喊她纸老虎,我妈不在家的时候,我不听话了,我爸管不住我的时候,就喊纸老虎来了,我自然就乖乖的……"小青本来是抱怨的口气,可说到后面她自己咯咯咯地笑起来,戴容儿也跟着笑起来,小青真是个没心没肺的傻丫头。

戴容儿知道小青的养母厉害可没坏心,她上次来的时候,正赶上小青感冒,当时小青躺在铺子里的单人床上,戴容儿坐在床边和她说话。没说两句就见养母来了,戴容儿就匆匆出了铺子。戴容儿从没有和小青的养母正面打过招呼。戴容儿怕她发觉什么,或者盘问什么。戴容儿躲在铺子的窗户外面,她看到小青的养母端着水和药走到小青身边,哄着小青吃药。小青怕吃药,她还跟她讨价还价,说想吃炖排骨,养母说,你把药吃了，我就给你做排骨，你要不吃，今年都别想吃排骨。小青才不情愿地把药放到嘴巴里。养母给她递水，给她擦嘴巴，临走还温柔地试了试她的额头。

戴容儿眼睛直勾勾地看着养母温柔的眼神，看着她的背影消失在门洞里，戴容儿愣住了。小青的养母一定把小青当亲生骨肉的，婶婶看表弟的眼神也是那样的。只有她，戴容儿从来就没有享受过那样的眼神，那样的温柔，她从小没有妈妈，她没喊过妈妈。

自从看了小青的养母那眼睛里的温柔之后，戴容儿决定不告诉小青真相，她知道小青是有妈妈的，她没有。深夜里她睡不着觉的时候，一想到小青，她会露出静默的笑容，她会在那笑容中沉沉睡去，偶尔她会在梦里见到妈妈，妈妈也在那样地对她笑。

小青十一岁，十一岁的小孩子哪有不贪玩的，十一岁本来该去学校读书的，小青只读到三年级，十岁就不上学了，死活也不去了。

"小青，以后你要乖乖的，别那么任性，你爸身体不好，你要体谅你妈，把铺子看好，等你长大了，要好好孝敬她们。"戴容儿说话的口气像个大人。

小青听了有点吃惊地看了一眼戴容儿，她的第六感告诉她，今天戴容儿有些奇怪。

"恩，知道了，我爸身体不好，家里的活都是我妈一个人在干，可我妈找我撒气是应该的吗？"小青明显地对她养母有些偏见。

戴容儿也见过小青的养父，那是今年春天的时候，戴容儿来找小青，小青不在家，养父在铺子里看店。养父看起来慈眉善目，他以为戴容儿是来买东西，还问："小丫头，你要什么呀？"

戴容儿说："叔叔，小青在家吗，我是她的同学。"

养父说："小青跟她妈去城里了！"

戴容儿说了声"谢谢叔叔"，就一溜烟地逃了出来。养父看她的眼神有点惊讶。许是戴容儿心虚怕他看出她是小青的亲姐妹。她就跑出铺子骑着自行车从榆树镇逃了出来。

小青记完账突然想起什么似的叫起来。"呀，戴容儿，你怎么今天来了？"

"怎么，今天就不能来！"

"今天不是周末，今天是周四，你逃学了啊？"小青嚷着跑过来，夺过戴容儿手里的菜篮子。

"快，上学去，不然我不理你了。"小青嘟起嘴，戴容儿一看她是装生气呢。

戴容儿抓住小青厚墩墩软绵绵的小手，她的眼睛突然潮湿了。

小青发觉戴容儿的不对劲，"你怎么了，是不是你婶婶又给你脸色看了？"

戴容儿摇头。

"是不是你的那个表弟欺负你了？"

戴容儿摇头。

"是不是哪里不舒服？"

小青说着又用手试了试戴容儿的额头。

戴容儿突然笑了。

"傻丫头，你坐下陪我说会儿话吧。"

小青坐下。

"你说怪不怪，我昨天晚上梦见了你，今天你就来了！"小青说。

"那是因为我们心灵相通啊！"戴容儿脱口而出。

"我也觉得我们心灵相通。虽然你比我大两岁，可是自打我第一次见你，我就觉得你亲，觉得你是我一辈子的好朋友。"小青说。

戴容儿听了半天不做声了，她吸了一下鼻子，一股冰冰的气体进入心肺，她冷静了下来，她的心跳又恢复正常。现在还不是告诉她的时候。

说实话刚才来的路上，戴容儿的心里空空的，她叔叔工作调动要搬家了。他们要去另外一个城市，那个城市虽然离这里不远，坐火车三个小时就到了，可她就不能经常来看小青了。叔叔明天就要带她走了，她想走之前再见一面小青，她真想告诉小青她是她的亲姐姐，可那是天真的小青不能承受的真相。

　　小青一出生就被送了人，小青出生后不久爸爸妈妈因为车祸全都去世了。当时不到两岁的戴容儿根本不知道这个世界上自己还有个妹妹，戴容儿被叔叔和婶婶收养。不到一百天的小青被远方的亲戚抱走后，从此下落不明。没有人告诉戴容儿她还有个亲生妹妹。戴容儿一直以为自己在这世上就只是孤零零的一个。从小，有吃有穿的戴容儿一直都是孤零零的，她从来没有像表弟那样撒过娇。从小她就特别乖，乖得让人看了心疼。她饿了不哭，病了不哭，从来不和表弟抢玩具，不给叔叔添麻烦，婶婶打她了她从不对外人说，婶婶背着她给表弟好吃的，她也假装看不见，从来不争。戴容儿知道，她不是婶婶生的，叔叔和婶婶给她饭吃，让她上学，偶尔还给她买件新衣服，就是看点眼色，她也很知足。从很小的时候开始，她就帮婶婶干家务，照顾比她小一岁的表弟。她学习好，一直是班里的一二名。戴容儿知道学习是她唯一的出路。她从小就有个愿望，希望自己有一天能够独立，能够有自己的房子，有很多很多的钱，这样她就能过上她想要的生活了。爷爷奶奶也早早过世了，从小戴容儿就把所有的心事都埋在心里。偶尔她会坐在操场上，看着天上飞翔的白云，她会对着白云说，白云，等我长大了，我就和你一样自由了，到那时候，我会有属于自己的家了……

　　去年暑假，戴容儿以全市第一名的成绩考入市一中。戴容儿也为叔叔婶婶争了光，暑假的时候，叔叔带她去了乡下姑奶奶家做客。

　　戴容儿早就听说她爸曾是姑奶奶一手带大的。她是第一次见姑奶奶，姑奶奶八十三岁了，眼睛有点花，但耳朵一点也不聋，一双小脚跑前跑后，精神着呢。她见到戴容儿的瞬间突然一把抱住她，老泪纵横地哭起来。

这么多年了，戴容儿很少被人这样抱过。尽管戴容儿不知道姑奶奶为什么哭，她也跟着哭了，她在姑奶奶的怀里感受到了母亲的气息。戴容儿没有跟叔叔回去，她在姑奶奶家住了十天。这十天，姑奶奶给她讲了很多关于她爸爸妈妈的事情，尤其是讲了很多关于她爸小时候的故事，那些故事戴容儿都刻在了心上。离开姑奶奶家的前一天，戴容儿无意间听到自己还有个亲生的妹妹，她简直不敢相信。

当时姑奶奶戴着老花镜在给她缝荷包，那天的月亮昏黄，姑奶奶家的灯光有些昏暗，姑奶奶让戴容儿给她穿针。戴容儿费了半天的功夫才把针穿上，她那时候都有点儿打瞌睡了。

这时她迷迷糊糊中听见姑奶奶说："孩子，以后受了委屈别在心里憋着，我们大家都知道你是个懂事的孩子，等你上了大学，你就长大了，你长大了就没有委屈了。"

"姑奶奶我不知道我什么时候才长大，我真的很想快快长大，我觉得自己给叔叔婶婶添了很多麻烦。我觉得自己本来就是个多余的人，有时候我真恨我死去的爸爸妈妈，恨他们为什么当初不带着我一起去天堂。"

"说什么呢傻孩子，这个世上没有一个多余的人，每一个人都要好好地活着，人来世上一遭不容易。你叔叔和婶婶是拿了你爸爸妈妈的车祸赔偿的，那有十多万呢，他们本应该把你妹妹也一起抚养的，可是你妹妹却被送人了，要是你妹妹跟你在一起，你就有个伴儿了。"

戴容儿是第一次听到自己有个妹妹，有个亲妹妹。她听到这个消息的瞬间，脑袋都蒙了，她怀疑自己听错了。

姑奶奶说："你爸妈死的时候，你妹妹还不到一百天，你婶婶非说她的命太硬，死活也不收养，后来我们也理解，你婶婶也刚刚生了孩子，一个人带不过来，我就四处打听，托一个远方亲戚把你妹妹送人了，后来听说那家人对你的妹妹还不错。"

姑奶奶的话对戴容儿而言简直是个意想不到的惊喜。戴容儿从来都没有想过自己在这个世界上还有个妹妹。这是真的吗，真的在这个世上她还有个妹妹，有个和她拥有相同血缘的妹妹吗，那个妹妹长什么样子，她现在过得好吗？

那天晚上，戴容儿望着窗外的月亮激动地一夜没合眼。第二天一早她迫不及待地告别了姑奶奶，她要去找她的亲妹妹。

姑奶奶提供的线索非常具体，姑奶奶说，当年那个姓周的人家是她亲自帮着找的。那家的女人一直没有生孩子，姑奶奶还说如果那女人生了孩子，说不定你的妹妹会吃苦头，那女人一直没有生养，听说把你妹妹当亲生的。

在榆树镇戴容儿很快就打听到了姓周的人家。榆树镇总共有两户姓周的人家，一户是老两口只有两个儿子没有女儿，另一户人家只有个女儿，那个女儿十一岁。戴容儿知道她的妹妹肯定是那个有女儿的人家。

"戴容儿，你怎么了，想什么呢？"小青问。

戴容儿盯着小青看了一眼，她就笑了，小青见她笑，也跟着笑了一下。

"小青你去把菜放到厨房去，你妈不是叫你给猪喂食吗，你都忘了。"

"你不说，我差点忘了。你等我一会儿，我马上来。"小青说着端着菜篮子进了里屋。

戴容儿看着小青的背影，依稀想起她第一次见到小青的情景。

戴容儿有一张亲生父母的相片，那张相片，她从来没有离过身。戴容儿去找小青之前又一次认真地看了看照片上的爸爸和妈妈。她在心里对爸爸妈妈说，爸爸，妈妈，我就要找到我的妹妹了，你们放心，我会一辈子照顾她的。照片上的爸爸和妈妈都在微笑，看起来很幸福的样子。戴容儿妹妹肯定会长得像爸爸或者妈妈，哪能一点不像？除非不是亲生的。

戴容儿打听到小青家，才听人说小青不读书了。小青家开了个小杂货店没人照看，小青又不喜欢读书，她就看店了。

戴容儿找到周家商铺的时候，小青正在搬啤酒，她的脑门子上蒸腾着细汗，当时的天是阴着的，光线暗淡，空气宁静地接近凝固。

戴容儿问了一句："你家有盐吗？"问完这句话戴容儿眼睛有些模糊，她怀疑自己是在做梦，小青的声音飘过来停在她的耳朵里，久久不散，她才确信那不是梦，当时戴容儿不知道小青的名字叫小青。

小青说："有，等我把啤酒搬过来。你不是我们镇子上的吧，我怎么从来没见过你。"

戴容儿没有回答，跑过去帮小青搬东西。小青和戴容儿一趟一趟地搬，边搬边笑，居然一点也不生分。搬完啤酒，戴容儿说："你叫什么名字？"

"我叫周小青，你呢？"

"我叫戴容儿。"

戴容儿差点说："原来你叫小青啊，你知道吗，你就是我要找的妹妹。"话到嘴边了，戴容儿又生生地咽回了。可她无法掩藏她激动的目光，那目光里闪着七彩的光。

小青家里当时没人，她说她爸和她妈去了菜地，他们把家都交给了她。小青家的日子在镇子上算好的，小青穿的却是很旧的衣服。后来她才听说，小青的养父常年病着，经常住院吃药，据说还欠着人家的债呢。

"你是来走亲戚的吧？"小青笑呵呵地问。

"恩，不过，我找不到亲戚家，所以来你这里打听。"戴容儿想都没想就撒了谎。

"那你别着急，我待会带你去找。"

戴容儿说："算了，我不去了，我就在这里休息一下待会儿就回去了。"戴容儿心想这个妹妹还很热心呢。

"小青，我以后可以叫你小青吗？"

"可以啊，你想怎么叫就怎么叫。大家都这么叫我，我没有小名，只有这一个名字，是我爸给起的。"小青说着笑了，她一笑，戴容儿就发现了她嘴角的酒窝，她听说酒窝是遗传的，她确信小青肯定是她的妹妹了。

"那你还买盐吗？"

戴容儿点点头。

"那么远你跑来买盐啊？"小青又笑了，小青很爱笑。

"我叔叔叫我买盐的，我就跑到你们镇子上了。我的爸爸妈妈都不在了，我住在叔叔家，其实我就想随便跑到一个地方一个人待会儿，这里也没有什么亲戚……"戴容儿直截了当地说，她想看小青的反应。

小青说："好可怜，我们镇子上也有个没有妈妈的孩子，很可怜的，经常被后妈打得鼻青脸肿！"

戴容儿说："小青，你妈妈对你好吗？"

"我妈对我就那样，我把家看好，她就高兴。我妈就是个财迷，见钱眼开！"

戴容儿的婶婶经常给她脸色看，如果当初父母的抚恤金不是叔叔一家保管，戴容儿猜想自己可能早就被赶出家门了。

小青喂了猪，端着一杯水出来了。

"戴容儿，你看你嘴巴这么干，先喝点水吧，每次你来都帮我干活，我都不好意思。"

戴容儿接过水，喝了一小口。她沉默了。她不知道该怎么说。小青的眼睛一眨不眨地盯着她。

"小青，我要跟着叔叔去另外一个城市了！以后我就见不到你了……"戴容儿说完，小青也沉默了，小青知道戴容儿是来同她道别的。

铺子外面驶过一辆摩托车，又驶过一台拖拉机，安静的空气，一下子变得闹哄哄的。

戴容儿见小青沉默，她笑了。"小青，你别这样，我们又不是再也见不到了，你不说话我就心慌，你笑我才踏实。"

戴容儿每次来看小青都要给婶婶撒谎。小青家在榆树镇，榆树镇离戴容儿的学校很远，戴容儿的叔叔家住在市中心，而小青家在郊区。戴容儿每次都是骑着自行车来，每次来她都要找各种借口。今天她谁也没有告诉，只给老师请了假。老师们都知道她要去别的城市了，对她请假也不多盘问。

"戴容儿，你真的要走了吗，你是骗我的对吗，你什么时候走，去哪里……"小青一连串的问题，戴容儿不知如何回答。

戴容儿只是傻笑。

"小青，就算我走了，我们还是好朋友，我会给你写信的。"戴容儿说着从书包里拿出一件花裙子和一本《格林童话》，她把这两样东西放到了小青的手里。

戴容儿刚才走出校门的时候，把她攒了一个多月的零花钱都装上了，那有近十二块钱，钱是她不吃早餐省下的，知道叔叔要搬家的那天起，戴容儿就开始不吃早餐了，她要攒钱给小青买个礼物。攒了一个半月，终于攒了十二块钱。戴容儿的表弟经常拿戴容儿的东西，戴容儿生怕表弟把钱拿了去。没办法她就把钱藏在一本旧书里，那是本数学书，表弟最讨厌学数学，戴容儿想，表弟肯定不会发现钱的。表弟果然没有发现。

戴容儿拿着手里的十二块钱，她不知道这些钱能买点啥。小青家里开的铺子，她的嘴巴是不馋的。戴容儿记得小青说过想要个芭比娃娃。戴容儿一口气跑到玩具店，挑了个价格合适的芭比娃娃。她想小青以后看到那个芭比娃娃一定能想起她。买完芭比娃娃，戴容儿跑回家把她最喜欢的一件花裙子翻了出来，她还翻出了一本她最喜欢的童话书，她要把这些送给小青。

这时铺子里来人了，是个年轻的女人，一进门说要买包洗衣粉。小青就跑去招呼她。

戴容儿一看时间，过去一个小时了，快放学了。她必须要在放学前赶回学校，她是借同学的车子来的，她得放学前还给人家。

买洗衣粉的是小青家的隔壁。小青叫她嫂子，那嫂子靠在柜台上，买了洗衣服没有走的意思。

戴容儿坐在一旁着急盯着小青看，她必须得走了。

小青说："戴容儿，今天天不热，你怎么一头的汗。"

隔壁女人问："这是谁，怎么没见过。"

"是我的一个朋友！"

戴容儿听到小青给人介绍说她是朋友，不知道是喜是悲。她是她的亲姐姐，世界上唯一的亲姐姐。

大嫂终于走了。

"小青，我得走了，我要在放学前赶回学校，不然我婶婶知道了会骂我，家里要收拾的东西太多，我要回去了。"戴容儿依依不舍地说。

"戴容儿，那我就再也见不到你了吗？"

戴容儿点点头，又摇摇头。

"小青，你有相片吗？"

小青说："有的，你等一下。"

小青撒腿跑进里屋又飞快跑出来，拿出两张相片给戴容儿。

戴容儿拿了其中小青笑得很甜的一张，装进书包里。

"小青，这是我最喜欢的书和衣服，等我长大了自己挣钱了再送你好衣服。"戴容儿说。

小青开始不要。

戴容儿说："拿着吧，以后想我的时候就穿上。"

小青这才收下。小青的眼睛湿了。

戴容儿最后拿出芭比娃娃，小青看到芭比娃娃的时候激动地叫起来。小青一直梦想有个芭比娃娃。她的养母从不给她买玩具。小青紧紧握着芭比娃娃，她知道现在不是玩儿芭比的时候，她和戴容儿还有很多话要说。

"戴容儿，我舍不得你走，真的舍不得，你不知道，自从认识了你我多快乐，我习惯了经常见到你，和你说话，如果你有几天不来看我，我肯定哪儿都不舒服。"小青说着说着开始哗哗地流眼泪。

戴容儿擦去了小青眼角的泪水，她一直克制着自己的情绪，她反而笑了。

"我虽然走了，并不代表我们失去联系啊。你记住，我们是一生的好朋友。"戴容儿说。

小青这才破涕为笑，她抬手擦了擦泪。

戴容儿见小青笑了，她的小酒窝也变深了，和相片上妈妈的酒窝都快重叠了。她突然想让小青看看自己的亲生父母。她即使永远也不知道自己的身世，戴容儿此刻也想让小青看看，哪怕看一眼。

戴容儿飞快掏出相片，拿到小青眼前说："小青，你看这是我亲生父母的相片，这相片我从小到大都没离过身。"

小青拿起相片看了看，看了又看。

她盯着相片傻傻地说："戴容儿，我觉得你妈妈有点像，有点像……"

"有点像你，小青。"

小青听了转头看戴容儿愣住了。

戴容儿差点就说，小青，你是我的妹妹，我的同父同母的妹妹。话到嘴边了，她笑了，她嘴唇动了动，把心里的话吞咽回去。

小青说："怪不得我们那么有缘分，我才知道，原来我长的像你妈妈。"

戴容儿的泪悄然滑落。

"小青，知道我为什么经常来看你吗，是因为我想念我的妈妈。"戴容儿的泪再也忍不住了。

小青也被戴容儿的情绪感染，她掏出手帕给戴容儿轻轻擦眼泪，她真的不知道怎么安慰她。

"戴容儿，以后你婶婶对你不好了，你有什么委屈要写信告诉我，要是我不这么忙,我也跟你去那个城市打工,那样我就可以经常陪你了。"

戴容儿听了突然一把抱住小青。

"好小青,你真的是我最好的朋友。小青,我有个提议不知道你同不同意?"

"你说!"

"我想和你结拜成姐妹,不知道你愿不愿意。"戴容儿激动地说。

"你是说我们要像《三国演义》里的桃园三结义那样结拜吗?"小青也激动了。

戴容儿点点头。

"结拜了姐妹,你就不会忘记我,就会常常来看我,是吗?"

戴容儿点点头。

"戴容儿,只要你愿意,我永远都做你的好姐妹。我们现在就结拜。"小青说着跑进堂屋,她从香盒子里拿出三根香,拿打火机点着,插放到一个香炉里,烟雾缭绕升腾。

小青拉着戴容儿一起跪在香炉前。

戴容儿说:"小青,我比你大,从今往后我就是你的姐姐了,我对天发誓,我戴容儿一生都爱护照顾周小青,把她当亲妹妹,我们永远都是好姐妹,永远不分开。"

轮到小青了:"我周小青一生都是戴容儿的好妹妹,永远都不分开,永远,永远……"

说完,两个小女孩通红着脸相视而笑。她们还慎重地对着香炉磕了三个头。

结拜完,戴容儿必须得走了。

小青说:"戴容儿,不,姐姐,如果你的婶婶欺负你了,你要告诉我,等我长大了我就能保护你了。"

"傻妹妹,姐姐从此就算有天大的委屈都能忍受,因为我有妹妹了。

说到妹妹，戴容儿的泪又涌出来了。

"小青，你要听你妈的话，要照顾好自己，要注意安全，要给我写信，打电话……"

"姐姐你放心。"

"小青，我真的得走了！"

"恩。"

"小青，你能让姐姐抱一下吗？"

小青走过来紧紧地拥抱了戴容儿。

戴容儿在心里喊着："我的亲妹妹啊，你怎么就那么傻，你就真的发现不了我是你的亲姐姐吗，你快快长大吧，等你长大了，我就告诉你真相，告诉你我是你的亲姐姐，是天下唯一的姐姐。"

戴容儿说："小青，你不会忘了我吧？"

"姐姐，我们都结拜过了，你还怕我忘记你，我倒担心姐姐你把我这个妹妹忘了，姐姐的成绩那么好，有一天成了大人物会把我忘记吗？"

"真是傻妹妹！"戴容儿听了哈哈笑起来，她笑得泪水肆意流淌。

这时一群白鸽从她们头顶飞过，戴容儿指着那群鸽子对小青说，要是我把你忘了，除非鸽子不会飞了……

小青抬起头，她看到那群鸽子正排成人字往东方飞去。

"要是我有翅膀，一定天天飞去看你！"小青又说。

戴容儿听了眼睛模糊了，她跳到自行车上，摆摆手没有说再见，她哽咽着不能说话，她不能让小青看见她含着泪水的眼睛。她喊了声："小青，我的好妹妹，你一定要好好的……"

她听见小青喊着同样的话，她的脚不停地往前蹬着车子，她目光渐渐清晰，她看到面前的水泥路不知什么时候变成了一条时光隧道，她恍惚间看到一圈一圈的时光将她和小青永远地包围在一起，永远也不分开……

一次别离

1

罗小西离开茶楼的时候，街上的雨停了。茶楼在五层，她没有坐电梯，她选择了走楼梯，她不能在电梯口停留，哪怕一秒钟的停留。

外面的雨停了。罗小西踏着雨路，穿过长长的步行街，雨后的大街寂寥空旷，偶有行人。街边的音像店里传出一首老歌：喝下这碗解药，忘了所有的好，所有的寂寥……

"孟婆汤"，真的有孟婆汤吗，罗小西想如果真的有，她一定买两杯，一杯给夏言，一杯给自己。两个人微笑着干杯，喝完后彼此不相识，甚至连再见都不用说，就离开。那样对两个人都好。罗小西依然往前走，她走得昂首挺胸，走得铿锵有力，在夏言的视线之内，她要保持一种坚强和决绝的姿态，这样才能让夏言重新快乐，人生没有回头的机会，只有不断地向前走。

这是她和夏言最后一次见面。

走到路口，夏言的短信过来了。他说："小西，看着你的背影，我真想冲过去，拉着你的手，和你去天涯海角，去一个只属于我们的桃花源。可是，我知道，我不能，对于你我，我们的相遇，就注定了别离，我只有祝福你，祝你幸福。"

罗小西删掉短信，她抬起手，看到了夏言送的镯子，是一款银镯子。这是分别的时候，夏言给她戴上的，夏言说："时间太无情，留个念想吧。"

罗小西拿起手机，回复了句"一定要幸福！"，还加了个微笑的表情。此刻怎么能笑得出来，和一段感情告别，任何人都很难做到微笑转身吧！

她在心里对夏言说：夏言，从此我们只能彼此遗忘，遗忘在时间无涯的荒野里，遗忘在内心的深处，就当一切只是一场梦。

这个世界没有完美的人生，也没有童话般的爱情。罗小西想着想着，略略微笑起来。还好没有伤害到任何人。在拐角处，她回头望去，身后空空荡荡，夏言没有跟过来。罗小西长长地出了一口气。

走出有些漫长的街道。罗小西觉得，她忽然变得强大了，她知道自己该做什么，她也知道，她不会后悔自己的选择。

手机响了。是母亲打来的。母亲说："张皓刚刚过来了，晚上我们两家一起在外面吃饭！"

罗小西说："好，我这就过去！"

张皓是罗小西的未婚夫，他们本来夏天要结婚的，因为出了车祸，婚礼就推迟了。

2

即将结婚的日子，遇见夏言，对罗小西来说是一场劫难。早知道去培训会遇见他，她是不会去的。这世上哪有早知道的事？

罗小西在一所大专学校教外语，每年寒暑假，学校会安排一些老师去北京培训一个月，罗小西对培训并不感兴趣，只是她想去北京玩玩，她就报了名。按理说快结婚了，她是不应该去的，可男友张皓说，现在婚房都装修好了，就等结婚了，也没什么事，不如去散散心。何况罗小西所在的外语学院，年轻老师里就剩下她没有去过了。

培训的课程安排得很紧凑，罗小西逃了几次课，才去了几个她想去的地方。南锣鼓巷、后海、潘家园、动物园、秀水街。逛累了，她就坐在路边看天上的云，北京的天空很开阔，云朵极美，一朵一朵飘来飘去，很是惬意。培训班上，罗小西只认识和她同宿舍的一个上海女孩，其他同学的名字一概不知。培训了半个月，班里的同学都打成一片了，罗小西依然我行我素，像个独行大侠。

一天晚上同屋的上海女孩忽然说："班里有个同学和你是一个城市的，叫夏言，你认识吗？"

罗小西听了，摇摇头。

"人家在我跟前打听你，你居然不认识他？"

"打听我，打听我什么？"罗小西有点吃惊。

"是啊，昨天吃饭的时候，他问我，你是不是和一个仙女住在一起，说你这个老乡有些不食人间烟火的感觉。我说'我都不知道你一天在忙什么，总之一天只有睡觉的时候才能见到你。'"上海同学嘻嘻哈哈地说。

罗小西笑起来说："我就是喜欢逛街，每天一下课，就坐地铁去几个地方逛。"

"那你怎么不喊我，我也喜欢逛街啊。"

"我就是怕耽误你的时间。"罗小西很客气地说，她喜欢和不熟悉的人保持距离。距离产生美，绝对没错。

第二天，罗小西认识了夏言。她吃过早餐去教室，教室在五楼，很多同学都喜欢坐电梯上去，她选择了爬楼梯。楼梯里静悄悄的。爬到二楼的时候，罗小西听见有人下来。她下意识地往边上让了让。没想到那个人走到她面前停下来，忽然问了句："嗨，麻烦问一下几点了？"

罗小西一抬头，居然是他们培训班上的男同学。虽然喊不出名字，但觉得亲切。

"你好，我帮你看看！"

"好。"男同学的声音很有磁性，长相也帅气，皮肤白净。

男同学站得太近了，罗小西觉得自己的脸红了。在陌生的男人面前，她总会不自然。她急忙打开包，找手机。自从有了手机，她就很少戴手表了。罗小西个子不高，却背了个极大的包，也是职业习惯，这样的包里能装下很多东西。但也有缺点，就是找东西犹如大海捞针。罗小西翻了半天，翻了一身的细汗，都没有找到手机。

那个男同学倒是一直微笑着。罗小西觉得他的笑坏坏的。

罗小西通红着脸说："你可不可以打一下我的手机，我可能放到宿舍了。"

这下轮到男同学哑然了。男同学无奈地摆了一下手："我也没有戴手机，你慢慢找，没有关系。"其实男同学的言下之意是，我若带手机，用得着问你时间吗？

罗小西又翻找起来。罗小西是个随性的人，随性并不是大大咧咧，但她极爱丢东西，也从不记路，更记不住陌生人的名字。有时候碰到见过多次的新同事，她都不记得人家姓什么，每次她都问人家贵姓，这让对方很是受不了。谁都不知道她一天在想什么，闺蜜说她是典型的"自我陶醉型"。罗小西关心的不是粮食和蔬菜，也不是金钱和人际关系，她每天关心的除了自己的工作，还有就是她养的小鱼儿何时生小鱼，她养的花何时开花，楼下的流浪猫在哪里过夜，树上的喜鹊下雪了吃什么。

罗小西还是没有找到手机，她很抱歉地说："对不起，我想我的手机可能在充电，我早上起来忘记拔了，我现在去取，你如果方便的话帮我拿一下书,我很快就回来。"

这话似乎无法拒绝。男同学不由自主地接过了她重重的包。

当罗小西气喘吁吁地跑回来的时候,男同学正坐在楼梯上打盹。一缕清晨的阳光恰好照在他的脸上,这让他充满朝气。那一瞬间,罗小西紧紧地盯着男同学的脸,那棱角分明的轮廓,那深海般的眼睛,不知道为什么,罗小西忽然觉得他值得信赖。男同学被她看得不好意思了,咳嗽了一声,罗小西的脸腾地一下红了。她接过男同学手里的书,低声说了句不好意思,就一前一后上楼了。一路上两个人都没有说话。罗小西也不知道对方姓什么,进教室的时候,她又歉意地对他笑了笑。

第二天晚上,一个广东的男同学请另外几个同学去酒吧,同屋的上海女同学非要拉着罗小西一起去,罗小西不好推辞,就跟着去了。一到酒吧,罗小西就看到了那个男同学,他正给大家说一个笑话呢:"……有个漂亮的女孩,穿着紧身迷你短裙,要上公交车,女孩面临了很尴尬的事,因为裙子太紧,两手又拿了许多东西,而公车车体较高,她根本无法跨上公车,排在后面的乘客叫她快一点,女孩灵机一动,用手悄悄地将裙子后面的拉链稍微拉开,好让裙子可以松点,能让她跨上公车。不过,很奇怪,拉链拉下来裙子却没有松,一点用也没有,于是她又尝试将拉链再往下拉,结果还是没有用,双腿还是跨不上去,后面排队的喊着'前面的!快一点!'突然后面的一位男孩一声不响地就将女孩一把抱上了公车,女孩面红耳赤的质问:'你怎么可以抱我,太夸张了,我们又不是朋友。'这位男孩小声说:'小姐!当你第二次将我裤子拉链拉开之后,我开始觉得我们已是很好的朋友了!'"

笑话逗大家笑得前俯后仰。罗小西也忍不住笑了。有个男同学给她倒了杯红酒,罗小西刚举起杯,上海女同学就跟她说:"看,说话的那个就是夏言,你的老乡。咱们班女生的偶像。"

夏言对她挥了挥手,走过来,坐在罗小西身边,罗小西对他微微一笑,奇怪的是,对他没有陌生感。

"夏老师，不好意思，才知道我们是一个城市的！"

夏言的身体靠过来，他的脸有些潮红，显然他已经喝了不少酒了："可别叫我夏老师，叫我夏言好了，为了我们的家乡，我们干一杯。"

两个杯子轻轻地碰了一下，罗小西的脸又红了。

夏言似乎察觉到了罗小西的窘态，他将红酒一饮而尽，罗小西也只能把杯子里的红酒缓缓喝完，还好杯子里的红酒不多。都说女人天生三两酒，可罗小西的酒量很差，平常喝一点就头晕。

期间有三个同学来碰杯，罗小西不得不又喝了三杯。

酒吧里弥漫着烟和酒的气味，高昂的音乐更是让人热血沸腾。夏言把嘴凑到罗小西的耳边，喊道："我还以为你是不食人间烟火的仙女呢，没想到你还能喝酒。"

罗小西腼腆地笑了，音乐嘈杂，她只得把嘴巴凑近夏言的耳朵，她说："我就是爱玩，每天下课就喜欢四处走走，逛逛，你都不知道我买了多少东西。其实，很多都买完就后悔。其实有时候也孤独，只是，可能没有一起能逛街的同学，我看大家都挺忙的。"

夏言很费劲地听着。不过他还是没有完全听明白，他叫着："如果你不想跳舞，那么我们去外面街上透透气吧。"

罗小西说："这样不好吧。"

夏言说："那你看看我们身边还有人吗？"

罗小西回头，身边的同学都不见了。

夏言说："他们早就配对进了舞池了。"

配对，原来酒吧的同学恰好是六男六女，怪不得上海同学非要拽她来。在陌生的城市，面对陌生的人，大家都彻底放开了。喜欢谁就和谁约会，反正只有短短的三十天。学习完了，大家都各奔东西，相忘于江湖。据说很多短暂的培训班都是如此，大家也都习以为常。

罗小西和夏言走出酒吧。时间尚早，盛夏的夜晚，空气闷热而潮湿，弥漫着自由奔放的气息。酒吧附近，不时有车子停下来，下车的多是些年轻人,他们是来寻找音乐和美酒的。

微微的风吹在脸上,十分惬意。

罗小西穿着一条亚麻布的吊带裙,光脚穿着平底凉鞋,看起来青春而朝气。由于喝了酒,她脸颊微红。她有点后悔跟一个陌生的男同学出来。毕竟她对他一无所知。

夏言喝了不少酒,他的眼睛在夜色中闪烁着星星般的光芒。

夏言笑嘻嘻地说:"走,我带你去个好地方。"

"好地方?"罗小西很诧异。

"你跟着我就是!"夏言的话不容拒绝。罗小西只能跟随。

他们穿过酒吧街,拐了两个拐角,就到了一个湖边。

一路上夏言一直滔滔不绝。他说:"若是在我们那里,夏天的晚上,总会约三五亲朋,聚在黄河边,一边吃着羊肉串,喝着啤酒,说笑逗乐,不知不觉就到午夜了。"

罗小西笑着问:"你是不是怕我怀疑你冒牌老乡?才把我们那的风俗习惯说出来证明自己。"

夏言爽朗地笑起来。

"罗小西同学,没想到你还挺幽默,昨天你把我撂在楼道里,你知道我怎么想你的吗?"

"实在不好意思,我平时就这么马虎,出门总是丢三落四,你知道吗,我有两次去银行取钱,都把卡没从机子里取出来,哎,让你见笑了。"

"哈哈,真看不出来,你还这么可爱。"

"我可爱!"罗小西惊奇地瞪着眼睛。

"放心,不是可怜没人爱的可爱。"夏言笑嘻嘻地解释着。

顷刻间,他们的陌生感荡然无存,他们在朦胧的夜色中,缓缓漫步。罗小西知道了,夏言今年30岁,知道他在高校教大学英语,知道了他颇受学生的欢迎,还有众多的女粉丝。夏言还说其实他内心很害羞,原来他比罗小西就大三岁。他看起来就像个大男孩。

他们沿着湖边走，远处霓虹灯的光倒映在湖里，湖边不时路过散步的老人和年轻的情侣，大家都安静地走着。

夏言转身问："怎么样？"

罗小西说："很不错！"

夏言忽然停下来，抬起手，轻轻拂落罗小西头上的一片小叶子。罗小西感觉到夏言的指尖碰触她的头发，忽然，她觉得他们是心意相通的。空气里飘来淡淡的花香，罗小西在湖中看到了月亮的倒影，她兴奋地喊起来。

"看月亮！"她指了指湖中。

"应该抬头看。傻瓜，我可是第一次听到有人让我低头看月。"

罗小西抬头，满天星辰，一片斑斓。

她说："我们坐下来看看月亮吧。"

罗小西看着水中的月，有种莫名的惆怅，她觉得自己忽然不了解自己了。这样的时刻，为什么她一点不想张皓呢。他们马上就要结婚了，为什么她不想他，甚至对未来的婚姻生活，没有丝毫的憧憬。张皓在吃晚餐的时候打来电话，一听她吃饭，就匆匆地挂了电话。罗小西的胃不好，张皓担心打电话时间长，饭菜会变凉。张皓的电话每天都很规律，中午或者晚上，或者晚餐的时候。他们的感情稳定得像是已经结婚多年的老夫老妻。电话里居然没有想念，没有情话，电话里都是在商量事情。张皓说新房子的甲醛味道淡了，婚宴的酒订了，或者说婚纱影楼又来催选照片了。他们拍完婚纱照，罗小西就来北京了，没顾上选照片。罗小西总是很安静地听，听电话的时候，她还常常走神。有时候张皓在电话那头唠叨了半天，她会忽然冒出一句："你刚刚说什么？"搞得张皓哭笑不得。

"小西，你在想什么？"夏言喊着。

罗小西回过神来，她抬头恰恰碰到夏言的目光，立刻感觉被灼烧了，他的目光明亮而放肆地盯着她。

罗小西的眼圈红了，她有点感伤，不知道为什么感伤。夏言清澈的目光注视着她，她低下头，夏言的手温柔地将她揽入怀中，忽然他的唇就含住了她的唇。她极力反抗，在夏言有力的臂膀下，她的反抗是无力的。他低声地叫着："小西，你唤醒了我，我无力抗拒，我朝思暮想。"

亲吻是在罗小西涌出泪水时结束的。夏言看到罗小西眼中的泪光，他轻轻放开罗小西，他没有说对不起，或者抱歉，他紧紧地握着罗小西的手，他的手温暖而潮湿。

他说："小西，我爱你！"

罗小西蠕动了一下嘴巴，她没有发出的任何声音。她从来没有这样的体验，她从来没有感受过如此美妙的亲吻。她没有抽出她的手，夏言紧紧地握着她的手。他们无声地对视，她很想知道自己是不是在做梦！他和她相识不过一天，他居然对她说"我爱你"。他们如此陌生，却又如此熟悉！

罗小西看着夏言的眼睛，不停地流泪。

"爱可以这样轻易地说出来？"

"小西，我从来没有这样失去理智，我也从来没有对一个女孩说过我爱你。"夏言眼睛里也有泪光闪烁。

周围的灯光暗淡下来，湖边寂静无声，淡淡的月光透过树叶，闪烁着梦幻般的光泽。夏言轻轻将罗小西拉入怀中，他们的身体刚一靠近，罗小西便轻轻地战栗。她没有躲闪，她恍惚地意识到，理智已土崩瓦解。

夏言没有说话，他霸道而放肆。他亲吻着她，他亲吻她的眼睛，她的脸颊，她樱桃般的嘴唇，他们的舌头碰触纠缠，他们在燃烧着……

罗小西忘记了自己。

那晚他们是怎么打车回住处的，亲吻了多久，他们都不记得了。出租车里播放着轻柔的小夜曲，罗小西靠在夏言的肩头，沉沉睡去。

她醒来的时候，发现自己躺在陌生的宾馆里。她的旁边躺着夏言，夏言还在熟睡。罗小西本能地看了看自己，她是合衣而睡的。她没有喝醉，应该她和夏言没有发生什么。

光线暗淡，罗小西惊愕地看着夏言，夏言也是和衣而睡的，他的身上还有淡淡的酒味，罗小西呆坐在他的身旁，看着他熟睡的样子，他真像个孩子。她没有喊醒夏言，直接打车回宿舍了。

回到宿舍，上海女孩不在屋里，天刚刚亮，她这么早起床？难道她一夜未归？罗小西不想关心别人的事，她感觉头脑发昏，身心疲倦，她什么都不想想，她只想睡，她倒头昏昏睡去。再次醒来，已是中午。她是被手机吵醒的。她艰难睁开眼睛，看到陌生的号码，她果断压掉。才发现这个号码打了30多次，她断定是夏言的电话。她不知道和他说什么。难道她该等他醒来，打个招呼再离开？

昨晚是多么荒唐的夜晚，酒精真是麻醉剂，如果不喝酒，也许什么都不会发生。

手机又响了，还是那个号码，罗小西接了，她想应该把一些事情说清楚，不然纠缠下去可不好。

喂了一声，不知道为什么，罗小西忽然就像一只受了委屈的猫咪，她哽咽着，泪无声，眼圈跟着红了。

夏言声音沙哑说："小西，你在哪？"

"我在宿舍。"

"我快担心死了，你课也不上，电话也不接，问你同屋的女孩，她说她昨晚没回宿舍。"

罗小西低声啜泣，泪水盈盈。

"小西，你还好吗？我很想你！昨晚因为太晚宿舍门关了，我就在外面开了房间，我只是躺在你身边，看你熟睡的样子。后来，我也睡着了，我什么也没做，请相信我！"

罗小西清了清嗓子说："夏言，那都是喝酒的原因，没事，都过去了，我们就当什么也没有发生过，我只有一个要求。"

"什么？"

"我做梦也想不到，会发生这样的事，只希望你永远也不要和我联系，不要给我打电话，发短信，我们还只是普通的同学！"

"小西，我可能做不到……"

罗小西没有听完夏言的话就挂了电话。她虚弱地躺着，盯着天花板，摸了摸空空如也的肚子，也许该起床去吃点东西了。昨天喝了那么一点酒，怎么就醉成那样。

她未曾料到，夏言的样子从此挥之不去，他的笑话，他的吻，他的霸道，都令她魂牵梦绕，她平静的内心被打破了。

3

一天刚下课，张皓在电话里说："小西，你再不来，我就飞到北京去了。"

罗小西听了，心里没有丝毫波澜。张皓是想做游戏了。他们把做爱一直称作做游戏。罗小西记得他们的第一次，他们都是彼此的第一次。那次是个雨天，他们正式恋爱了一年，罗小西即将研究生毕业，张皓已经做了部门经理。张皓从来不勉强她。那次许是他俩都想尝尝禁果吧。那天，外面下着雨，雨声潺潺，他们有点无精打采地在张皓的房间里看电影。他们看了两个爱情片，第二部电影是个悲剧，罗小西哭得稀里哗啦的。张皓捧住她的脸，忍不住吻她的泪，吻着吻着他们就上了张皓的单人床，完成了他们的成人礼。他们都很害羞，罗小西喊着疼，张皓小心翼翼地探索着，他们顶着被子。只记得张皓问，疼不疼，疼不疼。罗小西紧咬着嘴唇说，还可以忍受。他们紧紧地抱在一起，身上盖着温暖的棉花被，张皓在罗小西的耳边轻声说："我永远爱你，小西。"罗小西蜷缩在张皓的怀里，恍惚间，她听到开门的声音。她轻声说："张皓，你父母回来了。"他们急忙爬起来，尽管门是反锁的，他们依然紧张。

他们轻手轻脚地穿衣服，看着彼此的狼狈样傻笑。第一次以后，他们很长时间都没有再亲热，张皓怕罗小西疼，罗小西也怕疼。直到罗小西研究生毕业的那个夏天，他们才尝到了一点甜头。从此之后，张皓就像个馋嘴的猫，常常想偷腥。为了名正言顺，那年夏天他就向罗小西求婚。

罗小西说："都老夫老妻了，你还想什么呀？"

"我就想，谁说老夫老妻了，我们的蜜月还没有开始呢。"张皓说着嘿嘿地笑了几声。

罗小西说："讨厌啊你。我还忙着呢。"

张皓说："快回来，快回来吧，老婆。"

罗小西说："还有一周就结束了，到时候烦死你。"

"我才不烦，我爱不够。"张皓笑着说。

下午的课，老师上了一半就结束了，老师要去参加一个研讨会，改天再补课。罗小西一听下课，急忙起身收拾东西。没想到夏言已经过来了。当着这么多同学，罗小西也不能不理他。班上已经风言风语了，不过大家都在议论一对已婚的男女，他们已经公开同居在一起。其他暧昧的男女也成了大家的谈资。上海女孩整天神采飞扬，估计也有约会的男同学了。马上分道扬镳，罗小西不想成为大家的焦点。她最近一直深居简出，一下课第一个冲出教室，从不在食堂吃饭，逛街到很晚才回宿舍。她是在躲着夏言。

夏言说："罗老师，最近很忙啊！"

罗小西客气地说："不太忙。"

她收拾好书本，准备出教室。教室里只剩下他俩了。夏言坐下来。他看起来有点落寞。

"小西，我们可以谈谈吗？因为我对你一无所知。"

逃避是解决不了问题，他们真得谈谈。

罗小西说："那我请你吃饭吧，我们边吃边谈。"

那顿饭吃得很漫长。

他们去了一家风格古典的小店吃地方菜。吃饭的时候，罗小西对夏言讲了她马上要结婚的事，还讲了她和张皓的恋爱史。罗小西觉得自己从来没有说过这么多的话，她看着夏言，忽然想，这个人大概就是命中注定的那个和自己兴趣相投的人吧。

夏言一直在听，也很少搭话，不过，他的目光从未离开过她。

罗小西问："你有女朋友吗？"

夏言摇摇头："谈过一个，去年分手了。我们谈的时间也不长，还是异地，都觉得不合适。"

罗小西说："这样啊。"

吃完饭，夏言忽然说："小西，陪我走走吧。"

罗小西跟着他走出餐厅，走出校园，他们去了附近的书店，罗小西挑书的时候，夏言在一旁默默地等着。罗小西回头看一眼夏言，他神情沮丧，像大病初愈。罗小西不知如何安慰，她没有表现出任何的纠结，她把自己包裹得像平静无波的湖面。

买了书，罗小西淡淡地说："我想回去休息了。"

夏言说："那我送你。"

他们路过一个街心公园。

夏言说："天气这么热，不如去那边坐坐，凉一点再走。"

罗小西不由自主地跟过去。

在夏言身边，她总是不由自主。她不烦他，她无法拒绝他。爱没有错，爱也没有罪。她内心澎湃，她安静地跟着夏言。她在想，和他亲吻算是失去了贞洁吗？这个时代，贞洁早已成为了历史，而她还在纠结着从一而终。

夏言突然拉住了罗小西的手，很用力地握着，那来自手心的温度，又一次击退了罗小西仅存的理智。

他们走进一片林子，林子的旁边有椅子。在昏暗的林子里，夏言点了一支烟，他有点憔悴，他低下头，狠狠地吸了一口烟，有一个瞬间，他像停止了呼吸，罗小西没有说话，只是安静地看着夏言。他们的周围只有淡淡的烟雾，夏言注视着罗小西，他的眼睛闪着光，他扔掉烟头，猝不及防地抱住了罗小西。他俯身说："小西，知道这些天我是怎么过的吗？我除了想你，就是想你。我用手机偷偷地拍了很多你的照片，我甚至还录了你在教室里说话的声音。我从来没有这样失去理智，这样爱过一个人。"

"夏言，别这样……"

罗小西挣扎着。夏言的唇贴住她的唇，粗暴地亲吻着，她听到他急促的呼吸、砰砰的心跳。他们听不到周围的任何声音，他们只有彼此。这是一个漫长的亲吻。他们的身体不断爆发出一串串的火星，罗小西快要被灼烧了，她无力睁开眼睛，她被温润和炽热包围着。隐约中，她发觉衣服的扣子正被解开。她终于狠下心，用全身的力气咬住了夏言的嘴唇。夏言叫了一声，松开了手。罗小西落荒而逃。她听到夏言在喊她，听到夏言的脚步正在靠近。她没有停下来。她知道如果停下来，会发生什么。

直到培训结束，罗小西再没搭理夏言。她每天最后一个进教室上课，下课后第一个冲出教室。她没有勇气在教室里寻找夏言的身影，同屋的上海女孩有一天无意间说："你那个老乡，好几天没来上课了，听说最近老喝酒，可能遇到什么事了。"

夏言在借酒浇愁吗。夏言他这是何苦呢。

罗小西夜不能寐。她疯狂地想夏言。越是躲着他，越想他。她的身体也在渴望着夏言。夜里她居然梦见和夏言在一起，夏言唤醒了罗小西，天呐，罗小西开始不了解自己了。她一个人在校园的池塘边默默垂泪，张皓的电话来了，她有点言不由衷地说了句："我真想尽快见到你。"

张皓听了很感动："小西，等你回来，就是我的新娘了。"

罗小西听了，潸然泪下，她哭泣着："张皓，你为什么对我这么好，我不值得你那么对我！"

张皓说:"傻瓜,说什么呢,什么不值得啊,知道吗,这辈子,能拥有你,和你白头到老,是我少年时代的梦想,如今梦想成真了。"

罗小西只能停止哭泣,她笑着说:"最近我有些喜怒无常。可能是想家了。"

培训的最后一天。班上的同学去附近的酒吧喝告别酒。所有的同学都去了。罗小西不能不去。大家谈笑风生,频频举杯。罗小西也跟着喝。夏言没有过来,他又在给女同学讲笑话,女同学不停地劝酒,他总是一饮而尽。他笑得爽朗,罗小西却听出了悲伤。有男同学邀请她跳舞,她就跟着进了舞池,男同学敬酒,她自然也喝,而且每次都是一饮而尽,几杯过后,感觉身子就飘起来了。

她有点晕,便坐在椅子上,夏言走过来。他好憔悴,他在罗小西耳边说:"小西,你不要再喝了!"

罗小西握住夏言的手,悠悠地说:"夏言,你好吗……"

夏言把她扶起来说:"我送你回去吧。"

走出酒吧,夜色渐渐弥漫。空气潮湿,要下雨的感觉。罗小西热泪盈眶,她扑到夏言的怀里说:"夏言,我好想你,我好想你,我知道我不该想你,可是我管不住自己。我真的好想你……"

夏言伸手轻轻捧起罗小西花瓣带雨的脸,罗小西的长发轻轻在他的手心缠绕着。他眼睛潮湿着。那一刻温暖而寂静。

他们无言地深深地望着对方。

突然,夏言用嘴唇堵住了罗小西的嘴,他的舌尖在不停地探索,缠绕。罗小西听到了自己的心碎裂的声音,她知道,她被征服了。她闭上了眼睛,感受着彼此的温存。

他们都在颤抖。

"小西,我爱你!小西,你让我朝思暮想!"夏言说。

罗小西的泪从眼角滑落。

她借着酒劲说:"夏言,为什么我们不能早一点相遇,为什么你才出现。"

夏言也流着泪："小西，我们该怎么办！我从来没有这样过，我一看见你，就想抱你，亲你，就想和你在一起，这种感觉很奇怪，也许你觉得我是个随便的人，我也不知道自己怎么会变成这样。我感觉我们就是天生一对。"

罗小西头疼欲裂。从来没有男人为她流过泪。夏言的泪让她心碎。

手机响了，是张皓的电话。

"小西，回来的票买了吗？"

"张皓，我喝醉了，我好伤心，呜呜……"

罗小西两只手抱着手机，痛哭起来。

"怎么了小西，你别吓我，你喝醉了，你身边有同学吗，要不我让我那边的朋友去送你回去。"

罗小西哭够才吐出几个字，"有同学……"

张皓说："小西，你别挂电话，你拿着手机，和同学到路边打个车，我担心你。"

"没事，就是想你了，我挂了，到了宿舍我再和你说。"

罗小西挂了电话。她擦了擦眼泪。一下子将夏言推到千里之外，她说："夏言，对不起，我承认我爱上了你，可是，我马上要结婚了，我不能离开张皓，我不能伤害他，我们就此告别吧！"

"小西，不要这么残忍，给我们一个机会，我相信这样的爱情对我们一生只有一次！"

罗小西说："我不知道这是爱情还是激情，只觉得你吸引着我，我无法抗拒，可是，你知道吗，这个陌生的地方给了我们错觉，等回去后，我们回到从前的生活，我们都觉得这是一场梦，我不想伤害任何人，包括你。"

夏言哭了。

"小西，我想我到死都不能忘记你。我从来没有这样失去理智过。"

"夏言，我们都忘了吧，因为我们都不是一个人，我们还有亲人。"

罗小西说完走到路边，打算打车回宿舍。

夏言扑过来，一把抱住她。

"小西，我舍不得和你分开。我们的相遇是多么的神奇！"

罗小西说："我们的相遇没有结果。"

夏言紧紧地抱着罗小西，在她耳边说："小西，再陪我一会儿，好吗，如果此刻你离开，我会崩溃。"

罗小西轻轻推开夏言，她说，那我们到附近的咖啡屋去坐坐吧。

他们手拉着手，到了附近一个茶楼。在外人眼里，他们俨然一对热恋的情侣。

他们要了雅座，点了两杯咖啡。

罗小西软软地蜷缩在沙发边。她的头晕晕的。她很累，很困。

夏言显得有些手足无措。他说："小西，喝点咖啡吧！"

罗小西摇摇头，她轻轻把夏言拉到自己身边，抱住夏言的头，把自己的额头贴上去，良久，夏言感觉到了罗小西温热的泪。

"夏言，为什么我的心真的好痛。为什么会这样？"

"小西，我知道，我的心和你的心一样痛。"

他们紧紧地抱在一起，那一刻，泪水的交融，仿佛生离死别一般。呼吸也变得缓慢下来。

时间一分一秒的流逝。

他们都知道，明天，他们将各奔东西。

夏言的唇一直在罗小西的脖颈里，他一直不停地对罗小西说话，他说起大学时代，说起童年闯祸的趣事，甚至说他死去的最疼爱他的奶奶，说着说着，夏言哭了。罗小西轻轻地吻干他的泪。她知道，这泪水，怕是一生也无法忘记了。夏言说累了，就听罗小西说，罗小西把头靠在夏言的肩头，她轻轻说："夏言你知道吗，我从来不知道爱情的感觉是这样的，我不知道遇见你的感觉是不是爱情，可是我无法控制。我无法停止想你，我永远也忘不了这个夏天，永远也忘不了你，爱情，多么奢侈的词语，如今我们也算是经历了，从今以后，你将永远在我心里。"

夏言紧紧地抱着她，他知道，他才了解她，又将永远失去她。

4

张皓的车子开得很稳，罗小西上车后，依然满脑子的夏言。

培训结束后，罗小西坐了第二天最早的一班飞机回来了。她一回来就感冒了，发高烧，说胡话，张皓半夜开车送她去医院，输液的时候，罗小西睁开眼睛看见张皓，她心里翻江倒海地痛，她抬手摸了摸张皓的脸，她流泪了。那几天她不想吃饭，也很少笑。大家都不知道她怎么了。张皓每次都耐心地哄着她吃药，喝粥，感冒才好了。

夏言每天都给她发短信，她从来不回，电话当然也不接。转眼回来快半个月了，再过一个月他就会忘记了吧。

天气炎热，张皓打开空调说："小西，你如果累就休息一会儿，总觉得你最近紧张兮兮的，像是得了婚前恐惧症。"

罗小西没有说话。几次话到嘴边，都咽了回去。该怎么和张皓说呢，说我在北京爱上了一个男同学？张皓应该知道吗，该告诉他吗，告诉他，他会怎样？他还会爱她吗，他会和她结婚吗，他会当作什么都没有发生过吗？罗小西的脑子很乱，像一个大大的蜘蛛网，剪不断，理还乱。

张皓打开音乐，声音调得很低，罗小西望向窗外。

张皓说："小西，我想抽支烟可以吗？"

罗小西鼻子里嗯了一声。

她眼前浮现的是夏言抽烟的纠结表情。

张皓打开窗户，努力地把烟雾吐到窗外。他说不希望罗小西吸二手烟。他就是这样，总是为她着想。

手机响了，罗小西一看是张皓妈妈打的，她便接了："阿姨，有事吗，张皓正在开车。"

张妈妈说："没什么事，就等你们来吃饭了。"罗小西把手机给张皓，张皓说："妈，我本来计划和小西去吃日本料理的。好吧，我们现在回家。"

开弓没有回头箭，罗小西知道，她现在无路可退。

张皓说："我妈做了一桌子的菜，叫我们回去吃。我妈说，今天奶奶还把她压箱底的宝贝拿了出来，就等着给你戴呢。"

张皓的家庭是个大家族，张皓奶奶今年86岁了，张皓姑姑为了照顾母亲，就在张皓他们同一个小区买了住房，一到周末，他们总是家庭聚会，其乐融融。那样的聚会，罗小西有点害怕，她不是怕刷碗，她是担心她做错什么，说错什么。张皓的姑姑是重点高中的校长，曾经也是罗小西和张皓的校长，她整天板着脸，有一次，罗小西周末去吃饭，大家有说有笑，姑姑一言不发地吃饭，突然盯着罗小西问："你和张皓是不是在高中的时候就早恋了？"那神态像极了警察。

罗小西被问得有些结结巴巴。

张皓急忙说："姑姑，你怎么会这么想，我和小西不同班不同级呀！"

姑姑白了一眼张皓说："那有什么，学校里高三生追高一女生的多的是。"

其实姑姑的猜测是对的。张皓的确是在高二那年对罗小西产生好感的。那时罗小西上高一，有一次在楼道里张皓和罗小西撞了个满怀，两个人手里的书本洒落了一地。他们各自捡起书本，同时说了句对不起。然后两个人都笑了。

罗小西觉得张皓很英俊。而张皓把那次相遇定性为一见钟情。罗小西不置可否，当时她并没有感觉到心跳。高中时代张皓曾经给罗小西写过情书，罗小西没有回信。张皓考上大学后，约她看电影，她去看了。那么帅的男生，她都不知道怎么拒绝。那时候，他们的关系并不明朗。大学里罗小西交往过一个男朋友，那个男生是美术系的，罗小西对他有点感觉，约会了几次，发觉那男生有点花心，搞艺术的大概都多情吧。大四那年，已经不好找工作了，罗小西被保送上研究生，那年暑假，她和朋友去看电影，在电影院门口再次遇见张皓，张皓已经工作了。他24岁，罗小西22岁。他们开始正式约会。张皓说罗小西是他的初恋。张皓的确是爱罗小西的，而罗小西一直在接受他的爱。

罗小西有点怕张皓的姑姑，张皓姑姑在的时候，她尽量不去张皓家，张皓觉得她可爱又可笑。买婚房的时候，罗小西最怕张皓提出在他们小区买，没想到张皓居然说要在罗小西家和他家的中间地带买。这让罗小西非常感动，罗小西是家里的独女，她当然要考虑父母的。

买好婚房，罗小西主动吻了一下张皓。

张皓说："你怎么这么容易满足？"

罗小西说："你怎么这么理解我？"

"因为我一千年以前就开始爱你了。"张皓总说要爱她一万年。

音乐还在响。

张皓的烟抽完了，他空出一只手，轻轻地握住罗小西的手。

罗小西转头看他，眼泪汪汪的。她在心里喊着，叫我怎么开口，叫我怎么忍心伤害你，我现在满脑子是别人，怎么可以当你的新娘？

"张皓，我想，我们能不能再推迟一段时间结婚，你看，房子才装修好三个多月，我觉得可能还有些味道……"

张皓转头看她，目光充满了疼爱，他说："傻瓜，你到底想说什么呀，婚宴都订好了，你还想逃是不是……"

"我，我……"

罗小西不知道该怎么说。

前方有一辆车小货车迎面驶来，罗小西喊了声："小心，前面有车！"

张皓调转方向已经来不及了。他起身护住了罗小西。

罗小西只听见："小西，你还好吗？"之后她便失去意识。醒来的时候，她已经在医院里了，好多的声音在喊她，"小西，醒醒，小西快睁开眼睛呀！"

罗小西微微睁开眼睛，她的身边聚集着很多的人。他们看到她醒过来，都高兴地叫起来。

罗小西努力地张开嘴："张皓呢，张皓呢？"

母亲说："孩子，你安心休息，张皓在别的病房。"

罗小西受了点轻伤，第二天她就可以下床了。母亲见她没什么事，才小心翼翼地告诉她，张皓的伤势很严重，还在昏迷。

罗小西去了危重病房，看到了昏迷中的张皓。张皓车祸后脑出血，身上两处骨折。如果脑部的淤血不散，医生准备开颅手术。

罗小西握着张皓的手。她忽然觉得自己罪孽深重。如果那一刻她不提推迟结婚，张皓不会转头安慰她，就不可能出车祸。如果张皓不护着她，那么受重伤的可能是她。张皓是为了救她，才伤得这么重。张皓是在用生命爱着她。罗小西想着想着哭了，这世上还有谁会用生命来爱自己呢，罗小西握着张皓的手，她掉着泪，轻声喊："张皓，你快醒来，你一定要努力睁开眼睛，你不能一直睡……"

夏言的样子一下子在罗小西的脑海里淡了。

5

事后，张皓的朋友对罗小西说，事故发生的瞬间，张皓把车头朝向她，并且扑到罗小西身上，而对面的货车也调转了方向，这样，只有张皓一个人伤势严重，其他人基本没有受伤。

朋友说，张皓爱你都成本能了，罗小西惊呆了。本能不是应该保护自己吗，而张皓，不光将方向盘转到了对自己危险的方向，而且，他还死死地用身体护住了她。

张皓过去所有的好，在罗小西的记忆力复苏、蔓延。如果张皓这次安然度过，她一定要对他回报同样的爱。

张皓终于醒了。

他昏迷了三天三夜。在医生准备开颅手术前，他脑部的淤血被吸收了。

罗小西一直守在病房，第三天的清晨，罗小西给张皓洗脸的时候，张皓微微地睁开了眼睛。罗小西的眼泪吧嗒吧嗒地掉，她激动地手足无措。

"张皓，张皓，你醒了吗？"

她亲吻着张皓的手。

张皓张了张嘴，又张了张嘴，笑了："你没事就好。我就怕你的小脸蛋被玻璃扎伤。"

"张皓，对不起，都怪我，如果我不说推迟结婚，就不会出车祸的。"

张皓关切地问："小西，我的身体是否完整？"

罗小西看他担心的样子，说："你猜？"

"有没有缺胳膊少腿，快告诉我，我只是觉得疼，没有别的感觉。"

罗小西说："放心，都很健康，就是胳膊骨折了，后背也被玻璃扎伤了，还可能会有脑震荡。"

张皓听了，笑的像个孩子。

张皓在医院住了半个月，罗小西向单位请了假，每天往医院跑。只有在晚上入睡前，她会想起夏言，夏言他还好吗？夏言好久没打电话了。他可能已经忘记了一切。那样最好不过。

张皓出院后，身体恢复得很快，只是暂时不能开车，骨折的胳膊得慢慢恢复。罗小西每天开车接送张皓上下班。她的目光整天围绕着张皓转。

张皓说:"小西,我总感觉你像换了一个人。"

"怎么?"

"怎么忽然对我这么好?"

罗小西亲吻了一下他的额头说:"我愿意对你好,怎么样?"

她的样子有些调皮,张皓忍不住要亲她。她便躲闪。两个人忽然有了热恋的感觉。每天都在一起。分开了也不停地打电话。

张皓说:"国庆节结婚吧。"

罗小西说:"好啊。"

国庆节的酒店都订满了。结婚的日子定在了农历九月初九。罗小西忙着买结婚用品,整理自己的物品,从父母家把东西一点点往新房搬。日子在忙忙碌碌中很快过去。张皓胳膊上的石膏拆了后,他们一起去领了结婚证,捧着结婚证。张皓说:"小西,我会一辈子对你好的。"罗小西的内心幸福而感恩。

她想就让夏言成为一个永远的秘密吧。

国庆节假期的一个晚上,夏言忽然打电话,他声音低沉:"我听说了张皓的事,出事的第三天,我去你们学校找你,你的同事都告诉我了。小西,我很抱歉,我想这一切都是因我而起的,我不知道对你说什么。我想只有消失在你的生活中,那样对你最好。马上我要去英国访学了。可能要呆很长一段时间。不知道,你有没有时间见一面?"

他们在一个茶楼相见了。

罗小西一上楼,就看到夏言修长的身影站在窗口,他一定是在窗口看着她走过来的。罗小西的心酸酸的。夏言看了罗小西一眼,随即又低下头。

罗小西说:"夏言,你怎么瘦了?"罗小西说完,就后悔了,她不应该说这句话,这会让夏言觉得她在乎他,她心疼他。

夏言微微笑了一下:"可能是最近准备出国的事,太累了吧。"

夏言说完,又是沉默。茶楼里播放着琵琶乐,婉转流淌。

外面在下雨，天色昏暗，罗小西的脸色苍白，她昨晚一夜未眠，一想到要见到夏言，她不知道说什么，但她知道她一定会伤心的。此刻看着同样苍白的夏言，想起在北京的楼梯上，夏言一脸的阳光，她听到自己的心在哭泣。

"你好吗，小西？"夏言的声音飘过来。

罗小西的声音在喉咙里打转，就是发不出来，泪水挡也挡不住。

夏言靠过来，抽了张纸巾，擦了擦罗小西的泪。

悲伤的时刻，时间忽然就不动了。罗小西紧紧地握住了夏言伸过来的手，她紧紧地将那只手抱在胸前，低声哭泣。夏言没有动，他保持着那样的姿态，像一座雕像。

"上辈子我们一定是见过吧，或者上辈子我欠了你什么，这辈子我们会有这样的结局。"夏言低声说。

"夏言，我们的相遇在我们的一生中只是微微一瞬间，但我们之间真的有过爱情的火花。相遇是上天的安排。其实如果张皓不出事，我不知道我会作何选择，但是我真的感激命运让我们相遇。"

"小西，那短暂的相遇，对我将是漫长永远的牵挂。你知道吗，分离其实就是一种永恒。"夏言低声说。

罗小西掉着泪，轻轻抬起头，她看到了夏言的痛苦的目光，那样的眼神，她怕是一生也忘不掉了。她努力地让自己平静下来。她放开夏言的手，幽幽地说："夏言，你一定要好好的。"

夏言的眼里闪着泪花，他很听话地点点头。

他们像两个多年未见的老朋友，聊了聊彼此的工作，生活，聊了聊未来的打算。分别的时候，夏言掏出一个银镯子，颤抖地给罗小西戴上，夏言说："时间太无情，留个念想吧。"

罗小西不知道给他送什么，她就把自己脖子上的弥勒佛取下来，戴到夏言的脖子里。那玉佛在她身上已经戴了八年，是大二那年，父亲送给她的生日礼物，父亲去四川的乐山请的玉佛，在峨眉山开了光的。父亲希望她一生平安幸福，这个愿望是天下所有父母对子女的愿望吧。

罗小西对夏言说："这个玉佛，八年来从来没有离开过我的身体，希望也能保佑你。"

罗小西给夏言戴上玉佛，便转身离开。

罗小西想，她和夏言算是爱情吗，时间那么短，却有肝肠寸断的感觉。漫漫人生，我们谁都无法预知未来。谁能管住自由的心呢？

离开夏言之后，罗小西坐在出租车上，看着街上来来往往的陌生人，她觉得她正在告别一段刻骨铭心的往事，而她的生活似乎从未改变，她的家人，她的爱人，她的工作和生活都如从前一样。甚至，除了夏言，没有人知道她刚刚经历的爱和悲伤。而她的亲人们都依然爱着她，宠着她。

罗小西下了出租车，穿过熙熙攘攘的行人，过了一条熟悉的人行道，她回到了她熟悉的小区，小区门口，张皓正笑眯眯地冲她招手，他的笑如阳光般灿烂。罗小西也跟着笑了。

这天晚上，罗小西一家和张皓一家在饭店吃饭。吃完饭，罗小西说："张皓，陪我走走吧。"张皓拉着她来到街上，张皓的背很宽，和他在一起永远都有安全感。罗小西知道，她和张皓将开始全新的生活，他们将一生厮守、相依为命，平平淡淡地过下去，像千百年来所有的夫妻一样生活，日子将充满柴米油盐、喜怒哀乐。

罗小西挽着张皓，他们沿着街边，慢慢地走。夜色阑珊，风很凉，张皓脱下外套，给罗小西披上，张皓自然地握住了罗小西的手。只要出门，张皓的手从来都要寻找她的手，他有时牵着她，有时他揽着她，有时手搭在她的肩上。

罗小西的身子如水草般贴靠在张皓身上，她喊道："张皓，我们白发苍苍的时候，你会这样牵着我吗？"

张皓笑起来，他轻轻捧起罗小西的脸，吻了一下。罗小西的眼里涌出了温暖的泪……

相依之诗

是个安静的清晨，唐晓悦从噩梦中惊醒，就听见了喜鹊叫，她喜欢听喜鹊喳喳喳的叫，那尖细响亮的叫声，让人听了会生出些美好的情愫。正是仲夏时节，唐晓悦翻了个身，才发现自己出了一身的汗。可能是热的，也可能是在梦里累的，她在梦里一直在推大箱子，睁开眼睛才发现，那个那箱子是潘伟的大腿，潘伟的大腿不知什么时候压到她的胸口上的。潘伟睡觉的时候就像个孩子，他超级占床，睡相也叫人不敢恭维。连婆婆也反对儿子东东和他们一起睡。婆婆说潘伟会不小心压着孩子。唐晓悦用力抬起潘伟的大腿，长长地喘了口气，她懒洋洋地翻起身，靠在床头坐了会儿，阳光透过窗帘的缝隙挤了进来。空气里有股淡淡甜甜的花香，许是楼下花园里的玫瑰都开了，香气四溢吧。

唐晓悦掀开毛巾被，才发现自己昨晚是光着身子睡的，在少女时代，她一直都有裸睡的习惯，结婚后，她就改穿睡衣了。新婚的时候她根本不敢裸睡，她一裸，潘伟就像馋猫一样凑过来，整夜缠绵，那时候是新婚。现在唐晓悦天天光着，潘伟也对她心无杂念。偶尔潘伟有点杂念，唐晓悦也没心配合，唐晓悦现在是孩子的妈，是这个家的保姆和女管家。

唐晓悦还是有点慵懒，她眯着眼睛看了看身边同样光着的潘伟，笑了一下，潘伟现在是越来越懒了，连夫妻生活也懒得主动了。唐晓悦捏了一下潘伟的鼻子，潘伟把头转过去，继续呼呼大睡。他的样子很像一只吃饱喝足的猪。

唐晓悦伸了个懒腰，又打了个哈欠。她还想在床上赖一会儿，很难得的一个周末，在这个只有十几平方米的小卧房里，唐晓悦满足地看着熟睡的老公，和旁边小床里的一岁四个月的儿子东东，东东熟睡的样子很可爱，小拳头握着，小嘴巴半张着。他现在最喜欢出门，他对什么都充满了好奇，不管是天上飞的、地上跑的，他只要看见，都乐此不疲地要研究研究，他的两个小肉手，没有一刻是不动的。

这是唐晓悦生命里最最重要的两个人，她看着他们，笑了笑，轻轻摸摸老公的脸，又踮着脚走到儿子身边，亲亲他的额头，有这两个宝贝陪着，她怎么会孤单呢。

夏天的衣服只需要两下就穿好了。唐晓悦套了件吊带裙，便蹑手蹑脚地走出卧室了。

唐晓悦先到卫生间，洗手。她每天起床的第一件事就是洗手。唐晓悦有些小洁癖，她洗手很认真，先打一遍香皂，用手慢慢擦出泡沫，认真揉搓指缝指尖，洗手的时候，她喜欢发呆，算是对每天的一点简单计划。

唐晓悦洗完手，觉得身上有汗味，又冲了个澡。湿漉漉地就从卫生间出来了，她没顾上吹头发，只匆匆地涂了保湿霜。女人一过三十，保养是很重要的。唐晓悦经常是简单涂抹，美容院她也很少去。她承认自己是黄脸婆了。平时潘伟一说她是黄脸婆，她就生气，甚至几天都不给他一个笑脸，现在潘伟喊她老太婆，她都不生气。她现在是千锤百炼的金刚之躯。

唐晓悦擦完保湿霜，食指在眼角停留了片刻，眼角有细细的鱼尾纹了，再好的眼霜也许都没用，谁能阻挡岁月的痕迹呢？

唐晓悦没有感伤，如果为了眼角的鱼尾纹伤心，她可能会比黛玉更黛玉了。她叼着牙刷进了厨房。她得先烧一壶水。在烧水的空当刷牙，然后在熬稀饭煮牛奶的空当收拾屋子。

"时间就像海绵里的水一样，只要你愿挤，总还是有的。"唐晓悦用消毒液冲刷了一遍马桶后，她扭头看了一眼餐厅墙上的那个摆钟，时间显示，早上九点十八分。唐晓悦笑了，她想到鲁迅说的关于时间的名言。对于已婚女人，特别是上有老，下有小的已婚女人，婚后基本上就没有自己了。白天踩着一双能累死人的高跟鞋去上班，下班后不是奔幼儿园就是菜市场。晚饭如果做的不好，不是被儿子拒吃就是被老公批评，有时候批评是轻的，实在难以下咽，他们就合起伙来罢吃。然后剩饭剩菜就成了她第二天的早餐。做饭刷碗，扫地拖地，柴米油盐，这些大小家务现在基本成了唐晓悦一个人的。潘伟回家唯一能帮她的就是在饭前陪孩子做一会儿游戏。

刚结婚，潘伟还常帮着做点家务。常常他们会为了谁洗碗，下五子棋，或者石头剪子布，不管输赢都觉得很有意思。那时候是二人世界，即使出去买根葱，两个人也会一人拿一头抬着回家，整天美滋滋的。那时候家里也没多少活儿，周末很少开火，不是去朋友家蹭吃的，就是去婆婆家吃饭。有一阵子，唐晓悦的好朋友送她一个有意思的玩意，那是个很特别的骰子，骰子的六面竟是：买菜、做饭、洗衣、洗碗、擦地、发呆，绝大部分是家务活，每天晚上睡觉前，他们俩都掷骰子分工。开始潘伟觉得好玩，就跟过家家似的陪唐晓悦玩，也基本能完成自己掷的那份活儿，后来，潘伟就不想动了。潘伟吃完饭喜欢一边嗑着瓜子，一边看电视，他觉得那是一天最放松的时刻，所以他说白天太累，打死也不洗碗。还信誓旦旦地说，女人应当洗衣服，做饭，收拾打理家务，他说男人天生对家务的整洁程度不敏感。他还说这是国外调查研究的结果。后来潘伟工作忙了，唐晓悦也就不计较了。

忙碌的生活是从有了儿子后开始的。父母永远感觉孩子会需要自己,永远觉得欠着他的,好像对孩子的债永远都还不完。儿子出生后,潘伟升了部门经理,更不顾家了,家里大大小小的事,只有唐晓悦独自打理。

唐晓悦做好早餐,潘伟起来,他显然没睡醒,一边打着哈欠,一边往卫生间走,在过道里和拖地的唐晓悦碰了一下,他也没说话,唐晓悦友好地让开了。潘伟撒完尿,吐了一口痰,家里抽水马桶的声音有点大,潘伟从卫生间出来,也没看一眼唐晓悦,他还要再睡。夫妻都是这样,碰到对方,也不会说声对不起,早上起来更不会说早安的。如果两个人忽然变得很客气,那一定是哪里出了问题,而且不是小问题。

唐晓悦本来想让他吃完早餐再睡,又一想,还是算了。昨晚潘伟有应酬,回来晚了。半夜,潘伟起来喝水,喝完水就馋猫一样凑过来,非要和她过个周末,折腾到后半夜,让他再睡会儿吧。

潘伟刚躺下,东东醒了。东东平时都是爷爷奶奶带,周末才接回来,得让老人喘口气。

东东刚学会走路,只要一睁开亮晶晶的眼睛,就哇哇地叫啊唱啊,唐晓悦也跟着唱啊笑啊跳啊,和儿子在一起总能忘记疲倦,忘记忧愁。

唐晓悦唱着"太阳天空照……",哄着给东东穿好衣服。潘伟也醒了。看见儿子,他一骨碌翻下床,举起儿子,狂亲了几下,东东乐得咯咯大笑。潘伟每天就这么点热情。唐晓悦让潘伟给东东洗脸,她去准备早餐。

潘伟说:"你快把儿子的东西收拾一下。中午我有饭局,都差点忘了。顺道我把儿子带到我妈那儿。你下午再过去。"

唐晓悦本来想和儿子团聚一下。可一看洗衣机里的一大堆脏衣服,就打消了这个念头。

吃过早饭,东东粘在唐晓悦的怀里就是不肯下来。

潘伟说:"宝贝,我们去做车车,好不好。"

儿子最喜欢坐他爸的车了,一听坐车,他立刻从唐晓悦的怀里扑到潘伟的怀里。出门的时候都没回头看妈妈。唐晓悦说"这个没良心的",

她看着父子俩像小兔子一样蹦蹦跳跳地下楼,她心里美滋滋的感觉,他们,是她的全部。

已婚女人也许都这样吧。

关门的时候,唐晓悦在过道的镜子里撞见了自己。头发乱糟糟披着,脚上穿着两只不同的拖鞋。她又瘦了,已经瘦得皮包骨头了。她实现了做骨感女子的愿望。少女时怎么减肥都不见瘦,现在身上的脂肪是一点儿也存不住。

天天忙得晕头转向。直到夜深人静,才偶尔伸个懒腰,用自己粗糙的手摸摸鼠标,上一小会儿网。上网时间一长,潘伟就开始抗议,怎么还不睡,说电脑的键盘声影响他睡眠了,唐晓悦鼻子哼哼着什么也不说,现在她懒得和他吵。吵架伤肝伤肺的,她没那个力气。

在周末才能挤出点时间透透气。

打扫完房间,唐晓悦发现客厅的窗帘没拉开,窗帘不是遮光型的,是米黄色有蕾丝花边的欧式风格的,这个窗帘代表着唐晓悦曾经的公主情结。女孩子小时候都有公主情结,即使当不了公主,也希望自己是那个幸运的灰姑娘,唐晓悦也曾经梦想着嫁给她的白马王子,可那个白马王子出国了。她嫁给潘伟后,并没有让她过上梦想中的生活。

拉开窗帘,闪闪发光的阳光,透过玻璃哗啦啦地洒了进来。唐晓悦不由地眯上眼睛,感受着太阳的温暖。

今天真是个好天气。

唐晓悦点了一支柠檬香,拿了本书,坐在阳台的藤椅上,书的名字叫《伤心咖啡馆之歌》,是个美国作家的小说集,唐晓悦是因为这个书名才买的。如今快节奏的生活,忧伤或者忧愁都成了一种奢侈品。难过不是忧伤,伤心也不是忧伤,忧伤是忧愁悲伤,忧伤是《诗经》里的那句"我心忧伤,怒焉如捣"。忧伤是黛玉看见落花时的心境。唐晓悦少女时代很享受忧伤的时刻,一年四季,春夏秋冬都会有触动她忧伤的事,当然更多的时刻是在阅读的时候。比如她此刻正在看的《伤心咖啡馆之歌》，如果静下心来读，她也会忧伤的。书买了大概有一个月了，看了不到三十页。但其中叫做《伤心咖啡馆之歌》的这一篇，唐晓悦总算是看完了，写的是在一个蛮荒小镇上的一场怪诞的三角恋爱，爱情永远是文学取之不尽用之不竭的主题，唐晓悦很喜欢作者麦卡勒斯说的话，她说你必须记住，真正的故事发生在恋爱者本人的灵魂里。别人永远不会了解。唐晓悦觉得这句话很有道理。一个人对另外一个人的思念、深情只有她自己清楚，有时候表达是苍白的。

唐晓悦准备看下一个故事。

窗外的花园似乎很热闹，聚集了很多女人在热烈地谈论着什么，偶尔有笑声传来，唐晓悦摇摇头，她无法融入她们，她平时独来独往，甚至有些一意孤行。就连买衣服逛商城，她也常常很享受一个人游荡的感觉。朋友说她是因为中了文学的毒。唐晓悦从来不否认也不承认。那本几千年前古人写的《诗经》，唐晓悦曾经能倒背如流。上大学的时候，她曾写过爱情诗。工作后整日都在疲于奔命，诗歌成了她最美的梦。

这些年唯一坚持下来的就是读书，只要有空的时间，她就捧着书看，如痴如醉地看。潘伟常说她娶了个书呆子。可唐晓悦觉得这个称谓她承受不起，很多时候，都是书立在柜子里看她，她却没有时间翻它们。

电话是在唐晓悦翻开书的这一刻响起的。是婆婆家的电话，肯定是问孩子的事。唐晓悦接通后，传来的是潘伟的声音："老婆，你快找找《红楼梦》，下午来的时候，顺便带过来，我爸要看。"

唐晓悦松了口气，她最怕的是，"晓悦，我们玩双扣差一个人，你快打车过来"。唐晓悦宁可打扫卫生也不愿打双扣。公公婆婆都是输不起的人。她和婆婆一伙儿，如果出错牌，婆婆会抱怨，她和公公一伙儿，如果打输了，公公也会发牢骚，和老公一伙儿更不行，她压根就不敢出牌，不管怎么出都是错。潘伟总说她脑子太简单。

估计是最近热播的新版电视剧《红楼梦》让公公有了看书的欲望。公公喜欢看书，但他看的书大部分都是历史和传记方面的，忽然喊着要看《红楼梦》，这倒是有些新鲜。公婆都是退休的教师，公公喜欢读书，婆婆喜欢打牌，自从有了小孙子后，两个老人的大部分时间都围着孩子转。不是他们帮她照顾儿子，唐晓悦早就变成黄脸婆了。平日里公婆的任何要求，唐晓悦都尽量满足，有讨好的嫌疑。

唐晓悦穿了苹果绿的一套运动服，随便扎了个马尾就出门了。生完孩子，她基本上不穿裙子了。现在连同事都说她是运动型。

刚出小区门，电话又响了，唐晓悦一看是闺蜜燕子打来的，急忙接了。

燕子一顿劈头盖脸地抱怨："怎么搞的，你干嘛呢，打了几百个电话。晚上同学聚会，刚刚大伙临时决定的。晚上穿漂亮点，你可是我们班的班花啊。对了。晚上还有神秘人物出场。"燕子说完嘿嘿地笑了。

唐晓悦本来想说她不去了，可又住了口，上次同学聚会她正挺着大肚子，哪都去不了。毕业十年了，聚会就两次，这次再不去。同学们又说她傲慢了。

唐晓悦说："拜托你能不能早点通知，我刚从家里出来，现在穿着运动装。你早说我就不用再回家换衣服了，我现在要去婆婆家给我儿子送奶瓶，还有给公公送书……"

"拜托我的大嫂，你能不能想想那些暗恋你的男生和初恋。你天天嘴上挂着的儿子老公，你还有没有自己呀。算了，不和你说了，记得晚上在凯悦大酒店六号包厢，不见不散哦。我还得通知其他人，拜拜！"

"拜托我的小姐，想初恋也得有时间啊，你信不信我现在连发呆的时间都没有。家里还有一大堆脏衣服呢……"唐晓悦抱怨着，那头已经把电话挂了。

唐晓悦站在街边打车，一直打不上，唐晓悦改了主意，决定走到婆婆家去。婆婆家也不远。为了赶时间，她决定走捷径，穿过一条长街，那是这个城市的酒吧一条街。那里白天萧条，夜晚繁华。唐晓悦走上这条街，才发觉自己已经很久没有去过咖啡馆了。上大学时，她常和几个同学跑到学校附近简陋的咖啡馆，一边喝啤酒，一边说笑或者议论新来的帅哥老师，那时候多么的快乐呀。似乎一直是在笑，没有烦恼，连考试挂课都不觉得是天大的事。那时候只觉得口袋里的钱少得可怜，梦想着有一天不用想口袋里的钱够不够，想买什么就买什么。现在不用发愁钱的事了，可惜哪有时间，哪有那群玩闹的伙伴呢？

酒吧一条街上很寂静，唐晓悦放慢步子。在街角的一家咖啡店旁边，一对年轻的恋人靠着一棵梧桐树，紧紧拥抱。男孩的目光如火，女孩有些羞涩，脸上泛着淡淡的红晕。

"你会永远爱我吗？"女孩的话飘过来。

平时这样的声音是听不清的。街上很安静，唐晓悦自然听见了。

"你，会永远爱我吗？"

唐晓悦也问过同样的话，只是那个人不是潘伟，他叫彭宇，这个名字就像长在心头的一根刺，只要轻轻一碰就隐隐地疼。沉淀的记忆像一簇苏醒小火苗迅速蔓延。

和彭宇在一起的每个片段都清晰起来。

那年她高三，他也高三，他从外地转学过来。高三的空气令人窒息，大家整天被书山题海包围着，谁都不会注意新转来的同学。唐晓悦也一样，当老师带着彭宇走到唐晓悦的后排坐下的时候，她自始至终都没有抬头。她在做数学试卷。数学成绩每次都不尽如人意，即使她拿出几倍于其他科目的努力，成绩依然徘徊在及格左右。这让她很头疼。

第一次和彭宇说话，是在校园的英语角。

彭宇微笑着走到她的面前，用熟练的英文说："Hi, my name is PengYu, I am 18years old this year……"她抬头一看，脸瞬间就变成红苹果。阳光下的彭宇一脸的真诚，满满的灿烂阳光。她很想对他说，我在等另外一个女同学，可嘴巴根本不听使唤。

对彭宇产生好感是看他踢一场球赛。彭宇身材修长，戴着一副眼镜，远处斯斯文文的，可没想到他的足球踢得那么好，他身姿飒爽，勇敢果断。中场休息，当彭宇抱着足球奔向她的时候，她通红着脸，结结巴巴地不知道说什么。

彭宇说:"唐晓悦你的眼睛太亮了,我刚才的那个球就是被你的眼睛照进去的。"

唐晓悦大笑起来:"现在太阳光这么强烈,我的眼睛都睁不开了,你想能看清足球吗?"

彭宇总喜欢逗她开心,17岁的唐晓悦常常令彭宇很难捉摸,她有时快乐自由,有时又忧伤任性。后来,彭宇给她写了小纸条,约她在学校旁边的小树林见面。那晚,她穿着背带裤抱着书,一路小跑气喘吁吁地寻到他。彭宇正在抽烟。她才知道他原来抽烟。她本来有点恼,有什么话教室里不能说?可看见他忽然不气了,默默地靠到他身旁,什么都没说。唐晓悦第一次发现,原来两个人靠在一起即使什么也不说,都能感觉到空气的甜蜜。那晚他们就那么靠着看星星,直到下晚自习。

唐晓悦说:"我该回去了!"

彭宇忽然握住了她的手,紧紧地握了很久,说:"晓悦,漫天星星都知道我对你心意。"

唐晓悦的眼泪一滴一滴地落在彭宇的手上。她很想告诉彭宇,你的喜欢不是孤独的,你的喜欢有我的喜欢做伴儿。

高三的时光就像打仗一样,容不得一点的闪失,唐晓悦和彭宇虽在一个班,但说话的机会并不多,但平时只要目光能交汇一下,两个人都很满足,很甜蜜。彭宇说,他每天在日记本里给唐晓悦写一句话。他说要等到考上大学后给她看。唐晓悦也同样给彭宇写一句话。高考后,唐晓悦正常发挥上了一所师范学校,而彭宇发挥失常,考到一所工业大学,这并不是他的理想。但那个学校和唐晓悦的学校在一个城市而且离得很近。彭宇是有预谋的。接到通知书的那天,风很大,唐晓悦躲在彭宇宽大衣服里,他们紧紧地拥抱在一起。彭宇一直笑着,露出了洁白的牙齿,唐晓悦闭上了眼睛,悄悄地说:"傻瓜王子,你不想亲亲你的公主吗?"彭宇忽然有些窘迫,直到他颤抖地把嘴唇落在唐晓悦花朵般的嘴唇上。那是唐晓悦的初吻，也是彭宇的初吻。那一刻全世界的花朵都为他们开放。

彭宇轻轻说："晓悦，我们大学毕业就结婚好吗？"

唐晓悦听得真真切切，刻骨铭心。她不记得自己点头了没有。那天他们一直在小河边拥抱着。也就是那天，彭宇的妈妈发现了彭宇的日记，知道了彭宇发挥失常的真正原因。彭宇的妈妈没收了日记本，并且告诉儿子，他们决定送他去英国上大学。彭宇知道消息后，开始绝食反抗，但是这些都是没有用的。很快彭宇被送走了。彭宇离开前偷偷跑到唐晓悦家找她，可是唐晓悦去了姨妈家。彭宇给她留了一封信。等唐晓悦看到信的时候，彭宇已经走了。

那天，唐晓悦跑到他们约会过的小河边，她看完了信，回到家就病了。期间彭宇的妈妈来找过一次唐晓悦，希望她不要影响彭宇在英国读书。唐晓悦从此拒绝读彭宇来的任何一封信。彭宇的信坚持了一年零三个月。后来就再也没有来过信。而大学期间，唐晓悦并没有再恋爱。活泼可爱的她忽然变得很文静。她只是断断续续地听说了彭宇的一些事情，彭宇大学毕业后，又在英国继续读研究生，听说他两次回国也都独自一人。高中时的女同学有见过彭宇的，都说他越来越帅了。唐晓悦每次听了，都淡淡一笑。从19岁到23岁大学毕业，她内心其实一直期盼着彭宇来找她，可当彭宇来找她的时候，她已经25岁了。

那一年，她在图书馆遇见潘伟，潘伟对她一见钟情，唐晓悦正准备和潘伟结婚。唐晓悦那次并没有见彭宇。高中同学告诉她，彭宇这些年心里只有她，只是他答应父母要先完成学业。

这么多年过去了，他过的好吗，燕子电话里的神秘人物是他吗？据科学家讲，彻底忘记一个人需要7年时间，据说人的细胞每天都在更新，而人体彻底更新完身体所有的细胞需要七年时间。的确，如果不是刻意想起，唐晓悦基本已经忘记彭宇的模样，难道她的细胞快更新一遍了吗？

手机又响了，唐晓悦一看是婆婆家的，她甩了甩头，把初恋抛到脑后。走出酒吧街，又过了一个十字路口就到了婆婆家。一进门，婆婆就把东东递给她，翻她带来的包。

"晓悦，我让你带的白色的那件外套你怎么没拿？"

"哦，忘了……"

"晓悦，宝宝的奶瓶你怎么拿了个小的，我让你拿那个大的，现在天气热，孩子喝水比过去多了。"

"晓悦，我的《红楼梦》拿了吗？"公公也凑过来。

"嗯，这个我怎么敢忘呢。"唐晓悦和公公最有共同语言。公公是教中学语文的。他们偶尔会讨论一些古典诗词。

公公拿了书，带上老花镜到书房去了。东东一到唐晓悦的怀里就不老实了，他指着门口："妈妈，荡荡，荡荡……"

东东想去花园里荡秋千。这是他每天的必修课。东东一坐在秋千上，唐晓悦连眼睛都不敢眨一下。孩子真是上辈子的冤家吧。反正生下来就有操不完的心。

唐晓悦说："妈，我带东东到花园里玩会儿，一会儿回来。"

"去吧，别让他一个人荡秋千，你抱着他荡，昨天院子里的一个孩子从秋千上摔下来，头都磕破了。"婆婆说。

"嗯。"唐晓悦给东东拿了点水，又带了纸巾和一个桃子。小孩子不光好动而且嘴巴也馋。东东不老实的时候，她常常用零食贿赂他。

一开门，潘伟进来了。潘伟的脸红红的，显然是喝了酒。潘伟的手里拿着车钥匙。

唐晓悦一看就急了。

"潘伟，你怎么又喝酒驾车，出了事咋办？"

潘伟不耐烦地挥挥手说："你别和我妈似的。"

"我怎么跟你老妈一样，酒后驾车是犯法，知道吗？"

"你就一天盼着我出事啊？"

"你怎么胡搅蛮缠呢，你喝了这么多，怎么能开车呢，你哪个朋友请你的,我找他去,怎么能让你开车回来?"

"你管我哪个人请客,我想怎么开车就怎么开车。"

"我就管了。我是你老婆,我有权利管你。"

"滚,别烦我。"

"我怎么烦你了!"唐晓悦差点被气哭。她常常被潘伟气得哭笑不得。

潘伟也急了:"我看着你就烦,你滚出去。"

"你再说一遍,我今天就管你,烦死你。"

"你给我滚!"潘伟说着推搡了一下唐晓悦。唐晓悦差点坐到地上。潘伟难道没有看见她抱着孩子吗?唐晓悦从没受过这样的委屈。

"是你的错,你还这么理直气壮?"

"我就理直气壮怎么了?"

两个人的嗓门都大了起来。潘伟有些声嘶力竭,唐晓悦气得发抖,怀里的东东哇哇大哭。东东一边哭,一边闹着要下来。唐晓悦不让下来,东东就揪着唐晓悦的头发往下滑。婆婆公公听见哭闹声,都跑出来了。

唐晓悦看见婆婆便住了口。东东还在哭。婆婆一把夺过东东,生气地说:"和你们说过多少次了,别当着孩子的面吵架,不然会给孩子留下阴影的。晓悦你看潘伟喝成这样了,还和他吵什么,你也不等他酒醒了再说。现在说他能听吗?"

婆婆显然是护着潘伟的,不管是不是潘伟的错,她永远都站在儿子的一边,她不是那种经常找茬,无事生非的婆婆,她还是讲道理的,对于儿子和媳妇的生活也不常常指手画脚,前提是不能触碰她的原则,她的原则就是不能惹她儿子不高兴。

公公则站在唐晓悦这边。他摘下老花镜,盯着潘伟看了几秒,啪就一巴掌落在了潘伟的脸上:"你这不听话的小子,这次如果你酒醒后不写保证书,今后休想再开车,车钥匙先放我这。去,洗把脸,看你那德行,顺道给我把酒戒了。"

公公一巴掌下去,唐晓悦傻了,潘伟愣了,婆婆却急了。婆婆总是惯着儿子，现在又惯着孙子。婆婆站在了潘伟前面，她时刻准备着保护她的儿子。

潘伟挨了巴掌，清醒了一点，指着唐晓悦说："都是你闹的。现在你满意了？"

唐晓悦委屈地哭了。

婆婆一看儿媳妇哭了。似乎她心理也平衡了，她说："潘伟，这你可不对，你赶紧睡，晓悦，你别和醉汉一般见识。对了，宝贝的纸尿裤没了，你快去买吧。"

东东睁着毛茸茸的眼睛，很无辜地望着唐晓悦："妈妈，荡荡……"他是想去花园里荡秋千。小孩子的快乐很简单，他前一分钟哭，后一分钟就笑了。

东东在家里调皮得不得了，一出门简直是换了个孩子，在他看来外面的世界真是精彩，所有的一切对他都是新鲜的，而对唐晓悦来说，外面的世界和家里的世界都是无奈的。

唐晓悦和婆婆一起出了门。她的眼睛红红的。婆婆见儿媳妇一脸的委屈。她就安抚了两句："别难过了。潘伟醒来我好好收拾他。这小子现在真是越来越不像话了，你爸都打他了，他会改的……"

唐晓悦不知道潘伟为什么变得如此世俗，也许，爱情的敌人不是第三者，而是时间。爱真的太短暂了。当初的潘伟那么爱她。他们刚认识的那个冬天，有一晚下起了大雪，唐晓悦没有出去吃饭，她馋得厉害。她在网上对潘伟说我好馋啊，说完潘伟就下线了，半个小时后，忽然有人敲门，开门发现是脸蛋冻得红扑扑的潘伟，潘伟说："走，我带你去解馋。"

唐晓悦被他的大手牵到一个很偏僻的麻辣烫店，他们也不顾小店的卫生脏乱，就围着炉子一顿大吃。潘伟说那是方圆最好吃的小店，味道一流，因为太香了，他们都吃撑了，吃完他们决定走回去。他们踏着厚厚的积雪，他们手牵着手小心翼翼地走着。雪绒花静静的落，潘伟紧轻声说："晓悦，你知道吗，此时此刻是我出生以来最最幸福的时刻。感谢上天让我们相遇。"唐晓悦看到了潘伟眼里的泪光，潘伟也看到了她的泪光。她们紧紧地拥抱着，他们说着天荒地老的誓言。

如今，他喝点酒就动手推她了，连怀里的孩子都看不到，怎不叫人伤心。这次她不会轻易原谅潘伟，不然他会把酒驾和动手变成习惯的。有什么办法能让潘伟不喝酒呢？

也许所有的婚姻都如此吧，开始的一两年还有爱情支撑，一切的缺点可以当成优点，如胶似漆的甜蜜过后，争吵、矛盾、伤害、妥协才是常态，饭菜的咸淡都能引发一场大战，争吵是家常便饭，这就是千百年来的每一个人的生活。相敬如宾的夫妻只在童话里。

唐晓悦匆匆到超市，买了两包纸尿裤，一看时间已经下午4点了，她忽然想起燕子的电话，晚上还有聚会呢，她得赶紧回婆婆那儿，然后回自己家换衣服，总不能穿着运动服见老同学吧。

走出超市，唐晓悦的包就被小偷偷了。那小偷手法过于直接，他显然是抱着抢的勇气偷的。唐晓悦在他拿走钱包的瞬间就发现了。唐晓悦一转头就看见了逃离的小偷。

她开始狂奔。

"小偷，快抓小偷呀。"唐晓悦一边喊一边追。

路上的行人也都明白过来了。大家都喊了起来。有人也在唐晓悦的身后追了起来。

一场追赶小偷的大赛还没开始就落幕了。小偷看到追赶的人越来越多，他心虚了，丢下包从车流里穿了过去。看到小偷丢下包，唐晓悦停下来，她披头散发，她大汗淋漓，大口喘气。

"给，你的包。"陌生而熟悉的声音。

唐晓悦没有抬头，先是翻看包里的东西都在不在。包里什么都在，银行卡，钥匙，手机都在。她这才想起要感谢见义勇为的人。

一抬头，她就看到了似曾相识的一张脸。

"这不是彭宇吗？"

唐晓悦和彭宇都呆了，他们站在路边，惊愕地注视着对方，忽然他们同时大笑起来。

时光仿佛回到了十年前，彭宇一直笑着，露出了洁白的牙齿，唐晓悦闭上了眼睛，悄悄地说："傻瓜王子，你不想亲亲你的公主吗？"

这世上，和谁相遇，和谁错过，都是命中注定的，再相逢的一刻，内心忽然多了很多的味道。

两个人都没说话，周围忽然就静下来了。唐晓悦按了按胸口，努力让自己平静一点，心跳都不规则了，扑通扑通地乱跳。

彭宇的脸也有些通红，他是因为刚刚追小偷累的，还是因为激动呢？

唐晓悦微笑着仰起头，触到了彭宇的目光，那目光穿越了时光隧道，一如十年前清澈、阳光，他只是看着她，静静地看着，湿润的眼睛流露出千言万语。

唐晓悦笑着笑着心忽然有些酸，眼泪也跟着流下来。

彭宇走过来，轻轻抬手，拍了拍唐晓悦的后背。唐晓悦很想握住他那修长的手，但她却本能地退后了一步。她用手捋了捋被风弄乱的头发，拿着纸尿裤，挥舞几下说："嗨，好久不见！"

彭宇点点头，他眼里含着泪光。

唐晓悦的心忽然又甜了起来。

他们相视而笑。

唐晓悦说："你还好吗？"

彭宇长长地出口气："十年没见，这十个春夏秋冬，无数个星辰更替，我从来没有想过会这样遇见你。"

"很戏剧吧？"唐晓悦说着忽然有一点点心痛，眼泪还在流。

彭宇倒是比她自然，他忽然夸张地叫起来了："知道吗，刚才你奔跑的样子，我以为遇见了一位女飞侠，真是太不可思议了。没想到你变得这么勇敢！"

唐晓悦摇摇头，把眼泪甩到脑后，她笑着，微微侧着头，眨了眨眼睛说："如果，我是说如果你有时间的话，陪我去一趟婆婆家，给我儿子送纸尿裤，然后我们一起去参加同学聚会！"

彭宇耸耸肩说："当然……"

好好说话

1

  这是条老街。街边的铺面，都是居民楼的一层改装的。楼和楼之间，是一些长长短短的巷子，里面盖满了小楼，样式大同小异，一间一间的隔开，房东全部租出去，补贴生活。街上做生意的有本地人，也有河南来的菜贩子。说白了，这里是菜市场，杂货区，日常所需，应有尽有。每天清晨五六点，装满各种新鲜蔬菜水果的车子都往老街集结。昏暗的灯光下，摊主们找到自己的位置，迅速支起摊子，然后裹着厚厚的军大衣，躺在三轮车上，再打个小盹。天彻底亮了，才起身开始新的买卖。

  在老街，冬梅不算是起的最早的。她每天四点一刻起床，在一家早餐店帮忙，一天只干四个小时，她主要包包子。这活儿，是修鞋的大婶给她介绍的，早餐店老板是大婶的老邻居。起初，冬梅没答应，怕耽误人家生意，她要照顾孩子，只有早上九点以前有时间。大婶可怜她。就给老板说了情况，老板说，那就让她早上来包包子吧，每天包四个小时，每月我给她600块的工钱。冬梅就来了，她很珍惜这份活计，从不偷懒。一到店里，就忙着揉面、擀皮、包馅。老板对她很满意，她就一直干着。包子店的老板两口子也不容易，家里有个瘫痪的老母，还供两个儿女上大学。老板娘更是累出了一身的病，没办法，才想着雇个帮手。

冬梅把包子一个一个摆到热气腾腾的蒸笼里。她擦了一把被蒸汽熏得汗津津的脸，看了看炉子里的火，添了点炭。今天是周一，生意好，老板说让她再包二十笼，她又擀了几十个包子皮，把包好的包子放进空蒸笼备着。冬梅看了看墙上的挂钟，马上八点了，她手里的速度更快了。她又擀了几十个皮，她一边擀着皮一边想，今天得早点回去，要去医院呢。几十个包子不到十分钟就捏出来了。她洗了手解开围裙，老板娘粗糙的手，递过一袋包子："冬梅，快回家吧，这些包子你拿着回去吃。"

"这怎么好意思，也不能天天拿包子！"冬梅说。

"拿着吧，孩子怕是都吃腻了。"老板是个南方人，精瘦干练，他每天凌晨三四点起床。忙活一早上，回家还要照顾老人。

"小孩子都那样。"冬梅笑呵呵地双手接过包子，一脸的感激。

"快去吧。"老板娘拍了拍她的肩膀。

冬梅点点头，飞快地朝家里走去。

店铺一个一个开了。街上成了小货车和三轮车的天地。平常也极少有私家汽车和出租车，车主往往进得来，出不去，渐渐的，都绕道走了。大清早，买卖人聚集起来，卖鱼卖肉的，卖面条馒头的，卖日用百货的，修鞋配锁的，一元店、两元店，还有推着小车卖花的……。卖鱼卖肉的周围时常有流浪猫狗光顾，卖家高兴的时候，会赏它们一些下水碎肉，不高兴了，一跺脚，或者一举刀，狗儿猫儿便哧溜不见了。

很多中老年人也陆续来买菜了，街上叮铃咣啷的混杂着各种声响。冬梅刚走到街西头，就看见修鞋的大婶正在摆摊子，她把修鞋机，东挪挪西挪挪，似乎下面有些不平整。大婶的修鞋摊，在老街最不起眼的角落，大婶是个苦命人，老伴两年前出了车祸死了，有个赌鬼儿子还靠她养着。

"大婶，今天怎么这么早出来？"冬梅问。

"嘿，你包完包子了？"大婶憨厚地笑笑。她挽了挽暗花的长袖衬衣。摆弄着各种工具，鞋跟、支架、钢锉、锤子、打磨机……

"刚包完，今天包的比过去的多！夏天来了，生意比过去好了。"

冬梅给修鞋机下面垫了个木板子，就稳当了，大婶这才站起来，笑着说："昨天有个客人说让我九点等，她要拿几双鞋过来修。我今天就出来早了。"

冬梅拿了两个热腾腾的包子，递给大婶。

"我知道你还没吃饭，快趁热吃了。我还要带孩子去医院呢，不和你多说了。"

"噢，也是，今天是周一，你快去吧。不然中午都回不来，现在干啥都得排队。"

冬梅笑着和大婶告别。走到一个巷子口，冬梅看到有两个空的饮料瓶，顺手捡起来，这些都是可以换钱的。冬梅不觉得捡这些难堪，她早已习惯了各种眼神。

2

初夏的清晨，阳光碎金子般洒满了巷子。冬梅走进街角旁边的一个巷子，这个巷子很短，只有六户人家，前面的四户都盖起了三层小楼，顶楼的天台上，摆满了花，都是些普通的小花草，在风雨中，默默生长。后面的两户却是平房，平房的房租是楼房的一半。平房也盖得满满的，院子里只有很小的活动空间。政府把这里叫作棚户区，房东可不承认，他只是感叹自己没有抓住最后一次盖楼的机会，现在有钱了，政策不允许了。

冬梅进了院子，就听见女儿好好在笑。冬梅拍了拍身上的土，把塑料瓶装进门口的一个面袋子里，这个袋子马上就要满了，改天得去废品收购站卖掉。

好好还在笑，肯定是建东又逗她呢。冬梅带着一身的阳光推开了门。

建东是冬梅的老公，他们结婚有八年了。冬梅笑着进了简陋的木门，屋子里没有开灯，窗帘也没完全拉开，一缕阳光恰好照在床头，建东就是借着这一缕光给孩子穿衣服呢。

好好闹着不穿外套，建东正给她做各种鬼脸。逗得好好"咯咯"地笑。

冬梅笑笑，端了地上的尿壶出门，厕所在巷子的最里边，是街道办建的公共厕所，早上去厕所总要排队的。冬梅也是图这里方便和便宜。一间房每月三百元的租金，院子西边有一间公用厨房，最主要的是这里就在医院旁边。

倒完尿壶回来，好好已经在地上跑了，建东正在洗脸，冬梅说："趁热吃上几个包子，我洗把脸了去烧水！"

建东擦脸的时候，憨厚地笑了笑。建东一边吃包子，一边和好好说笑，捏捏好好的小鼻子，拍拍她的小手，好好也学着建东，使劲地拍建东的厚手掌。父女俩玩得津津有味。

冬梅洗了脸，烧好水，给建东泡了壶茶，建东早上起来喜欢喝浓茶。茶叶罐快空了，得过两天去买。这茶叶还是从家里出来的时候带的。建东喝了一口茶，把手机打开，手机就响了。这么早会是谁呢，刚一接通，婆婆的声音就传过来。

"建东，好好怎么样了？"

"妈，你怎么起这么早？"

"我六点多就起来了，我们一醒来就给你拨手机，才打通。你爸昨晚做了个梦,梦见好好会说话了,好好手里拿着个玉米棒子,嚷着,奶奶,我要吃煮玉米。"

手机里的声音冬梅也听见了。她听着听着心里酸酸的,觉得对不住老人。建东抱着好好,让好好喊奶奶。好好却只顾着夺手机。

"妈,好好就在电话跟前呢,好好乖,好好叫奶奶,叫爷爷。"

好好还是要拿手机。建东不给,好好就哭了。

冬梅接过电话,和婆婆说:"妈,好好现在还没有学会说话,不过她能听见了,手术很顺利,我现在天天教她说话,等她会喊奶奶了,我就给你打电话。"

冬梅在电话里听见公公剧烈地咳了几声。

婆婆说:"昨天晌午你妈和嫂子来家里了,她们也担心着好好呢。"

冬梅说:"让大家操心了。"

"什么操心不操心,只要好好能说话。我们比什么都高兴。"

"妈,建东要去市场了,回头再给你打。你和我爸不要操心了。好好回去的时候,肯定会喊爷爷了,啥都会说了。"

建东吃了三个包子,又带了三个包子,他说中午就凑合着吃了,外面一顿饭,最少也要八块钱,冬梅有些心疼自己的男人,急忙递了两个昨晚煮的鸡蛋,"有时间还是吃个面去,省钱也不在一顿饭。"

建东说:"我先去给一家安装浴池,医院那边有什么事,打我手机。"

冬梅点点头。

建东的手机也是那个教他技术的师傅送的。师傅说,现在没个手机根本揽不到活儿!建东现在在一家美居城揽活儿,专门安装马桶和洗脸池子。起先,他是帮人搬瓷砖,打零工,有时候有钱,有时候就两手空空的回来。也是遇着好人了,一天他帮人搬马桶,认识了一个装马桶和洁具的师傅,建东请他吃了一碗牛肉面,喝了半斤酒,那人一听建东的事,就教建东安装洁具,还带建军干了一周,建东很快就学会了。从此建东就喊他师傅。师傅五十多岁，无儿无女，孤身一人，建东有时候带他到家里吃饭。冬梅很感激师傅，每次他去，会多炒俩菜。师傅每次去手里也不空着，他总给好好带玩具和零食。

安装洁具收入好，活儿多的时候，一天能挣三四百。尽管建东挣的比过去多了，冬梅却一分也不敢乱花。给好好看病花光了家里所有的积蓄。

建东骑着一辆破旧的电动车出门了。

冬梅给好好洗脸，好好不喜欢洗脸，却喜欢玩水。冬梅给好好热了包牛奶，喂了个包子。好好闹着不想吃包子。天天吃包子，大人都吃腻了，何况孩子。

冬梅哄着："好好乖，好好要快快吃，好好吃完我们去医院！"

好好睁着大眼睛，盯着她的嘴巴。她笑着把手里的包子往冬梅的嘴里喂。

这孩子心里什么都明白，就是不会说。

3

第一次看到好好的时候，她八个月大，粉白的小脸，圆圆的大眼睛，睫毛忽闪忽闪的。谁见了都要抢着抱。不知道的人都说好好结合了冬梅和建东的优点。谁能知道，好好不是他们亲生的。

冬梅和建东结婚八年了，她二十岁的时候嫁给建东，如今快三十了。当初，他们一结婚，建东的父母就急着抱孙子。婆婆说，你们赶紧生，生下了我帮你们带，你们放心去挣钱，这样都不耽误。建东和冬梅也觉得有道理。结婚第一年，冬梅没有怀孕。婆婆说，你们去城里打工，说不定换个地方就怀上了，他们就到省城打工，可是一年过去了，他们还是怀不上。建东说要不去医院查查。起初冬梅一直以为自己不能生养，他们四处看病，后来到省城最大的不孕不育医院，花了好几千块，才算把问题查清楚。建东是先天性无精症。就是说问题出在建东身上。

建东拿着化验结果，掉着眼泪说："冬梅，我不能拖累你，咱们还是离了吧。你和别的男人去生吧。"

冬梅说："建东，这么多年了，你还不了解我吗，何况，现在查出了结果，以后我也就不吃那么多中药了。"

冬梅这几年吃了多少中药，她都不记得了。光砂锅都熬坏了好几个。现在问题出在建东身上。她心里不好受。

她说："建东，如果大夫今天说，不能生的是我，你会和我离婚吗？"

建东摇摇头。

冬梅说："没有孩子，我们俩就相依为命，我早就想好了。前几年我妈天天催我们离婚，我们不是也没被分开吗？"

婚后第四年，冬梅的压力是最大的。公公天天喊着让建东离婚，还说，会下蛋的母鸡多的是，可是建东硬是一声不吭抗过去了，冬梅那一段天天哭。

她妈说："冬梅呀，要不你还是离了吧，找个有孩子的男人。人怎么都是一辈子。你和建东又不是梁山伯和祝英台，何苦天天受那家人的气？"

冬梅只知道哭。

冬梅是普通人，相貌平平，胖胖的身材，细眉细眼，皮肤白净，说起话来总笑眯眯的。村里人都觉得冬梅是好生养的身子，可就是肚子一直没动静。建东长得英武，人老实。两个人是媒人介绍订的亲。当时好多人说冬梅配不上建东，可建东却还把她当宝。

两年前的一个清晨，冬梅的表姑抱来了好好。表姑家在县城，离孤儿院近。表姑说，这孩子是表姑父晨练的时候捡到的。估计丢孩子的人想让好心人把孩子送到孤儿院，表姑夫抱着孩子看看，白白净净，又很健全。他就把孩子抱到家。她们简单收拾了一下,就给冬梅抱过来了。孩子的衣服里有个纸条,写着孩子的生日,还有一句:"谢谢好心人,给你们磕头了,来世做牛做马报答你们。"

　　冬梅见到孩子的第一眼就喜欢上她了,冬梅抱起她的时候,孩子睁着亮晶晶的眼睛静静地看着她,看着,看着,忽然笑了。旁边的人都说,你们娘俩有缘啊,冬梅从此就给这个孩子当起了妈,她给孩子起名好好。希望她一辈子都好好的。公公和婆婆也特别疼爱好好。婆婆说,如果不是好好,家迟早会散的。公公说,我们一家都要对得起这孩子。

4

　　好好一岁两个月的时候,冬梅发现了问题。村子里,很多一岁左右的孩子都开始学说话了,可好好只会叫。甚至,冬梅喊她,她都不抬头,只顾着玩。冬梅教好好说话,好好根本不理睬,不愿意了,就呜呜咽咽地乱喊,有时候在她后面叫她,她也没反应。一家人急了。先是领到县城的医院,医生一检查,就说,应该是先天性耳聋。大家没有一个相信的,怎么可能,这么漂亮的孩子,不可能。冬梅和婆婆那天哭了一路。小好好可能饿了,也哭了。回到家,冬梅把在南方打工的建东喊了回来。建东回来后,一家人开了个会,这个会是个扩大会议,不光有冬梅的公婆,还有她娘家的父母和当初抱养孩子的表姑表姑父。几个大人都劝冬梅把孩子送回孤儿院,说再找机会领养健康的孩子。

　　建东一声不吭,他不吭声,就有自己的主意。建东一直把好好当心头肉,在南方打工的时候,他几乎天天要和冬梅通电话,好好长好好短的问个没完,或者听好好咿咿呀呀地叫声。

　　冬梅只是哭,她说不清是可怜好好还是可怜自己。上天为何如此不公?如果把好好送回去,大家都是理解的,可她给好好当了整整一年的妈,白天抱着,夜里搂着,不是亲生,胜似亲生。怎么舍得送回去?

冬梅妈说："好好就是一个不会说话的石头。聋子没法治。你就认命吧，还是还回去。"

冬梅叹口气，呜咽地说："她就是块石头，我天天抱着，也捂热了，我已经舍不得好好了。再说，送孤儿院，好好多受罪啊。"

家庭会后，建东决定和冬梅上省城给好好看病。

没到省城的时候，冬梅以为聋哑的孩子少，到了康复医院才知道，这样的孩子真不少，造什么孽了，这么多孩子耳朵有毛病。主治大夫给好好做了详细的检查，好好的智力正常，鼓膜完整，舌头灵活，声带正常，专家说不是先天性耳聋，可能好好在很小的时候，发烧或者曾经连续使用抗菌素，这些药物过量使用，导致了神经性耳聋。大夫说孩子要恢复听力，目前只能手术，需要植入人工耳蜗。冬梅一听孩子有希望和正常人一样说话，她就特别激动。去年，村子里有几个长舌头的女人说好好是哑巴，被冬梅听到了，她气不过，憋红脸，去找那些女人理论，说着说着大哭了起来，惊得在场的女人们一句话都不敢说，从那以后村里再也没有人说好好是哑巴了。

冬梅和建东决定听大夫的。临出医院的时候，冬梅小心翼翼地问主治大夫："大概需要多少钱？"

大夫说："本来人工耳蜗的费用是20万，现在国家有优惠政策，你们的孩子正好符合这个条件，你们家庭只需要支付几万块。"

冬梅没敢细问到底要几万。不管要几万都是天文数字。建东说，只要好好能听见，能和正常的小孩子一样。他就是砸锅卖铁也要给孩子治好。

手术前，冬梅每天带好好去医院。每次，医生会给好好先针灸，再给耳朵局部上药。做针灸的时候，好好闹的最凶，冬梅不忍心看大夫扎针，那针每扎一下，冬梅的心就痛一下。可她又不得不看。好好听不见，就会像小兽一样乱叫，冬梅只能抱着她，她一哭闹，冬梅就给她一个棒棒糖。好好嘴里一含上，就不闹了。她平时从不给好好吃棒棒糖，只有做针灸的时候,她才给,这才管用。

好好的耳蜗手术还算顺利,到省城后的第三个月,北京的专家就来做手术了。本来轮不到好好,可排在好好前面的一个孩子由于身体其他原因,这次不能做,大夫就让好好先做。手术前几天,两口子合计家里的钱。去年建东去南方打工,两口子才有了积蓄。那只有两万多,还有冬梅养的猪卖了四千多块钱。家里的苹果和桃子卖了一万多。给公公做胆结石手术就花了近五千。最近到省城,租房和给好好四处看病,又花了好几千。手里目前也就两万多块钱。钱确定是不够的,冬梅和建东又从几家亲戚那凑了三万块钱。算是凑够了手术费。

好好的手术做得很成功,住了几天院就出院了。只是好好的耳朵后面留下了一个小小的疤痕。出院那天,大夫说,好好现在有听觉了。你们得让孩子认识这个多姿多彩的世界,发掘她的语言表达能力,教她说每一个字。大夫还说好好不到三岁,正是学说话的时候。

5

好好喝完牛奶,冬梅匆匆吃了两个包子,喝了杯水,她吃饭的时候,打开了收音机,她把音量调到最大。好好刚做完手术,冬梅就买了收音机,收音机花了50多块,又买了最好的电池,刚开始,她打开,好好一点反应也没有,后来她把声音放得很大,好好才发现。冬梅为了试好好的听觉,她故意把收音机藏到好好身后的被窝里,好好竟然寻声去找。好好找到了,把收音机拿到手里。收音机里正在播广告,里面乱糟糟欢笑。好好就指着收音机给冬梅看。冬梅知道,她听见了。

收音机里正在放一首欢快的歌,好好跟着拍手,屁股也跟着扭起来。

冬梅说:"好好,你听见什么了?好好,你说话呀。"

好好只是睁着大眼睛,把收音机的天线拉得很长。好好现在能听见，可好好咋就什么也不会说呢。

冬梅给好好奶瓶装了一瓶水。她整理了一下包，抱着好好出门了。今天她必须问问大夫，好好为啥还不会说话，手术做了一个月了。医院推荐的语言训练书，她一天不知道给好好教多少遍。

医院里人不多，冬梅抱着好好，按部就班地做完检查。冬梅看着大夫，半天涨红着脸问了一句："手术也做了，好好咋就啥都不会说呢？"

冬梅问完，心酸酸的，痛痛的，百般滋味，眼泪跟着掉下来。好好转头看见冬梅哭，就用软绵绵的小手给冬梅擦眼泪。冬梅把好好抱得紧紧的。等冬梅情绪稳定后。大夫说："好好过去没有任何的语言表达能力，她远离声音世界，现在对于声音还得逐步适应。必须对她进行强化语言训练，医院专门有训练班，帮助孩子恢复语言功能。大夫说，最好马上参加训练班。"

"训练班收费吗？"冬梅问。

"收费的，每个疗程2000元。"大夫说。

冬梅没想到学费那么贵。家里哪有那么多的钱。她寻思着，晚上得和建东商量商量。

冬梅抱着好好走出医院。医院外是一条大路，车来车往，偶尔有鸣笛的声音。

冬梅指着汽车说："好好，你看那是汽车，你听，汽车喇叭在嘟嘟地叫。"

好好一脸无辜，她出了医院就显得很兴奋，她指指这，看看那。她顺着冬梅指的方向看了一眼，又把目光投到路边的一只流浪狗身上，那只狗抬头张望着一家牛肉面馆，随即又耷拉下脑袋，向前面的饭馆跑去。流浪狗跑了，好好有些着急，她急得大叫。

冬梅说："好好乖，待会儿妈妈带你去看狗狗。我们先给爸爸打个电话。"

冬梅用报刊亭的公用电话给建东打电话。建东那边很嘈杂，他说正在安装马桶。冬梅说她刚从医院出来,她说好好今天也很乖,说大夫说好好恢复得不错。她和建东说了三分钟,唯独没有说参加训练班和钱的事。她怕建东担心。

冬梅抱着好好,拐进旁边的一条巷子,两三分钟的功夫,又出了巷子,到了老街上。老街的空气永远是闹哄哄的。可生活在这里的人,总觉得时间过得太慢,慢得有些无所事事。闲闲的光阴里,如何打发时间呢,男人们在街边支起一张简易的桌子,喝茶打麻将,女人们聚在一起家长里短,有些闲情逸致的老人,会养几只鸟,挂在路边,坐在小马扎上,谈论天下大事。

冬梅看着街边谈天打牌的男女老少,她微微叹了口气,她不知道何时才能像他们一样,安逸地度过这样的一天。

她一直盘算着怎么凑两千块钱。家里的存折上只有1500元,是建东上个月挣的。包子店的工钱还没结。冬梅抱着好好先到包子店里去结账。冬梅还没开口,老板就说:"冬梅,把上个月的工钱给你。"冬梅涨红着脸。她心里感激的说不出话来。老板给了她六百。老板说:"冬梅呀,下个月开始给你开700元,我们小本生意,只能给你涨这么多了。"

冬梅说:"不用,你还是给我开600吧,我一天才干不到四个小时,哪能收你那么多?"

老板说:"就这么定了。夏天的活儿本来多,你也不容易。"

冬梅腼腆地笑笑。

费用算是有着落了。可马上又是月底了,得交房租、水电费。冬梅叹口气,这得看建东的活多不多了。她现在不能想欠外债的事,先治好好好的病比什么都重要。冬梅和好好回家,好好吃过午饭,就拿着铅笔在一张纸上乱画,画一会儿,就指着让冬梅看。就是啥也不说。冬梅就说,好好画的什么呀,好好还是个小画家呀。有时候,冬梅会教好好画太阳,画星星。好好很聪明,一学就会。大多数时候,冬梅是一边做纸花,一边和好好说话。

给花圈店做纸花,是包子店的老板介绍的零活儿。刚开始冬梅一天只能做几十个,后来熟练了,一下午的功夫就做一两百个。她先剪好各种颜色的纸,做起来很快,一分钟做一个。做一朵花给一毛钱。花圈店老板出纸、胶水和绳子。她只负责做。建东反对她干这个,说:"这给死人用的东西,不吉利。"冬梅说:"这就是普通的纸花,能挣钱就行,别想那么多。"

冬梅做了六十多个五颜六色的纸花,她把前两天做的一起装进袋子里。抱着好好到了修鞋大婶那儿,她让大婶照看一下好好,她去送活儿。好好早就和大婶混熟了,根本不认生。冬梅从不带好好到花圈店。那不是吉利的地方。

花圈店在街的东头,店里,不光只卖花圈,也卖冥币、烧纸、香烛和寿衣。在街角,老远就看见五颜六色的花圈堆积着。门口停了车子,有几个戴孝的年轻人正在往车子上搬花圈。冬梅心里有点难受。又死人了。

冬梅放慢了脚步,老板点了点花圈,收了钱,车子就开走了。老板是个彪形汉子,看起来阳气十足。他原来是杀猪的,后来脚被杀猪刀扎伤了,就干不了了,开起了花圈店。

老板见冬梅来了,就笑着朝冬梅招招手。冬梅也笑了一下。老板检查了冬梅做的纸花,又给了她一些纸,让她这两天再做两百个送过来。冬梅点点头。离开花圈店,赶到修鞋的大婶那儿,到底是夏天了,日头毒毒的。大婶的摊子支在一棵大槐树下,在阴凉里,冬梅擦了擦汗。

大婶说:"好好可能困了。"

冬梅就抱起好好和大婶说话。

大中午的,一只在树上安了窝的喜鹊,不厌其烦地叫着。

冬梅抱着好好站了一会儿,好好迷迷瞪瞪的样子,她瞌睡了。冬梅哼着歌儿,抱着好好摇了摇,好好就睡着了。好好把头耷在冬梅的肩头。冬梅看着好好,心里有说不出的滋味。这孩子也可怜,她亲生父母肯定知道她是聋子，才决定丢掉她的。现在，好好是她和建东的心头肉，是家里的宝儿，她的命运就是他们的命运。说来也奇怪。好好的模样越来越像建东了。

　　冬梅告别大婶，抱着好好回家了。好好这一觉能睡两个多钟头。冬梅的眼睛也有些困。如果不是花圈店老板又给了新活儿，她这会儿就能睡一会。从早到晚，她没有一刻闲的功夫。在医院，大夫给好好检查的时候，她连着打了几个哈欠。她自己都有些不好意思。冬梅剪着手里五颜六色的纸花，看着好好，心想，好好会像别的小女孩那样，又说又跳吗，会大声地喊她妈妈吗？冬梅想象着好好活蹦乱跳，口齿伶俐地喊她妈妈的样子，不禁笑了。

6

　　语言训练班，除了周末，冬梅每天都要陪好好去。冬梅也跟着学。前面半个月，都是训练孩子们对各种声音的辨别力，然后才学简单的语言。老师说，上课的时间毕竟有限，平时大人们的语言刺激很重要。冬梅记住了这句话。好好一醒来，冬梅就会不停地和她说话。大夫说，每一分每一秒的声音和语言刺激，对于好好都是有益的。冬梅过去是个腼腆的人，现在她要变成话匣子。说累了，她就打开收音机，娘俩一起听歌。好好总是咿咿呀呀地跟着唱。冬梅看着好好一张一合的小嘴巴，就像看到了曙光。

　　"好好，这是包子，这是桌子，这是板凳，这是锅，我们每天吃的饭就是用锅做的。这是碗，这是水壶，这是好好的奶瓶。好好每天都拿这个喝奶对不对……"她说的时候，好好会盯着她看。

　　"好好，你跟着妈妈喊，好不好？"

　　"好好，喊妈妈、喊爸爸、爸爸……"

　　有一次，她出门倒水回来。她喊了声好好。好好正在玩一个皮球。

她居然抬头看了她一眼。好好知道自己叫好好。

"好好,你是好好,我是妈妈。知道吗?"

和好好一说话,好好就抬头看她,但她就是不张口说,有时候她听着冬梅笑,会跟着咯咯咯地笑。

"好好,你乖不乖……好好,喊妈妈,好好,喊爸爸,好好,你想吃棒棒糖吗……"

花圈店有活儿的时候,冬梅就一边做纸花,一边教好好说话。有时候,好好会把纸花弄得乱七八糟的。为了不让好好乱撕纸,冬梅给好好买了布娃娃,好好玩得很投入,还怕打着布娃娃的身子。

冬梅说:"好好,那是布娃娃,知道不,和妈妈一起说布娃娃。"

好好只顾拍布娃娃,根本不看冬梅的嘴型。冬梅有点着急,有时候,她真不知道该怎么办。好好现在对任何声音都很敏感。前天,在修鞋的大婶那儿,两只狗咬架,好好看了半天,就是不肯走。怎么拉也不走,回家的路上好好忽然喊了声"旺旺!"冬梅让她再喊一声,她就是不喊。到家后,冬梅听见好好又在喊"旺旺",这是好好发出的第一个词语。冬梅激动万分。

好好还不会喊爸爸妈妈。她拿着棒棒糖当诱饵,让好好喊妈妈。好好只抢她手里的糖,就是不说话。

大夫说:"很多发音,好好还没有学会,得慢慢来。"

晚上建东回来了,一进门,冬梅就觉得,建东的表情不对,吃饭的时候,建东两只手扶着腰慢慢坐下。

"怎么了?"

"今天搬了大马桶,可能闪了腰!"建东说着头上冒着冷汗。

"你咋不小心呢?我们去医院看看吧,别伤了骨头!"冬梅担心地说。建东常常干活的时候会受各种伤,不是手擦破,就是头上碰个包。有一次装浴房,梯子不稳,当场摔下来,胳膊肘子上掉了一块肉,伤口很多天才愈合。

建东坚决不去医院，说缓缓就好了。

冬梅不放心，去老街上，请来一个大夫，给建东瞧了瞧，大夫说，没有大碍，贴个膏药就好了，只是这几天不能干重活。晚上建东的师傅来了，师傅听说建东的腰受了伤，过来看看。师傅叹了口气说："你就不该一个人把几十斤的马桶一口气背到七楼，以后记着别一口气，慢慢搬！"

建东憨厚地点点头。

冬梅留师傅在家吃了晚饭。师傅抱着好好，他说好久没有吃过这么香的饭菜了。

建东不能出去，就在家带孩子，冬梅趁空去周围的几个小区转转，捡些饮料瓶、废报纸什么的。回来的时候，路过废品站，顺手卖了，用钱买了点牛骨头，建东伤了筋骨，得补补。回家的时候，建东和好好都在睡。她收拾了一下简陋的房子，洗了几件衣服，又给建东和好好剪了剪脚趾甲，这爷俩居然一个都没有惊醒。他们睡得可真香。冬梅看着他们的睡相，不由自主地笑了。

7

建东在家里歇了三天，就去干活了。

冬梅说："你的腰还没有好，就和人合伙先干，找个帮手帮着抬一抬。"

建东说："放心吧，师傅刚刚打电话说，这几天让我和他一起干。"

建东走了，冬梅就带好好去医院，从医院回来，还要给好好蒸鸡蛋，喂奶，完了自己随便吃一点。给好好念了会训练书，好好就睡着了。

阳光静静地照进来，屋子里闷闷的，越来越热了。窗户开着，没有一丝风。

院子里静悄悄的，钟表滴答的声音，冬梅手里剪刀的声音，都听得清清楚楚。冬梅想把这几天粘好的纸花给花圈店拿过去。她看了看好好，小脸儿还在熟睡。冬梅亲了亲女儿。锁了门，往花圈店赶，她走得急，担心好好醒来。可到了花圈店，老板居然在打电话，那电话打了七八分钟才结束。老板像往常一样看了看纸花，等于验货，又给冬梅开了半个月的钱，280元。开完钱，冬梅等着他给新的活儿，老板居然摆摆手，叹口气说："最近附近没有死人，生意不好。花圈都积压了几十个。等有了生意再给你打电话。"

冬梅站在那里愣了一下，不知说什么好，她心想，谁都不希望花圈店有生意，谁都希望自己的亲人好好活着。虽说，给花圈店干零活，每个月开的工钱，能顶房租和家用，可冬梅打心眼里希望大家都好好地活着，人来世上一遭多不容易。冬梅每次来花圈店取活儿，那些来买花圈的，都是红红的眼睛，满脸的悲伤。冬梅看着也难受，有时候做纸花的时候，也会不由自主地叹气。如今没活儿了，可以再想别的办法。这条街上，永远不缺活儿，就怕没有时间干。

好好现在离不开人，有时候，一转眼，就不知道跑哪了。冬梅边走边想，回头问问街上面条铺子，看缺不缺擀手工面的人，总会有办法的。

回来的时候，冬梅见大婶正在摸眼泪。肯定是她儿子给她怄气了。冬梅见大婶最近脸色不好，便安慰了一下大婶，劝她去医院查查。

大婶说："最近有些胸闷，没有胃口。"

冬梅说："你去查查。"

大婶说："有时候觉得孩子就是前世欠的债。我那败家的儿子最近让公安局抓起来了，我可能是被气的。"

冬梅说："抓去了，也许是件好事，可以让政府教育教育。说不定就改邪归正了。"

大婶叹了口气，眼角又涌出泪，她说："谁知道，又不是以前没有被抓过。"

冬梅不知道如何安慰大姐。只能岔开话题，说说好好，就去买了点菜，匆匆回家了。老远她就听见好好的哭声。冬梅推开门，好好就不哭了，直往她怀里扑。

冬梅说："好好，你醒了吗？"

好好泪汪汪地爬起来，还是要往冬梅的怀里凑。手还指着窗外，她是要出门去玩儿。冬梅笑笑，这小家伙，就喜欢去街上，去超市，去人多的地方。到底是孩子。冬梅抱起好好，出了门。好好一脸兴奋，她开心地揪着冬梅的耳朵，拍着冬梅的脸。

"好好告诉妈妈，是不是嘴巴馋了？"

好好点点头，嘴巴吧唧吧唧了几下。

"这个小馋猫！走，我们去给你买个娃哈哈去。"冬梅笑着。

突然，路口冲出一辆摩托车。冬梅根本没有时间躲闪，她身子侧了一下护住好好，整个人顿时失去平衡，倒下了。好好吓得"哇"地哭了。骑车的小伙子，赶紧停车，跑过来扶冬梅。冬梅让小伙子抱起好好，她忍痛爬起。把好好从上到下摸了个遍，好好除了衣服上多了点土，啥都好好的。好好哭得更凶了："妈妈，呜呜……"好好哭着往冬梅怀里凑。

冬梅忘记了自己身上的各种痛，好好刚刚喊什么了，这是在做梦吗？

"好好，你刚刚喊什么？"

"妈妈，妈妈……"

好好喊着。声音洪亮而清晰，冬梅的眼里涌出了泪水，她紧紧地抱着好好。

"好好，你终于喊妈妈了，你会说话了……"冬梅激动地站了起来。

骑摩托车的小伙子，神不守舍地说："大姐，你的头在流血，我们去包扎一下吧！"

冬梅一抬手，果然，脖子上有血。好好已经不哭了，她抬起小手，摸了摸冬梅脸上的血。

冬梅说:"小伙子,你有电话吗,我有急事,想先打个电话,再去包扎。"

小伙子拿出手机,冬梅拨通了建东的电话。

建东的电话响了好久才通。

"建东……"冬梅听见建东的声音,她哽咽地说不出来,自己先哭了起来。

"建东……"

"冬梅,别着急,慢慢说,出啥事了。我马上就回来。"

冬梅还是哭。

建东有些急了,劝冬梅慢慢说。

冬梅努力地平复了一下自己的心情。

抽抽搭搭地说:"建东,好好会喊妈妈了。她刚刚喊我妈妈了,她会喊妈妈了。"

建东一连问了几个"真的吗?"

冬梅说:"真的,真的。好好,喊妈妈,快喊妈妈,让爸爸听。"

"妈妈!"好好的声音很甜,脆脆的,像小鸟一样。

建东激动地说:"冬梅,我晚上早点回去。"

冬梅又给婆婆和娘家打了电话。

母亲和婆婆激动都哭了。婆婆说只要开口了,以后就啥都会说了,就是怕一直不开口。婆婆还说,钱的事,亲戚们都说不着急。

冬梅打了三个电话,心情算是平复了下来。她才感到胳膊和腿传来的疼,胳膊肘也在渗血,膝盖上掉了块皮。她跟着小伙子去了医院,大夫给她检查了一下,好在都是皮外伤,没有大碍,大夫处理了一下伤口,说不用包扎,冬梅就回来了。

街上很吵。冬梅一瘸一拐地拉着好好去找修鞋的大婶。大婶正在给一双男鞋换鞋跟。看见冬梅的裤子破了,衣服破了,大婶急忙站起来,抱起好好。

"冬梅你这是咋了？"

"没事，刚刚被撞了一下，大夫说没事。大婶，告诉你一个好消息，好好会说话了，她刚刚喊我妈妈了。"冬梅笑着说。

大婶给好好买了瓶娃哈哈，好好美美地吸了一口，兴奋地蹦蹦跳跳。冬梅让好好喊妈妈，好好又喊了。大婶听了高兴地抹眼泪，又劝冬梅回去歇着，一身的伤，得好好休息。

冬梅拉着好好慢慢走回家，和好好一起在床上躺了一会儿。好好特别乖，笑嘻嘻地在冬梅怀里滚来滚去。

8

傍晚，冬梅去街上买了十块钱的肉，炒了三个菜。饭菜弄好后，就抱着好好坐在窗前，听收音机里的歌儿。

白天出门的人都回来了，家家的灯亮着，厨房间挤了三个女人在说笑着炒菜，饭菜的香味扑鼻而来，几个孩子围着院子里的几辆三轮车追逐打闹，发出欢快的叫声。过不了多久，好好也会和他们一样能说会道了。冬梅想着，嘴边露出笑容，眼里却一直闪烁着泪光，她想起第一次抱好好的情景，想起得知好好耳朵有毛病的时候，想起在医院里好好像小兽一样的哭闹，不知怎地，她一点也不觉得苦，倒是心安的感觉，果真一切都要向前看。

建东七点回来的。他眉飞色舞地进了门。人逢喜事精神爽。他一进屋就紧紧地抱着好好，让好好喊妈妈，好好喊了，建东又教好好喊爸爸。很奇怪，好好居然也喊了，发音很标准。

建东激动地不知道说啥，只是一个劲地亲好好的脸蛋。

"好好，叫爸爸。"

"爸爸。"

"你再喊一声爸爸。"

"爸爸，爸爸。"

"再喊一声……"

建东说今天真是个好日子。他干了不少活儿。早上安了三个马桶，三个洗脸池，下午安了两个浴房，一个洗菜池。今天他挣了300块。

吃饭的时候，建东才发现冬梅脸上的伤口，冬梅本来不想说被撞的事，大夫都说没什么大碍。可建东问，她就简单地说了说。建东有点心疼地看着她，冬梅说："医生说没事，过几天就好了。"

建东的眼圈红红的。

冬梅说："看你，说没事了，快吃饭吧。"

吃饭的时候，好好很开心，手舞足蹈地喊叫着，冬梅给好好喂米饭，好好拿勺子给建东喂米饭。

建东说："冬梅，我想喝瓶啤酒。"

冬梅说："刚才就给你买了。"说着从柜子里拿出一瓶啤酒。

"冬梅，你也陪我喝点。冬梅，你说好好长大了，会记得这些事吗？"

"会啊，好好什么都明白，她过去就是说不出来。"

"建东，那钱……"

"钱的事，总有办法！"

……

啤酒瓶喝空了，两个人的都脸红彤彤的，眼睛直勾勾地看着对方傻笑。灯渐渐灭了，院子安静下来，好好睡了。

夜里，两口子亲热了一回，他们好久没有亲热过了。冬梅枕在建东的胳膊上，她心里荡漾着一种暖暖的柔情，她握着建东的大手，百感交集，各种滋味。忽然，她眼眶一热，涌出一汪泪，她悄悄擦了擦泪，又笑了。

在宝岛的七天七夜

1

一直在下雨,冷冷的雨珠子哗啦哗啦地往下落,那声音脆生生的,有种逼人的寒气。方悦不由自主地裹了裹单薄的开衫,撑着一把碎花小伞紧跟在台湾导游的后面。"后面的朋友们跟紧了,我们先吃饭,这里是台北很有特色的一家餐厅,大家一定要吃好……"导游的声音听起来像个文静的小姑娘,从相貌判断,她应该是人到中年。

方悦把伞放在餐厅外面,下雨天,餐馆的地上竟没有一点的水印子。这里是传说中垃圾不落地的地方。方悦是从寒冷的北国到台北是来找温暖的。可是恰好赶上了台北的雨季。这个团有17个人,都是大陆那边各地的团临时拼组的。大家一同在香港乘飞机过来。上午参观完中正堂,士林官邸,就到了午餐时间。大家被导游带到了一间叫做"中华美食"的餐厅。导游指了三个靠窗户的桌子,请大家入座吃饭。这17个人,除了方悦之外,有6个人是浙江宁波来的,有3个女人是江苏南京来的,6个河南来的生意人,还有一对新婚的夫妻是上海来的。这是一群毫无利益冲突的人，很快大家都了解了各自的基本情况。

"妹子，到这边来。"方悦刚刚入座就听见有人喊。

方悦转头一看，是昨天晚上和自己同住的大姐。昨晚下飞机十一点了，一出桃园机场，就是倾盆大雨。方悦见到导游，神经放松下来。她坐在靠前的位子，看着窗外的大雨，外面是淋湿的城市，哭泣的世界。她在香港给老公打了个很短的电话，说了一下行程。如今这个车上的人，没有一个人知道她的伤痛，没有一个人需要她去用心理会。她可以完全自顾自。导游昨晚把方悦和南京大姐安排到一起，也是迫不得已。南京的三个女人是闺蜜，一直不愿分开，要求住三人间。导游没办法安排三人间，最后只好把其中一个和方悦安排在一起。没想到南京的大姐居然吃饭的时候还想着方悦。

"妹子，以后吃饭就和我们坐一起，我看就你一个人来，也怪孤单的。"

"是啊，是啊，妹子，你别客气。你和我们兰姐在一起住，就是我们的朋友。这是苏苏，我叫阎霞，喊我阎姐就好了，以后我们一起吃饭，互相拍照。出门都是朋友。"

方悦冲说话的阎姐点点头，又冲三个姐妹中最有气质的苏苏点点头。方悦不想多说一句话，她是来找孤单的，她要安静地和没有出世的孩子告别，是内心的告别。老公和母亲看了那个没有成形的孩子一眼，是个儿子。暖阳，是方悦给孩子起的名字。从孩子有胎动的那一天起，方悦一直这么称呼他。

"妹子，快吃菜啊，你发什么呆啊，走了一早上，难道不饿吗？"

方悦的思虑被打断。

兰姐给方悦盛了一碗米饭："妹子，快吃，这旅游吃饭得讲究速度。"

"是啊，妹子，人是铁饭是钢，一顿不吃饿得慌，快点吃。导游刚才说，我们吃完还要去台北故宫，听说还要排队呢。"阎姐也跟着说。

兰姐和阎姐神采飞扬，语速飞快，说话嘎嘣嘎嘣的。

方悦感激地点点头："谢谢！"

方悦拿起筷子，她发现，碗里的菜小山一样高。肯定是兰姐趁她不注意给夹的。苏苏姐又递给她一瓶辣酱："妹子，吃一点我们从家里带的老干妈。外面的口味不一定吃得惯，放点辣味道好点。"

方悦本想摇头，可她的目光不容拒绝。方悦接过碗，红红的辣子，看着会让人产生食欲。怀孕后，方悦再没吃过辣子。这是第一次吃。方悦努力地把碗里的饭吃完。桌上又多了一盘水果。兰姐给几个姐妹每人拿了一块菠萝。这里的水果也是用牙签插着，这里的饭菜，这里的人，都是熟悉的感觉。如果不是过关需要签证，那么到这里和到中国的任何一座城市一样。只是这里出奇的洁净和柔和。

"妹子，吃个菠萝。听说台湾把菠萝叫凤梨呢。"

"那么凤梨酥就是菠萝做的呀？"

三个姐妹七嘴八舌地说。方悦安静地听着。几个闺蜜一起旅行，真是好主意。那一定会给旅行加分的。

"妹子，你从哪里来？"

"我从兰州来。"

"那边下雪了吧？"

"嗯。我来的前两天下雪了。是一场大雪。"

"哦。下雪天，多美啊。我们南京就很少下雪。"

"我还到过你们敦煌。你们那个河西走廊真是干旱哦。"

"嗯。"方悦发现自己不能不说话。她是为了躲避说话来的。如今，却要不停地和陌生人沟通，她原本是来避世的。

导游说话了："亲爱的朋友们，大家都吃好了吗？"

大家异口同声回答："吃好了。"

"那我们就去参观下一个景点台北故宫。"

到台湾的第一天，大家的情绪比较高涨，全团的人都围着导游问长问短，连台币上的图案也都新奇无比。看到老蒋当年的住宅，大家热烈地讲着抗战岁月，那都是历史了。到达台北故宫，车里的空气更加高涨，所有人都像他乡遇故知一样激动。

2

来台湾旅行是突然的决定，没有做任何的准备。那天，方悦出院后去超市，太阳懒洋洋地照着，路上的积雪正在融化，方悦在超市门口遇见一个昔日的同事。两个人寒暄了几句，同事说，听说你怀孕了，说着不由往方悦肚子上看。

方悦苦笑了一下说："孩子流产了。"她感觉万箭穿心。她知道，这样的问题，她还要回答很多的人，她得坚强起来。

婚后6年，认识她的人，关心她的人，除了关心她，还关心她的肚子，大家都盯着她的肚子几时大起来。平时穿的宽松点，总会有人凑过来说，有了吗？

结婚生子，天经地义。婚后，方悦的肚子一直没有大起来。相反她还越来越瘦。她和丈夫在婚后接二连三地外出学习，使得生子计划一再推后。去年夏末，方悦怀孕了，所有人都为她高兴。方悦沉浸在将为人母的喜悦中，刚度过难熬的孕吐期，孩子却流产了。

出事那天中午，方悦刚上完课，步行回家，走到小区门口，她忽然想吃糖醋排骨，怀孕后，她的胃口变化无常。害喜的头两个月，她极喜欢吃酸，什么酸吃什么，有时候吃菜，她恨不得把菜泡进醋里。孕妇想吃什么，那股热情是无法抵挡的。她先给老公打了电话。告诉老公她想吃糖醋排骨了。老公本来不让她去，可方悦坚持，老公只好同意了。自从方悦怀孕后，老公彻底改头换面，用百依百顺、言听计从这些词儿都不为过。方悦才发现，老公原来可以这么好。方悦知道，也许是老公年纪大了，知道疼人，也想有个孩子了。不像小年轻们，觉得孩子是他们的第三者，是累赘。

方悦挂完电话转身，就见几个滑旱冰的孩子迎面冲来。她发现自己正站在路中间，她下意识地往后倒退，被后面的香蕉皮滑到。摔倒的瞬间，方悦只记得两只手撑地，屁股还是重重地落在了地上……

方悦醒来的时候，已经在医院里了。她看到老公红红的眼睛，就什么都知道了。孩子没了。手术后，方悦不说话了，她哭了整整一个多月。除了睡觉，她清醒的时候都在流泪。方悦在自责。她为什么不等老公来再去买糖醋排骨。如果等老公回来买，她先回家，像往常一样，先吃个苹果，听着胎教音乐，给胎动的宝宝说说话，再吃排骨，或者她不打那个电话，或者她去食堂吃饭，这世上有或者吗，方悦除了哭，就是不说话。单位也知道了她的事，亲戚朋友同事都表示要来看她，她谁也不想见。她一直沉浸在自己的悲伤之中。方悦一直在自责。她觉得是自己的不小心酿成的结果。

婆婆说："走了的婴儿都是有问题的孩子，上天带走他们，是不想他们在人世间受罪。"

老公说："大夫说你的子宫没有受损。等你休养好了，我们还可以有孩子。"

方悦还只是哭，不说话。

老公说："再哭，眼睛会有问题的。你不能这样了！"有一天，老公喝醉回来，红着眼睛，指着方悦说："你到底要不要过日子，你以为就你一个人难过吗，你又不是不能生了，以后我们还会有孩子的，你为什么要这样折磨自己，折磨大家。"

方悦看着这个和自己恋爱三年，结婚六年的男人，近十年，他们一同经历各种命运的挑战，虽没有悲欢离合，但也患难与共，他们将一起变老。她躺在床上，摸了摸他憔悴的脸，一个月前，他的眼睛闪闪发光，他常常为孩子叫什么大名和乳名，兴奋不已。他翻辞海，查《说文解字》，甚至他取好一个名字，还到网上去打分。他也沉浸在即为人父的激动中。晚上，他会趴到方悦的肚子上，静静地听孩子的心跳。而此刻，他的眼里只有疼惜和无可奈何。

方悦流着泪说话了，她说了两句话，第一句是，对不起，我对不起宝宝和你。老公摇摇头。方悦的泪一直流。第二句是，我想出去走走，一个人。老公擦着她不断涌出的泪，点点头。

3

参观完台北故宫，当晚并没有住在台北。导游说，为了腾出更多的时间给后面的景点，必须赶路。上车前导游让大家都去一下化妆间，化妆间就是洗手间。方悦走出化妆间，雨还在下，只是小了许多。

方悦一直喜欢下雨天，许是她处在少雨的西北，平常一下雨，她都要雨中漫步，她常常会看着天空的雨，哼着歌儿像个孩子一样欢乐。此刻，她看着雨，看着哭泣的天空，却忍不住想哭。

青石路上，蓄起一些大大小小的水洼。方悦踩着一双平底皮鞋，踮着脚尖往车上走，导游在前面招手，她听到后面有女孩子在笑。扭头一看，原来是新婚旅行的夫妻，新娘不小心踩到了小水洼，叫起来，新郎偏偏要给她拍照。新娘像小鸽子一样的笑着。多么幸福的一对，对于他们来说，处处都是桃花源。处处都是欢乐之地。

方悦呆呆地看着他们，这几个月，她遗忘了所有欢乐的日子，她觉得自己是个罪人，快乐不再属于她。导游又在催，新婚的人儿撒着腿往前跑。方悦也跟着跑起来。她的脸被雨水轻轻地拍打着。跑到车前，她长长地出了口气。身体虚得厉害。跑了这么几步，头有些眩晕的感觉，家人都说，流了很多的血，她不知道，只是觉得自己的脸色苍白。

上车后，兰姐朝方悦招手。方悦只好过去。她本来打算一个人坐的，一个人在小角落里伤痛。这个大巴很空，用司机的话说，旺季的时候，导游只能和她坐在驾驶室里，现在车里几乎空出了一小半。

方悦和兰姐坐在一起。兰姐微胖，四十七八岁的样子，尖尖的脸蛋，眉目间含着笑意，脸上的皱纹诉说着她的沧桑。上了车，方悦就闻见了兰姐身上的烟味，昨晚她一到宾馆就抽了一支烟，她抽完，笑呵呵地打开窗户通风。方悦说了句，没关系。就各自睡了。刚刚她站在垃圾桶旁边和几个男人在抽烟说笑，估计是有烟瘾的。

"妹子，你怎么穿这么素净？"兰姐问。

方悦低头看了看自己一身的黑，黑色的衬衫，黑色的牛仔裤，黑色的鞋子。的确素到极致了，她没有吭声。

兰姐说："年纪轻轻，穿点花花绿绿的衣服多好看。再说出来旅游，穿艳一点，拍的相片也好看呢。"

方悦笑笑。

兰姐又说："等你年纪大了，脸上像我一样满脸皱纹惨不忍睹的时候，你就知道穿什么都不好看了。"兰姐说着叹了口气。

"兰姐你现在也很好看。"方悦说。

"好看什么呀，都人老珠黄了。"兰姐笑呵呵地说。

方悦说："兰姐你是做什么工作的？"

"我呀，没有像样的工作。之前在纺织厂，后来厂子破产了。就开了家自己的服装店。卖些像你们这个年纪的年轻女孩的衣服。"

"我不年轻了！"方悦说。

"你多大？"

"我 31 了。"

"啊，才 31 啊，那是正好的年纪啊。结婚了吗？"

"嗯，结了！"

"有孩子吗？"

方悦摇摇头。

"该要了。我像你这么大，我老大 6 岁，老二正在肚子里，那时候日子苦啊。"

方悦的心抽搐着,这个话题到哪里都逃不掉。

兰姐说:"那时候,我刚刚下岗,孩子又小,日子难过啊,我老公身体又不好。我自己摆夜市的地摊。整天挺着个肚子,还要躲城管。我儿子出生前的两天,我还在摆摊。我婆婆说,太危险了,劝我休息,我才回家休息。不过儿子出生后,我借了点钱,开了个服装店。后来日子就好过了。"

方悦静静地听着。车上很多人都在看导游放的电影《人在囧途》。导游说这片子我们台湾人都爱看,她都看了30多遍了,还是喜欢。兰姐和方悦都没有看电影。车子沿着海岸线走,方悦看着窗外的大海,听着兰姐和后面的两个同伴说话。阎姐提议大家回到酒店去喝一杯。兰姐表示赞同。雨还在下,车里闷闷的,兰姐睡着了,睡得很沉,方悦看着雨珠子,看着看着,渐渐也昏昏欲睡。

4

天黑了,车窗外灯火闪烁,像到了乡下的感觉,满街的空旷,一路上极少看到高层建筑,都是各式的低矮小楼。和大陆的高楼林立比起来,这里给人一种回到80年代的感觉。

晚上八点,到达宜兰的酒店,用过餐,导游安排了第二天的行程,大家回到各自的房间。方悦一进酒店,就准备洗澡睡觉。兰姐说:"丫头,这么早先别睡。我们一起去逛逛。"

正说着,有人敲门。是另外两个姐妹。

苏苏姐说:"宜兰的夜市不错。我们去夜市吃小吃喝酒吧。"

兰姐说:"走吧,丫头。"

方悦说:"我有些累了,不想去。"

"累什么累,年纪轻轻的。知道什么叫累,走我们一起去。"阎姐过来拉着方悦,方悦无法拒绝。

街上的霓虹灯湿漉漉地闪烁着,她们踩着雨,走过雨水积累的街道。在路口遇见同团的几个宁波人和那对新婚的小两口。他们也去夜市。大家说说笑笑地往夜市走。其中一个中年宁波男人说,他是第二次来台湾,上次走的路线和这次不一样。其他人都是第一次来。男人的老婆说:"现在日子好了,出来走走是极好的。"

到了夜市,三拨人各自分开。阎姐胖胖的,不爱说话。兰姐说:"苏苏的嘴巴最叼,她来之前查了很多网站,知道什么小吃好,我们跟着她。"

苏苏姐一边介绍网上查到的台湾各种小吃,一边给大家买了水果汁。苏苏说来台湾,如果没有逛台湾的夜市,那根本不算到过台湾。夜市上的小吃真是琳琅满目,苏苏说指着蚵仔煎、鸡排、豆花、粉圆冰、车轮饼、花枝烧等小吃摊位,她兴奋地说,果然来对了。

兰姐说:"来之前,苏苏一说就流口水,这回一定要过过嘴瘾的。她是我们三个里的小馋猫。"

方悦笑笑,馋嘴的女人是蛮可爱的。苏苏先给每人来了一份鲜榨的柠檬汁,方悦急忙付钱。阎姐说:"你小妹妹一个,只管跟着我们吃,客气啥!"方悦只得跟着吃。

空气湿漉漉的,雨还在下。几个女人出门都没有带伞。到了一个比较大的摊位,见很多人在吃担仔面,苏苏突然尖叫起来:"终于找到担仔面了,我们每人吃一碗担仔面吧。"

阎姐说:"你们先点,我去买点当地的酒。"

兰姐坐下来,点了一根烟,轻轻地吸了一口。她应该有些烟瘾,方悦想。

热腾腾的面端上来了。阎姐的酒也买回来了。兰姐给大家斟了满满的四杯清酒,她举起酒杯,笑着说:"为我们的新朋友,大家干一杯。"

方悦只好喝了一杯。

"妹子,这么长时间了,还不知道你叫什么?"

"我叫方悦，很高兴认识几个姐姐，只是，我不太会喝酒。"

"妹子，没事，这里没人强迫你，你怎么都好。"苏苏说。

兰姐把烟熄灭，说："小妹，我们喝酒你可别吓着。我们几个，就苏苏现在有男人，可那男人也是名存实亡，人家和小女人在一起，为了孩子，他们还没有办手续。阎霞老公出车祸了。我老头三年前不在了。对了，苏苏是我们市剧团的，她会唱昆曲，一会儿让她给我们来一段。平常，我们几个经常聚会，一起吃火锅，一起喝小酒，有时候喝高兴了，天黑了去唱歌。"

下雨的夜，在陌生的天地间，几个女人频频举杯。几杯下肚，方悦便觉微醺，在夜市暖暖的灯光下，方悦发现，面前的几位姐姐都已面若桃花，她们看起来都很美。方悦半趴在桌子上，恍恍惚惚地听她们说笑。她也跟着傻笑。感觉像在做梦，如此的真切，却又如此的梦幻。

兰姐发号施令道："这台湾的小吃，真他娘的香，苏苏，你还是先来一段吧。"

"这地方，不会吓着台湾人吧。"苏苏大笑。

"不会，你来一段，那个什么《西厢记》吧。"

苏苏清了清嗓子，嘤嘤哑哑唱道："则便穿过了这芍药栏杆，到那边把衣扣解，罗衫宽，相拥，便也得这一响眠……"苏苏一开腔，四周悄无声息了。方悦听着苏苏幽怨的唱腔，一时间，她竟不知身在何处。

5

方悦从梦中醒来，感觉到头一跳一跳地疼，她摸索着找到手机，一看是凌晨四点半，窗外的雨声依旧。兰姐睡得很沉，发出平静而满足的鼾声。方悦不记得她们后来是怎么回酒店的。这两个月来，她从未如此安然入眠，她一直是哭累了睡着，再哭着醒来。方悦轻轻起身去洗手间，出来才发觉空气有些寒气，倒了杯水，热乎乎地吸着喝了几口，一冷一热，脑子彻底清醒了。她回到被窝，听着窗外的雨，滴答、滴答、滴答。偶尔听见车碾过雨水的声音。真是寂静的小岛啊。一杯水一口一口地喝完，天渐渐亮了。方悦起身去卫生间洗漱，出来的时候，见兰姐正在抽烟。屋里弥漫着淡淡的烟味。方悦笑笑。兰姐依靠着枕头："妹子，给我再递一支烟。"

方悦把桌子上的烟递给兰姐，兰姐点了烟，吸了几口。若有所思地说："想听听我昨晚做的梦吗？"

方悦："大姐梦见了什么？"

"我梦见我老公了。他坐在一个小船上，钓鱼，那根鱼竿是我曾经给他买的。他肺不好，不能劳累，我在外面挣钱，他给孩子们做做饭，给我送送饭，管管账。没事的时候，我就让他去钓鱼。妹子，你说，这个梦说明什么？"兰姐若有所思地问。

方悦想了想说："说明他走的安详，说明他想让你快乐……"

"我希望他在那边好。"兰姐说着，竟也没有伤心，只是重重地吸了一口烟。

宜兰酒店的无线网很好。方悦打开手机，登陆QQ，看到一些朋友关切的留言，也看到老公的留言："老婆，要注意安全，要照顾好自己，不要喝凉的东西，希望你帮我找回那个曾经快乐的傻乎乎的老婆。"方悦没有回复。她关了手机。打开窗户，在台湾几天，只要打开酒店的窗，便能看到的湿漉漉的树，湿漉漉的街。

一出酒店，中雨变小雨，方悦没有打伞。用早餐的时候，苏苏姐有点不太高兴："我说上周来，上周来，你们俩不听，现在好，正好是台湾的雨季了。"

阎姐说，不是有首老歌叫《冬季到台北来看雨》吗？

"对呀，对呀，一会儿，让苏苏给我们唱唱。"兰姐叫着。

"我宣布，从现在开始，听我唱歌，需要小费。"

"哈哈，你个小抠门，唱歌还收费，哈……"

大家欢欢喜喜上车。导游介绍了第三天的日程安排。这一天基本都在车上。外面蒙蒙细雨，旅游巴士沿着太平洋海岸线往前走。路上经过花莲的一些村镇，大多都是老式三层小楼，红砖墙上爬满青藤，门前的水泥地坑坑洼洼的，穿着雨衣的人骑着电瓶车和摩托车，在街上穿梭。大街上电线杆纵横交错，很多繁体字的旧招牌挂在街头，偶尔有小土狗卧在便利店门口，很无奈地看着天空的雨。

方悦坐在靠窗的位子，她看着窗外土土的镇子，竟也是回姥姥家的感觉。

到了台湾，她觉得呼吸都顺畅了。兰姐靠在她的肩上，睡着。昨晚，她喝的酒最少，竟像醉了一般，半夜还说梦话。

环岛游，每天都有一半的时间在车上。下午三点，车子到了一个叫石梯坪的地方。雨依然在下。景区的人很少。方悦走下车的时候，其他人已经奔向海边了。兰姐在远处招手，她一下车精神抖擞，一上车基本在睡觉。

"妹子，快点，快点。"

景色迷人，烟雾蒙蒙。风里吹来很多雨点，方悦沿着石头小路，一路小跑。大家都在对着博大的太平洋欢呼，喊叫。

"妹子，你有什么不开心，冲大海喊吧。"

"大海最包容了。她会帮你忘记所有的不开心。"阎姐说。

她们都看出了她的不开心吧。方悦没有说话，她站在岩石上，面朝大海，她的裙子被海风吹起，头发被海风吹乱。雨打在脸上。她深深吸了一口气。她在心里呐喊着："暖阳，暖阳，暖阳，对不起，对不起，请你原谅我，请你原谅我好吗？如果我们有缘请你再回到我身边好吗？暖阳，你在天上听到了吗，你会原谅我吗，你会原谅我吗？"喊着喊着，方悦泪流满面。她张开了双臂。"告诉我，暖阳，我可以再次快乐吗？暖阳，请你一定原谅我……"

海边的风很大。方悦站着一动不动，兰姐有些着急。"妹子，快下来。这风这么大,万一刮到海里可不好。快下来啊。"

方悦伸手,擦干了泪,在海边她的心开朗了许多。

"妹子,你怎么哭了?"

"刚刚风太大了,兰姐,没事,你们先拍照,我到那边走走。"方悦说。

方悦一个人沿着海边走。冬天的海不同于其他季节,海的颜色不是碧蓝的,是深沉的蓝。她的头发衣服被细雨打湿,她发现自己依然无法掩饰悲伤和脆弱。她站在岸边一动不动地看潮起潮落。

"姐姐,你一个人吗?"那个小新娘冲她打招呼。

方悦笑笑,喉咙里哽咽,不能说话,只能点点头。她发现,新郎不在。

"新郎呢?"

"哦,他有点累,回车上了。这几天,我们每天晚上都出门逛到很晚,所以很累。姐姐,你怎么一个人来。我胆子小,一个人不敢出门,我老公出差,我一个人不敢睡,总回妈妈家睡,我真羡慕姐姐,一个人出来旅行。"

方悦又笑笑,小新娘撑了一把伞在她们的头顶。方悦很想说,曾经我也和你一样,晚上怕黑,怕去陌生的城市,被很多人宠爱。她没有说,只说:"新婚都这样。慢慢的胆子会大的。"

小新娘不相信地问:"真的吗?"

"真的。"

到北回归线的时候,雨停了。兰姐非要拉着方悦照相。

"妹子,我看你一路上都不拍照。现在雨停了,来拍一张,回去了也好给父母朋友指着相片说,看这里是台湾的北回归线。"方悦站在北回归线的标志塔下,她的裙子被风吹起,四周是满满的绿,天空低沉。

"妹子,笑一个!"

"是啊,小妹,你好严肃哦。"

"来笑一个,说茄子。"

"说肥肉肥不肥？"

"说田七……"

旁边的河南人跟着喊起"茄子"。用方言喊茄子真的怪怪的。大家都笑起来，方悦也跟着笑起来。

"这样才漂亮，才阳光，小妹，要多笑。知道吗。爱笑的人身体好。"回到车上兰姐打开相机让方悦看。方悦看到了自己的笑容，看到了自己的青春。她第一次，挽住了兰姐的胳膊，把头靠在兰姐的头上。

"兰姐，谢谢你。"

"傻妹子，谢啥呀，等天晴的时候，我给你多拍几张。"

7

第四天只游览了垦丁国家公园，晚上到达高雄，高雄是最具工业色彩的城市。景点一个接一个，方悦感觉自己的身体有些吃不消。到达酒店的时候，方悦觉得有些饿。她放下行李，去门口的便利店。她买了饼干，买了酸奶，面包，买了两盒关东煮。旅游餐连续吃了几天，吃腻了，晚餐的时候，兰姐也好像没有胃口。只是喝了点水。她给兰姐买了泡面。买了养乐多，又要一包香烟。便利店里人很少，收银的服务生双手接过方悦的钱，微笑着问她，来旅游的吧。方悦有些意外，点点头。服务生的声音真好听，方悦和他多聊了几句。服务生都一一回答。

她走出了便利店，街上碰见几个大陆来的游客，她们兴致很高，手里也提着大包小包，方悦望着她们欢乐的身影，她想，大概只有她是看起来有些惆怅吧。

回到酒店，兰姐疲惫地吃完泡面，又喝了一杯酸奶，又精神抖擞起来。方悦回到床上，临行前，她去看中医，老中医说她气血两虚，需要好好休养，她总是感觉没有力气，走的多了，会累，多说几句也会累。她闭上眼睛，缓缓地呼吸。

兰姐冲完澡出来，说："妹子，看你这么累，来陪我抽支烟吧。抽支烟就不累了。"

方悦微微睁开眼睛，坐起来，犹豫了一下，接过了兰姐递来的烟。她拿着烟，一时间不知如何是好。

"妹子，是第一次抽烟吧。"

"嗯。"

"没事，如果实在不想抽，就拿着吧。"

方悦打了个哈欠，把烟放在嘴边，笨拙地吸了一口，便剧烈地咳嗽起来，眼泪随即也流出来了，她冲兰姐抱歉地笑笑。

兰姐哈哈大笑："我第一次抽的时候和你一样，我的烟瘾好多年了，在家里，我一直像个男人一样，挣钱养家，熬不住的时候，就点支烟，慢慢就上瘾了。"

方悦看着兰姐的笑，她的心疼痛了一下。每个人心里都有几道很深的疤。

兰姐抽完一支烟，方悦手里的烟也燃尽了。兰姐扔掉手里的烟头，她起身喝了一片装在口香糖瓶子里的白色药片。

她说："我们喊上苏苏她们出去走走吧。"

方悦点点头。

兰姐说："从自己活累的地方，到别人活累的地方，多走走，多看看总是没错的。"

几个女人笑呵呵地走上街，雨小了，她们走进一家古色古香的茶楼，方悦说："今天我来请几个姐姐喝茶。"

茶楼老板和老板娘是极好客的人，不光给她们亲自倒茶，还加入她们的聊天，那个夜晚，大家品着乌龙茶，听着老板讲台湾原住民的故事，讲他们曾经的艰难生活，讲他们见过的各种客人，讲感动过他们的情侣，苏苏姐为了感谢老板夫妻，特意唱了一段评弹，老板娘为了感谢苏苏的戏，又请大家吃宵夜。

这天晚上，雨淅淅沥沥，淅淅沥沥下了一夜，方悦听着缠绵悱恻的雨声，听着听着就睡着了。

第五天继续赶路，雨时断时续，导游指着台湾地图说，行程已走了一大半。这天，导游安排了两个购物的项目，一个红珊瑚，一个水果干。大多数的人的行李箱已经拖不动了，从台湾玉、红珊瑚，到台湾水果，到免税化妆品，每个人的消费都到五位数以上。阎姐买了四罐台湾当地的奶粉，她说回去让她老母亲尝尝没有三聚氰胺的味道，逗得全车人哈哈大笑。大家习惯了导游的嗲音，兰姐把导游的实际年龄都打听了出来。在之前的路上，猜导游的年龄成了大家共同的话题。

"她快五十岁了，目前她还是单身。"兰姐悄悄说。

"怎么可能，她顶多40岁。"苏苏根本不相信。

"真的，是她亲口告诉我的，她比我们还大。老蒋活着的时候，她都小学毕业了。"

导游和大家也熟悉起来。车上的气氛越来越融洽，兰姐邀请导游到南京旅游，河南的老板邀请她体验中原风情。导游也开始调皮起来，居然说到了几个混段子，大家跟着哈哈大笑。

到达台南的时候，雨还在下。兰姐开玩笑说："再这么下去，我都要郁闷了。"

导游说："没有办法，台湾每年冬天都这个样子。"

时间尚早，导游建议大家去泡泡酒店的免费温泉，全团的人都去泡温泉。方悦也被兰姐硬拉着去。大家泡着温泉，不知道谁先唱了一首《外婆的澎湖湾》，其他的人跟着唱起来了。宁波的大哥唱的最起兴，能想起的歌儿几乎都唱了一遍。想到哪，唱到哪，忘词了一起哈哈大笑，再唱别的。甚至后来开始唱《游击队歌》，方悦也跟着唱。温泉里其他团的游客好像被感染了，也和方悦她们唱起来。大家穿着泳装，个个是孩童的笑容。唱高兴了，一个韩国老人站起来，给每人递过来一颗糖，用蹩脚的中文说："我请大家喝咖啡。"

苏苏非要这个韩国老人唱首韩语歌曲。老人清了清嗓子："阿里郎，阿里郎……"

恍惚间，方悦觉得自己仿佛到了极乐世界，她发现自己在笑。

8

第六天的行程是日月潭、阿里山。到日月潭的时候，是阴天，游客骤然增多，在各景点如潮水一般涌过。导游说，时间过的真快，我们的行程快走完了。在日月潭的游船上，苏苏带领大家唱"高山青，涧水蓝，阿里山的姑娘美如水呀，阿里山的少年壮如山，啊……姑娘和那少年永不分呀，碧水常围着青山转"。这首脍炙人口的台湾民歌，几乎每一个中国人都会唱。

快下船的时候，兰姐问："妹子，你出门的时候，看到我那装口香糖的瓶子了吗？"

方悦仔细地想了想："嗯。好像在卫生间的洗漱台上。"

"糟了。那个瓶子果然忘记拿了，你看我这一天累的。"兰姐一下子慌了。苏苏和阎姐也着急了。急忙和导游说。

"不就是个口香糖瓶子吗，有这么着急吗？大姐，下车我给你在便利店买一瓶台湾的口香糖。"宁波大哥说。

苏苏着急了："那里不是口香糖，那里装的是兰姐的药。"

"那是什么药啊。这么着急。"导游问。

"那个药很重要，导游你一定要想想办法。"苏苏比兰姐还着急。

方悦一下子睡意全无。阎姐在导游耳边耳语了几句。导游神色一下子着急了。她说放心我一定会全力帮助的。

"没事，导游，找不到就不吃了，反正是药三分毒。"兰姐倒有些坦然。

晚餐的时候，导游招呼老板上团餐，大家都很关心兰姐的药找到没有，吃饭的时候，导游说，药已经让后面的团带过来了。

兰姐很感动，她说："真想请大家喝一杯。"方悦紧挨着兰姐，她看着兰姐夹了一口菜，还没有送到嘴边，就倒下了。

"兰姐，兰姐。"方悦摇着兰姐。

兰姐一点反应都没有。

"快放平她，她的心脏病发作了。"阎姐忙把兰姐平放到地上。

药还没有来，导游急忙拨打了急救电话。

"兰姐，你醒醒啊。"方悦发现，兰姐没有呼吸了。

"你们都不要动。我看看。我是护士。我学习过急救。"是那个小新娘。她趴下来，一边给兰姐进行人工呼吸，一边按压心脏。这时饭店的老板急忙送来她家老人吃的速效救心丸。兰姐吃了药，还是没有呼吸。

方悦在颤抖，她感觉自己在水上漂移，天旋地转，她克制不住自己的眼泪。前一秒活蹦乱跳的兰姐，怎么可能会停止呼吸。

餐厅里异常安静。小新娘没有停止急救动作，她的额头淌着汗珠，兰姐长长地出了口气，慢慢地睁开眼睛。救护车到了。兰姐被送去了医院。方悦、苏苏、阎姐陪着一起去。

在车上，兰姐醒了，她微微一笑，低声说："我又活过来了。"

方悦，再也忍不住，她放声大哭，她的内心灌满了悲伤、喜悦，还有说不清的无助。苏苏和阎姐也抹着眼泪。

"妹子，我这不是好好的吗！"兰姐说。

方悦喉咙里噎着太多的话，她紧紧地握住兰姐的手，啜泣半天，破涕为笑，带着哭腔说了句："兰姐，你真能吓唬我们。"

兰姐在医院打了点滴，医生给她做了检查，说没事了，明天可以继续旅行。方悦陪着兰姐回到酒店，她守护着这个陌生的女人，她是那么善良、乐观。

她在想，人到这世上，是来受苦的吗？

晚上临睡前苏苏和阎姐敲门进来。说是来看看。阎姐和苏苏眼里含着泪花。苏苏抱怨说，你以后不要喝酒了，我们喝酒的时候，你只能喝果汁。

兰姐点点头。

阎姐想留下来照顾兰姐，兰姐笑着说："放心一时半会儿死不了，你们快去睡吧。"

两个姐妹走后，兰姐说："妹子，给我点支烟。"

"兰姐，你还是别抽了。身体才恢复。"方悦说。

"没事，妹子，我抽几口。"兰姐笑着说。

方悦给兰姐点了烟，递到她嘴边。兰姐吸了两口，说："妹子，我不知道你有什么伤痛，但我感觉你是有心事的，不管是感情的事，还是工作的事，都想开点，都会过去的，人这一辈子不知道要经历多少沟沟坎坎，像我这心脏，本来我也挺绝望的，可是有一天，我在书上看到一句话说，只要活着就有希望。所以，我得病的事，也没告诉孩子。心脏病有时候说走就走，我是做好了随时走的准备，说难听点，两年前，我第一次犯病，就把后事都安排好了。后来，我换了一种活法。总不能哭着来，哭着走吧，我得笑着走。有时候和几个姐妹出去旅行，真是担心自己会在途中死去，所以第二天睁开眼睛，依然可以看到这个世界，我感到格外的珍贵。"

方悦安静地听着。是的，都过去了，她给兰姐倒了一杯开水，轻轻地扶她起身，把药片喂进她的嘴里，兰姐把半杯开水一饮而尽。她笑着说自己又是好汉一条了。兰姐给方悦讲她的两个懂事的孩子，讲丈夫去世后，她如何含辛茹苦地供他们上大学。方悦安静地坐在兰姐床边的椅子上，窗外听不到雨声，她打开窗户，雨停了。

方悦始终没有和兰姐说起自己的伤痛，她甚至觉得对于兰姐来说，那不算什么伤痛。她发觉自己太脆弱了，房间一片漆黑，方悦蹑手蹑脚回到床上，她对自己说："方悦，从此以后，你要像身旁的这个女人一样坚强。"

这一晚，她很快入睡，连梦都没有。

第七天离开台湾的时候，是晴天，多日的雨过天晴，阳光像变成了新的一样。全团的人用欢乐迎接了在台湾的唯一一个阳光灿烂的早晨。导游在台北留了两个小时购物的时间，苏苏和阎姐买免税店的化妆品去了。方悦拉着兰姐上街，这一路，她们一直在路上，无暇逛街。她们走在台北的街头，看人，看干净的街道，看没有忧愁的小鸟，看趴在路边酣睡的土狗，看树叶上一圈一圈的光晕。那一天，她们差点迷路了，多亏"小黄"送她们回来。

到达桃园机场，暮色降临，方悦迷迷糊糊地下车，拿好行李，和导游、司机说了感谢的话。

大家要和台湾告别了。

在候机室，兰姐活蹦乱跳，像没事人一样欢迎各地朋友到南京做客。大家坐的飞机班次不同。方悦先登机，不知道为什么，方悦特别舍不得这三个女人。她没有热情邀约，也没有说很多祝福的话，只是走过去，一一和她们告别，走到兰姐跟前，兰姐笑呵呵地说："妹子，我们也算是生死之交了，以后一定来南京找姐玩。"方悦眼圈红了，她点点头，紧紧地抱住兰姐，百感交集地轻轻地拍了拍她的后背。

那些飞逝的过往

和江风再次相遇是楚静岚没有想到的事。那是春天的一个清晨,楚静岚陪先生高卓去上海参加一个学术界的研讨会,由于天气的原因,飞机不能按时起飞,机场上满是各种抱怨声。

高卓让楚静岚看行李,他去买点零食和水。

楚静岚坐在候机室里无聊地东张西望,突然,她的眼睛像触电一样震惊,因为居然在刚下飞机的人群中看到了江风,那个曾经让她魂牵梦绕的男孩,几年不见,他瘦了,也成熟了。眼睛里仍有楚静岚熟悉的沉默。

楚静岚想这一定是幻觉,是幻觉,江风同时也看见了楚静岚,人群在他们之间不停穿梭,楚静岚傻站着,他也傻站着。

楚静岚想江风也一定看到了她已为人妇的成熟,她微微地笑了。

楚静岚久久地凝望着,这六年,她由一个少女变成了一个幸福的小女人,婚后的生活很平淡,生活在吵吵闹闹中,在柴米油盐里,平淡的幸福流淌着。

偶尔楚静岚会想起江风,会觉得一丝淡淡的温馨,甚至是一种发自内心的宁静，充实和感动。这已经超越了异性之间的平淡如水，普通人不能抵达的深度，达到一种刻骨铭心的异性之爱所不能触及的高度。

楚静岚不能形容出它是什么，但她知道它仍是爱、尊重、关爱与牵挂。

就在这时，楚静岚泪花闪闪地看见了江风脖子上居然系着她送他的翡翠弥勒佛，他一直带着，这是楚静岚没有想到的。

先生高卓这时来了，他跑过来，一下子握住江风的手，他们虽然没有成为朋友，可是他们是认识的。

先生和江风像多年不见的故友一样热烈交谈起来，楚静岚嘴角只是带着淡淡的微笑，而她的目光逐渐恍惚起来……

突然时间变了，变到了六年前，楚静岚与江风的第一次相遇。

那时候，楚静岚大三，还是一个没有长大的疯丫头，那时候的先生还不是先生，是高卓，是楚静岚的护花使者，他已经研究生毕业，正准备来楚静岚所在的学校任教，所有的人都说他是为楚静岚回来的，楚静岚却装傻不承认。

楚静岚和高卓是真正的青梅竹马，两小无猜。他们的父母都是大学老师，并且关系非常要好，经常在一起吃饭，聊天，探讨学问。他们两家住平房时，同住一个院子，住楼房时，又是上下楼，而楚静岚和高卓又都是独生子女，所以，他们一起长大，一起玩耍，是自然的事。当时所有的人包括楚静岚父母和高卓的父母早已默认了他们。认为他们正在恋爱，可是楚静岚从来不承认也不否认。

和高卓相处二十几年，恋爱中的三个阶段，从未经历过，楚静岚梦想的爱情不是这样的，在深夜曾不止一次地问过自己，她爱高卓吗，可是没有答案。

爱到底是什么？

楚静岚很想知道。就在那时，一次同学聚会上楚静岚遇见了江风，只是和他说了一句话，楚静岚的眼前便再也无法挥去他那默默的眼神了。

江风是美术学院油画专业的高材生。楚静岚时常能在校园里遇见他戴着旧帽子，背着大画框，穿着有几个破洞的牛仔裤，在校园里"招摇过市"，他的那双皮靴也常常蹬地有声。而江风每次遇见楚静岚，总是点一下头，样子极酷。

楚静岚每次见了他，都喊他一声"冷酷的人"。他总是微微一笑。当然主要是楚静岚一直不知道他的名字。

有一次，楚静岚参加完一次诗歌朗诵会，刚从台子上下来，就听见"楚静岚，等等！"有人叫她，好陌生的声音。

寻声望去，又是那个"冷酷的人"。

"你也来参加比赛？"楚静岚有点惊喜，不知道为什么，他每次出现，楚静岚的心都在歌唱。

江风笑了，他一笑，楚静岚有点不习惯，他板着脸，楚静岚可以喊他冷酷的人，他一笑，楚静岚不知怎么说。

"跟我来！"他说着，风一样地拉着楚静岚就走。

"你放手，你放手！"楚静岚用力挣扎，心里却像开了一朵花，其实楚静岚也知道她完全可以挣脱，可她没有。

江风最终还是松开了手。楚静岚进了一家小餐馆，餐馆里人很多，找了个角落坐下。

"喂，你总不能让我一辈子叫你喂吧？"面对点菜的他，楚静岚又大叫了。

"你总是这么没礼貌吗？"江风又笑了。

"真是猪八戒倒打一耙，没说你没礼貌，你反而说我没礼貌，真是不可理喻，如果你不说名字，我就走。"楚静岚说着站起身。

"江风！"江风吐了两个字后就死死地盯着楚静岚看。

"江风？"楚静岚也跟着念了一遍，这个名字好冰冷，突然觉得身上一阵寒意。楚静岚抬头看他，他的脸沉在阴影中，只有那双眼睛仿佛穿透了黑暗带来无限的张力。

楚静岚有一种预感,认识江风会发生很多事。

吃过饭,楚静岚不知道他说了些什么,只记得他是学油画专业的,今年大四,别的就不知道了。楚静岚也没多问,在他面前楚静岚居然有点害羞,不敢看他的眼睛。

走出餐厅,天已经黑了,江风让楚静岚等一下,大约两分钟,他从一个角落里推出一辆半旧不新的自行车。

"上车吧,我送你回家!"又是他先开口,没等楚静岚回答,人已经骑在了车上。

看着他宽阔的肩膀和默默的眼神,楚静岚什么也没说,自然地坐在了后座上,江风似乎想说什么,又把头转了过去。

坐在车子上,楚静岚一下子乱了。

江风的车子骑得很快,像风一样绕过一栋又一栋的楼房,楚静岚只能紧紧地抓住他的衣服。楚静岚讨厌快车,每次高卓车子一骑快,她就抗议,可坐在江风的车子上,她什么也没说,只是有点害怕。

到了楚静岚家楼下,跳下车,看着坐在车子上的江风说:"今天很高兴认识你,谢谢你!"

江风自始至终没有看楚静岚一眼,他张望着四周说:"快上去吧!"

说完就风一样地消失了。

"喂,我们以后还会见面吗……"楚静岚大声地问,没有回音。

回到家,楚静岚躺在沙发上,紧皱着眉,觉得有点烦,烦什么呢?

楚静岚一直在想,江风为什么那么冷,他的眼睛很漂亮,这是今天她发现的,他的眼睛很有张力。可他跟楚静岚说话时怎么不看楚静岚的眼睛呢?

他曾经遇到过什么事?他从小就这么冷吗?为什么他会等楚静岚……一时间脑子里莫名其妙的好多问题问得自己都烦了!

这个只见过三次面的家伙,怎么可能会占据楚静岚大部分思想?

楚静岚一向讨厌傲慢的人，可对江风怎么会老挥之不去呢，太不可思议了。她最近越来越不了解自己了！

楚静岚不知道自己这是怎么了，高卓来了怎么办。她难道是背着高卓爱上别人，可是……楚静岚失眠了，这是她第一次一夜未眠，也是第一次为一个莫名其妙的男孩失眠。

第二天，去上课，楚静岚走在路上东张西望，渴望江风从某个角落里突然出现，可是，并没有发现他的半点影子。

楚静岚嘴里开始乱叫："这个死家伙，我真希望你永远消失！"

而楚静岚的脖子仍在前后左右地运动寻觅，终于有点酸了。没想到，一拐弯就见到了他。

"楚静岚！"有人叫。一看是江风，楚静岚没好气地说："真不幸，在这里遇见你，你还健在啊！"

"托你的福！"江风微微一笑，又风一样消失了。

楚静岚有种被人嘲笑的感觉，大叫了两声："出门遇见你，一定没好事！自大狂，哼！"没想到，一转弯，江风竟在等楚静岚，装作没看见，径直地从他身边走过，而且还高昂着头。

"上哪儿？我载你一程！"江风说着，车子已经停在了跟前。

楚静岚本想不理这个自大狂，可又担心他真一走了知。要知道，已经三天没见他了，这几天在路上楚静岚一直伸着脖子，真怕有一天会变成长颈鹿，长颈鹿的脖子是为了寻找树叶而伸长的，而楚静岚的呢。

楚静岚乖乖地坐在后座上，并对着他的背扮了个鬼脸。

"你是不是在对我扮鬼脸呀，小丫头？"江风摇摇头。

"你有三只眼啊？"楚静岚大叫着，又对他吐了吐舌头。

"你肚子里的那点儿小伎俩，逃不出我的眼睛。"江风有点得意，居然摇头晃脑地吹起了口哨。

"姓江的，最近你怎么消失了？"

"这么说，你在注意我了？"江风哈哈大笑起来。

"我最近很忙，和朋友开了家画廊！"

"在哪儿呢？能不能带我去？我其实挺喜欢画画的！"楚静岚兴奋地说。

"离学校不远，有空我会带你去的！"

"能不能告诉我，你的电话，说不定哪天想找你！"楚静岚感觉自己像在求他，因为在江风面前撒娇是没有用的。

"看在今天天气这么好的份上，给你了！"江风从身上口袋里抽了张名片给楚静岚。

晚上高卓来找楚静岚，他还给楚静岚带了礼物。随后，高卓便坐在沙发上点燃了一支烟，他今天好像有点心事，总是欲言又止。

楚静岚望着高卓轻声说："高卓哥，你在大学里爱过别的女孩吗？"

楚静岚从没问过高卓这个问题，问这个问题时眼前竟出现了江风的脸。

高卓一愣，似笑非笑地看着壁灯，说："你高卓哥长得丑，没人要！静岚，为什么问这个？"高卓说着，眼睛里闪过复杂的神情。

楚静岚定定地看着他："高卓哥，如果你遇见一个令你心动的女孩，不要因为我而错过她！"

高卓死死地盯着楚静岚："我早已过了那个年龄，很小的时候我就知道我生命中最重要的人是你，我不知道从几岁开始就爱上你，可我知道我不能没有你。"

"高卓哥——"楚静岚轻叫了一声，这一切她都知道。

"静岚，我说过，你是我的风筝，我把你放在广阔的天空，任你自由飞翔，你可以选择任何一片云作为游戏的伙伴，但别忘了，当你飞累了，当你疲惫的时候，希望你能回到我的怀抱……"

"高卓哥，别说了，求你别说了……"楚静岚想哭。

楚静岚真怕有一天她真会对不起他，可能她已经感觉到自己肯定会对不起他。因为心是不会撒谎的。泪水轻轻滑落。高卓拭干楚静岚的眼泪。

　　高卓走的时候，楚静岚一直默默地把他送到门口，关门的一瞬间，他突然停下来："静岚，放心，我会永远对你好的，放心去睡吧！"

　　楚静岚点头，看着高卓上楼。

　　关了所有的灯，趴在阳台上，楚静岚木然地望着天空，夜空的星星稀少，月光柔和。江风也该睡了吧！她又想起了高卓的话，"我只知道，我不能没有你！"

　　那个晚上，楚静岚开始体会到一种痛苦。也许那就是爱的痛苦。

　　楚静岚无意间知道了江风的宿舍离她们家不远，中间就隔一栋楼，她觉得那是上天的安排。从此楚静岚就很早去上学，每天早晨她抱着书经过那栋楼，她总会不自觉地回头望四楼，甚至边走边望，一直到再也看不见为止。

　　楚静岚经常会在想江风起床了吗？江风此刻在干什么？楚静岚甚至想跑到他们宿舍去瞧一瞧，他在干什么？又幻想江风有一天会站在楼下，喊一声："喂，等一下，我们一起上学去。"那该有多好！

　　这样一天天地盼着，楚静岚不是那种会掩饰自己的人，每天上课都会发呆，楚静岚的同桌发现了她的异常，多次，楚静岚以想妈妈搪塞过去。

　　又好几天没见到江风了，竟好想他，楚静岚没有告诉任何人，只能把这份期盼尘封在只有自己知道的角落里。

　　一天傍晚，楚静岚正在看电视，电话响了，竟是江风："楚静岚，你不是想去画廊吗，今天我带你去，下来吧，我在楼下等你！"

　　放下电话，楚静岚开始翻衣柜，一件一件地在镜子里比划着，楚静岚不知道自己这是在干什么？"女为悦己者容"，脑子里的话吓了她一跳。

　　穿了一件淡绿色的休闲服，把头发放下来，戴了一个粉色的小夹子。想象着江风看见她时的表情，急匆匆出门，就碰上高卓。

他满脸惊喜："静岚，今天好漂亮啊！"

高卓有点痴了。楚静岚瞪了一眼，"我要去参加一个同学聚会，回来再找你！"

江风见楚静岚下来，骑上自行车，看都没看一下，就说："上来吧！你太慢了！"

每次楚静岚紧跑几步坐上他的车，他一点也不懂体贴女孩子。哪像高卓每次都是楚静岚先上车，他才温柔地踩动踏板。

唉，这也许就是不同吧！

一到画廊，楚静岚就感觉那是个陌生的世界。陌生的人，陌生的男生和女生。

画廊设计得很有创意，能让一个俗人进去后变成艺术家。

里面灯光朦胧，沙发上坐了很多楚静岚不认识的人，但他们的发型都很相似，全是齐眉长发，似乎每个男生身边都坐了一个女生。

楚静岚安静地坐在一个不认识的女生旁边，抬眼望江风，隔着许多屏障，他抽着烟正侧着头和邻座的一个男孩说话，吐出的烟圈在五光十色的灯影中袅袅升腾，恍若梦境。

江风的眼睛还是很明亮，他偶尔抬头望一下楚静岚，那目光依然冷冷的，楚静岚的心中一凛。也许江风也感觉到，楚静岚和这里格格不入。江风真是个怪人，他带楚静岚来这儿，却又不理她，幸亏旁边的一个叫文青的女孩和她聊了几句，不然楚静岚真不知怎么办，她都有些后悔来这儿。

文青要带楚静岚去看画。文青说这里的很多画都是江风画的。

"江风是我们这里的才子，他的画现在能卖出去，而且价钱也好。你是他的同学吧，他很少带女孩子来这里，他是个怪人！"

楚静岚停留在一幅画前，画面里一个少女在长满了野花和青草的山坡上奔跑着，天空中飞翔着一只大雁风筝，微微的风掀起了她飘柔的黑发，女孩的眼睛里充满了童真而纯美的微笑，楚静岚有点似曾相识的感觉,那个女孩的衣服怎么和她的一件衣服如此相似,那头发,那眼神,怎么那么像她,那不是她前段时间去放风筝时的情景吗。莫非是江风在她放风筝的那天画的?那天楚静岚还不知道他叫什么名字呢!

楚静岚被震动了,用手摸了一下少女的微笑,不知道为什么会这么激动。

"楚静岚,你在发什么呆?"江风不知什么时候站在了背后。

楚静岚粲然一笑:"没什么,你的画可真美!我虽然不懂绘画,可我觉得你的画里有种美好的意境……"

"走吧!我送你回去!"江风打断楚静岚的话,关于那幅画,他什么也没说,楚静岚有点失望,可是……

在回来的路上,楚静岚说:"江风,你这一生说的话加起来恐怕没我一年说过的话多,你信吗?"

"不觉得你一天都在说废话吗?记住所有的语言都是重复。"江风笑了。

"能博你一笑真不易啊!你们画廊给不给人画像啊?什么时候你也给楚静岚画一张?真想体验一次当模特的感觉!"楚静岚大声地说。

"那不适合你!"江风说着加快脚步蹬着自行车,春风暖暖的,让人沉醉。

楚静岚一手轻轻地拽着江风的衣服,感觉今晚的一切美得让人心醉。

到了楼下,一下车,见高卓站在门口张望,看见楚静岚就朝她跑过来,一边拉着楚静岚,一边说:"静岚,怎么搞的,现在才来,都几点了,明天还要上课呢!"

江风一句话也没说,默默地只是望着楚静岚。

楚静岚说:"我不是回来了吗!"又转头对江风一笑。

高卓这才对江风说:"这是你的同学吧,谢谢你了!"

江风没说什么话,转身上了自行车,就风一样地离开了。

"上去吧！看你穿得这么单，着凉了怎么办？"高卓催促着。

"你烦不烦啊！"楚静岚有点生气。如果不是他，至少还可以和江风再说几句。

到了家门口，高卓想进来，楚静岚说："我困了，晚安！"

"静岚……"高卓欲言又止。

"怎么？"

"算了，以后再说……"

高卓深深地望了楚静岚一眼，上楼了。看着他的背影，楚静岚突然觉得对不起他，这么晚了他还在楼下等她，一定是担心死了，可她……

高卓甚至没有问楚静岚江风是谁？

回到家，一听电话留言，才知道高卓已经打过好几个电话，楚静岚想对高卓说声晚安，号码拨了一半又停了下来，她做错了吗？

之后几天，江风就像消失了一样，而楚静岚却想他想得有些疯狂。

再次见到他，是个雨天。

那天楚静岚心情烦躁，就故意在雨中漫步。猛然间一抬头竟与江风狭路相逢，他今天没骑车，也没打伞。大学里没有女朋友的男生几乎都没有打伞的习惯。楚静岚望了他一眼，他也同样望了楚静岚一眼。他们好久都没有说话。楚静岚似乎在他的眼睛里读到了一点什么，可是那种近似相思的目光一闪而过，江风就走开了。

楚静岚转身喊了一声。

"喂，画家，占用你一点宝贵的时间可不可以？"

江风见了楚静岚，本来就放慢了脚步，"有啥事请讲！"还是冷冰冰的。他最近一个电话也没打过，而楚静岚想给他打无数个电话，但都没有打。

"没事就不能和你聊聊天吗？"

"我最近很忙！"江风边走边说。

"别以为你会画画，就看不起别人，你是不是觉得我长得太丑，不配和你说话啊。"楚静岚无理地说。

"风马牛不相及的事！"江风转身，默默地看了楚静岚一眼。

楚静岚心里那么多的委屈，江风怎么会知道。本想问问他最近在忙什么，楚静岚的骄傲没让自己再多说一句话，就头也不回地从江风身边飞快走过，甚至连再见也没说。走过他身边的那一刻，心很痛，楚静岚希望江风在她生活里消失。

楚静岚发誓再也不想见江风，她得用心复习考研的事。而且她也不想再让高卓伤心。可是，楚静岚可以控制她的脚，却控制不了她的心，心是自由的，心是真实的，楚静岚近似疯狂地克制自己的结果是，她发现自己其实喜欢上了江风。

而江风在楚静岚有点躲避他的第十天，他突然打电话约楚静岚。

"你在哪？"江风问。

"我在家！"楚静岚说。

"十分钟后，楼下见。"

他们先去散步，江风今天看起来很高兴，他穿了件红色的夹克，他的嘴仍是紧闭着，可他没皱眉，这表情，楚静岚都很满足了。

夕阳染红了半边天，西天也火红火红的，就像江风的衣服，楚静岚突然又觉得好幸福，尽管江风的话很少，可是她突然发现不知在什么时候她已经习惯了他的沉默中的温情。她们沿着校园外通向树林的小路慢慢走着。

"今天你怎么不说话？"江风点了一支烟，望着晚霞说。

"你不是也没说话吗，你肯定以为我是那种爱说闲话的女生。其实，自从我爸妈出国后，家里就我一个人，闷得发慌时就对着月亮星星说话，真怕养成自言自语，爸妈来了把我送到神经病院去——"楚静岚嘟着嘴，皱着眉。

"哈哈哈——"江风突然莫名其妙地大笑，他好奇怪，泪都出来了。

"喂，你不会又笑我吧！你算算，我们见过几次面，你笑过多少次，每次几乎都被你笑，我就这么可笑吗？"楚静岚跺着脚，可是她的脸上已经开了花。

江风还是笑。

楚静岚转身想走，江风一把拉住了她。就那么一瞬，楚静岚感觉到自己的心跳突然加快，竟有点紧张，那是江风第一次拉她的手，而且是无意间拉的，竟会触电……她的脸很热，浑身都热。

江风意识到自己的"失态"，赶紧放下手，"对不起！"

楚静岚也有点不好意思，拼命在脑中想找个话题可没找到，他们就这样默默地走着。楚静岚希望前面的那条路，永远没有尽头。那一刻楚静岚觉得江风是喜欢她的，可是那种感觉很快就没有了。

那是个周末，楚静岚本来和江风约好去爬山的，可是江风却没有打电话，临近中午，楚静岚决定去找江风。打电话，宿舍的说他去画室了。楚静岚穿了一件淡蓝色的长裙子，在镜中照了半天，就出门了。楚静岚承认，一天不见江风就非常想他，何况她已经好几天没见他了。画室里很热闹，江风看见楚静岚，并没有表现出特别的喜悦，只给了楚静岚一瓶可乐。

文青热情地拉着楚静岚说这说那。文青本来还要跟楚静岚说点什么，有人突然站起来说要讲笑话，楚静岚缩进沙发喝着可乐，听着笑话，眼睛寻找着江风。

笑话一讲完，江风说要给大家唱首歌。突然响起的歌声让楚静岚喝饮料的动作无法连贯。那是低沉略带沙哑的嗓音，"他一定很爱你，别把我比下去，分手也只是一分钟而已……"

江风正站在画室中央，一张脸沉在阴影中，只有一双眼睛似乎穿透了黑暗，带着无限的张力，强烈地震撼着楚静岚。

江风站在那里，动听的歌，吸引了所有的人的目光，楚静岚只是远远地望着，在音响声、欢呼声、掌声的吵闹中，楚静岚在心里重复着一句话，他的歌竟会唱得这么好，怎么可能，怎么可能。

不知什么时候江风已经停止了歌唱，又有人在唱，楚静岚无心听别人的歌，这时江风走到了楚静岚的身边坐下。喝了一口饮料，望着别处说："淡蓝色，很适合你。"

楚静岚只觉得鼻子有点发酸，就这一句话就能让她飞翔起来。

"你们玩吧，我要走了。"说着楚静岚赶紧起身。

江风也跟了出来，为什么，为什么，他如此冷默呢？那一刻楚静岚觉得自己是自作多情。楚静岚咬了咬牙转头对江风说："你不要送了，去忙吧！最近天热了，小心中暑。"

楚静岚固执得连头都没转。江风竟也没有跟过来。楚静岚多么希望他跟过来，这说明他有点在乎她。可是，楚静岚看不清他在想什么，也许，楚静岚是被他的"冷酷"迷惑了。

回到家，楚静岚就接到高卓的电话，说他明天回来。

这么多天，楚静岚竟没有想过高卓，他要知道了，肯定会很伤心。

见高卓的那天，楚静岚竟有种陌生感，高卓瘦了，穿着一件大号的T恤，衬得他整个人儿显得空洞。

"高卓哥，你怎么瘦了？"

"还不是想你想的。"高卓的微笑依然灿烂。

"又贫嘴！"楚静岚傻笑。

"就知道笑，想我了吗，知道吗？我完了，快变成我妈了！"高卓夸张地说。

"怎么了？"

"我每天吃饭的时候总会想，静岚这会儿是不是也在吃饭，睡觉的时候又在想，静岚是不是也睡了，甚至坐在车上我都会不由自主地想你，想你在干什么……"高卓的眼神很朦胧。

楚静岚只是望着他，喉咙一下哽咽住了，什么话也说不出。

楚静岚不明白，她是怎么了。她突然扑进高卓的怀中大哭起来，高卓什么也没说，只是轻轻地拍了拍楚静岚的肩膀。

楚静岚问自己，凭什么那样对待高卓，但没有答案，楚静岚感觉自己像是掉在很深的水里，自己不会游泳，似乎连挣扎的力气都没有。也许是不想脱掉身上的大衣，那件压得楚静岚喘不过气的衣服。

不是没有人救，而是楚静岚不让站在岸上的人来救。

楚静岚在折磨自己的同时，也折磨着高卓。那段时间，楚静岚决定，不见江风，好好复习功课，也不想见高卓。可是楚静岚看书，每翻过的一页上都写满了江风的名字。别的什么也看不到。

一天晚上，凌晨时分，她突然想给江风打个电话。

电话刚响了一声江风就接上了。

"江风，你还没睡吗？"楚静岚轻声问。

"嗯，有什么事吗！"江风的声音在深夜里听来依然是冷冰冰的，没有一点点的惊讶，也没有问她为什么还醒着。

"没有，没有，我一觉醒来无事可干，就想看大伙睡了没，你在干什么？"楚静岚语无伦次地找着理由。

"画画！"江风只说了两个字。

楚静岚能听见他的呼吸声，也不知道再说什么，他这种人估计是冷血中的冷血，楚静岚算是领教了。

楚静岚咬了咬嘴唇又说："你睡吧，不打扰了！"马上要挂电话。

江风突然说"楚静岚，明天下午你来画室找我，我想给你画幅画！"

江风说完没等楚静岚答应，就挂了电话。

楚静岚在阳台上站了好久，好久，等再睡时一看表已经是凌晨三点半了。

第二天，楚静岚换上一条白裙子，刚走到半路，就开始打雷，楚静岚诅咒着天气，加快了脚步，快到画室时，雷声震耳，一阵大大的冰冷的雨点砸在她的身上、头上。拽着白裙在马路上疾跑，楚静岚想自己的样子一定很狼狈，不少司机从车窗里探出头来。

一口气跑到画室，连门都没敲就进去了，放下裙子，抹了抹长发上流下的雨水，低头一看发现那美丽幽雅的公主裙上沾了一些泥巴，楚静岚刚要喊江风。

"哎，别动！"江风急急地喊了一声，楚静岚吓了一跳，就定格在原地，惊诧地四处寻找，才发现他正躲在一个大大的画架后面，打量着楚静岚，楚静岚很愤怒，刚想发作，却又碰上了江风深深的眼神。那是一双充满激情和虔诚的眼睛，那幽幽的眼神中除了灵感还有一股歉意令楚静岚无法抗拒，她就呆呆地站着。顷刻间楚静岚的眼睛便埋葬在了他深深的眸子里。

木然地拖着长裙站在原地，一点也没觉得累，楚静岚才发现画室里就她和江风两个人。江风画得很认真，也很投入。周围安静极了，像是经过了一个世纪。

"对不起，楚静岚，我实在画不出你的飘逸和清纯。"江风终于舒展了一下手臂，微微一笑，递给了她一个干毛巾。

一听"飘逸"二字楚静岚就开始大笑，"江画师，求你不要再捉弄我了，我这副狼狈像还有飘逸吗？"

"当然有，只是你平时没有发现。"江风笑着转过画架，楚静岚正用毛巾擦头发。

看到画时，楚静岚停止了呼吸，心立刻就被深深感动了，楚静岚被江风天才的画技所折服，画面上那个线条清晰神态文雅的女孩是她吗？

那滴水的长发，那水一般清纯的眼神，还有那裙摆上的泥巴，天啊，那个少女会是她吗？她向江风提出收藏这幅画，江风却拒绝了。

"以后，你还可以再画呀！"楚静岚说。

"不行，今天此刻只有一次。"江风说，楚静岚心里有了一丝的幸福，江风喜欢画中的她吗？

画完画，外面的雨停了，江风载着楚静岚去了一家环境很好的咖啡厅，说是要感谢她。坐在咖啡桌前，楚静岚突然就不想说话了，江风也不想说，只望着咖啡的热气发呆，楚静岚是个耐不住沉默的人，此刻却丝毫感觉不到寂寞。

许久，江风抬头望着楚静岚说了一句吓她一跳的话。

"今天是我第一次带女孩来喝咖啡。"

"是吗？我还以为你把每个模特都会带来，看来我很荣幸啊，说不定晚上还会激动地失眠呢。"楚静岚淡淡地说着。

这"第一次"就能让楚静岚失眠，何况还有画和咖啡。江风一把抓住了楚静岚的手，楚静岚看着他，他也看着楚静岚，没有任何的语言，也不需要任何语言。那一刻楚静岚呆了，她取下戴在脖子上的翡翠弥勒佛，轻轻地给江风戴上。

"从此让他保佑你，好吗？"

"谢谢你，楚静岚！"江风点点头。

那晚，他们一起吃了饭，江风和以往一样骑车送楚静岚回家，夜色笼罩着校园，雨后的学校安静得像一只睡着的小猫，偶尔空气里会飘出一丝丝轻柔的乐符。

江风的车子依然快得像风，楚静岚紧紧地抓住他的衣服。坐在车上，突然想起一句歌词：我们活着，也许就该相互温暖。

快到楚静岚家时，江风突然停下来，楚静岚也跳下了车子，他欲言又止，他到底想说什么。江风发现高卓的同时，楚静岚也看到了站在楼下的高卓，顿时自责又占据了她的心。

楚静岚挥手让江风赶紧离开，她看见了高卓愤怒的眼神。果然在江风转身正要离开时，高卓已经跑到了他面前，挡住了去路，楚静岚分明感觉到了周围的火药味，高卓的眼睛正在冒火。楚静岚面无表情地挡住高卓，"高卓哥，这是我的同学，快关楼门了，让他先走，有什么话你对我说。"

高卓看了楚静岚一眼，退了一步说："你叫江风，是吗？好吧，你先走。"看着江风离去后，楚静岚一口气跑到家，狠狠地关上门。

高卓气呼呼地跟了进来，一进门就抓住楚静岚的胳膊，"静岚，这就是你最近变化的原因吗？啊，告诉我，为什么？为什么……"

楚静岚甩开高卓的手，没好气地说："我累了，很累，很累……"

高卓瘫坐在地上，他突然说，我也很累，很累。

那一刻楚静岚的心都碎了，她很想告诉高卓，她心里喜欢的是江风。对他一直是妹妹喜欢哥哥的喜欢，可是说不出口。真的说不出口，她这22年的记忆中，所有的喜怒哀乐都是和地上坐的这个男人一起度过的。

江风在准备着他画展的事，他也没有打过电话，也没有问楚静岚和高卓是什么关系。楚静岚一天把自己关在屋子里，谁也不见。

江风画展的那天，是文青给楚静岚来的电话，文青告诉她，江风最近情绪不好，她还说希望楚静岚来看画展。

楚静岚买了一束美丽的百合花。毕竟这是江风有生以来的第一次画展。她在书签上写道："希望你的人生犹如鲜花一样美丽、芬芳！"

画展设在一个小礼堂，有很多学生老师前来观看，大概展出了一百幅作品，大多是油画，也有国画和水彩画作品。楚静岚在展厅寻找江风，想给他一个惊喜，可是找了半天，只看见了文青还有画廊中的几个人。可是大家都说他们也在找江风。

只有文青说："江风他一早就被一个男的叫走了，你等等吧！"

在展厅里楚静岚发现，江风将几幅为楚静岚画的油画作品都展了出来，这是她没有想到的。江风是在乎她的，不是吗，只是他的性格让人无法琢磨。

过了好久，江风阴沉着脸回来了，对楚静岚的出现熟视无睹，文青悄悄告诉楚静岚他一回来就紧绷着脸。

"江风，你出来一下，我有话要对你说。"楚静岚也沉着脸。

"你回去吧，我不想听！"江风没有抬头看楚静岚。

"你给我出来……"楚静岚不顾周围人诧异的目光，拽了江风的胳膊就往外走。

江风还是用单车载着楚静岚去了附近的一个公园。那是楚静岚最后一次坐他的单车，也是最后一次靠近他。到了公园，楚静岚跳下车，江风放好单车。公园里人不多，江风靠着一棵柳树，低着头，一直没有说话，楚静岚站在草坪上突然也不知道说什么，也许事情没有楚静岚想象得那么严重。

周围安静极了，不经意抬头，月亮安详地注视着人间的是是非非，她除了关心自己的圆缺，别的一切她都很淡然，也许只有月亮才能做到"不以物喜，不以己悲"，而楚静岚是做不到的，楚静岚想也没有人能够做到。

想到这，楚静岚突然觉得所做的一切是那样荒唐。

"江风，对不起，你还是回去吧！我想一个人呆一会。"话一出口楚静岚轻松了许多。

"有什么话，你就说吧。"江风低着头，不停地踢着地上的草。

他点了支烟，烟头那一点微弱的火光映得江风的脸越发模糊。

"你回去吧，没什么！"楚静岚说完转身就走，江风一下子拽住了她的衣服，不知为什么楚静岚竟不争气地哭出了声。江风没有动，只是保持着他原来的动作，等楚静岚哭得差不多了，他说："对不起！"

"江风，我的心意你不明白吗？"楚静岚哽咽地问。

"对不起！"江风只是重复他那句话，楚静岚的心已经绝望。她捂着脸哭着跑开了。江风呆呆地站在那里，一动不动。

等楚静岚再次遇见江风，便见他正和一个穿着红裙子的女孩走在青石小路上，他们谈笑风生，江风一直在笑。他对楚静岚从没有这样笑过。

楚静岚有种晕眩的感觉，极力地站稳了脚步，装出很平静的样子，走了过去。

"你好！"楚静岚微笑地打招呼。

- 141 -

江风见到楚静岚笑容僵在了脸上，"你好！"从鼻孔里哼出两个字。楚静岚没有多说一句话，忍着心痛走过他身旁。楚静岚脑海里突然蹦出一句，"落花有意随流水，流水无心恋落花"，江风可能永远无法得知花之意吧。她越想心越痛，她的花只能在心中悄然绽放。

后来楚静岚听说，江风找的那个女孩子家里很有钱，而且，她还听说，江风要和那个女孩子一起出国学习。那段时间楚静岚像失恋了一样，瘦了一大圈。只有高卓默默地守护着她，照顾她。楚静岚知道，她该给自己的心定一个归属了。江风也许从来没有喜欢过她。

接着便是暑假，楚静岚和高卓一起去云南丽江旅行，旅途中，楚静岚刻意地试图忘记江风，可是没有做到。旅行回来，江风画室的文青有一天来找楚静岚，说江风出国了，他临走要她转交楚静岚一个东西。文青说着递给楚静岚一封信和用一块灰白相间的粗布包着的一个画框。

文青说："他什么也没说，只让我把这些东西给你。可是，我，我能感觉到江风他对你是不同的，虽然他是个很难琢磨的人，是个表面很冷的人，但我们都知道江风喜欢的人是你。"

楚静岚苦笑了一下。她知道现在说这些已经没有任何意义。江风留给她的是那次雨天为她画的那幅画和一封信。

楚静岚：

当你读到这封信的时候，你应该和高卓的感情很稳定了，而我将一个人孤独地在陌生的国度里忙忙碌碌。

这封信，我写了数十次，每一次都只写个开头就无法继续。

本来想在出国前亲口告诉你，也许我和你注定今生无缘，每一次当我鼓足了勇气想告诉你时，高卓总会出现。

楚静岚，你是我生命中第一次真正喜欢过的女孩，上天让我们相遇太晚，因为你的身边已经有了优秀得让我自卑的高卓，所以我选择了离开，也许这是天意。

知道吗？画展那天高卓一早就找到了我，他说他不能没有你，他让我离你远一点，他讲了你们的过去。那天我负气地告诉他，我从没有喜欢过你，只是把你当成普通人一样。从此，我发誓再也不理你。知道吗，其实如果那天他不找我，我甚至都下决心放弃出国了，我甚至想到等你毕业和你结婚。

我知道你对我好，你也喜欢我，可是我却临时找了美娜，这都是为了疏远你。

本来想永远把这份感情埋在心里，想来思去，还是决定告诉你。很多时候我们无法解释，为什么人生的许多事，出现时都很模糊，而当错过以后，才会后悔。

我怕我不能给你幸福，怕对你的爱不会永远，更怕让你受伤，所以我选择了沉默。而我肯定高卓能给你幸福，给你快乐。

所以为了你一生的幸福，我选择了逃避。

静岚，多少次看到你那深邃的充满了抱怨和疑问的目光，我的心明明在痛，可还是对你报以了冷冰的眼神。多少个夜晚，因为想你而无法入睡，拼命用抽烟喝酒来麻醉自己，我知道忘记你需要时间。

再见了，我偷偷爱过的姑娘，为了我的爱，你一定要幸福，我会永远祝福你，祝你和高卓幸福！

幸福直到永远！

……

江风

泪从楚静岚的脸上流了下来，信纸像一枚枯叶从指间慢慢滑落，在空中回旋了一番，平平稳稳地落在地上。看完信，楚静岚在阳台上站了一夜，听着呼呼的风从树的枝叶间滑过。再看天上的星星，一闪一闪地像白痴的眼睛一样无神，是江风傻，还是她傻，还是高卓傻，她都不知道，她的心茫然若失。只是莫名的泪水怎么也止不住。

天刚亮，楚静岚一早出门去剪发。

在菁菁校园里，女孩子们的头发经常会长了，又短了，为什么长，为什么短，只有女孩们自己知道。楚静岚为什么要剪头发，她也不清楚，总是觉得一切烦恼、矛盾，一切的爱恨情愁都集中到了一头长发上。

楚静岚是理发店的第一个顾客，当理发师举着剪刀，头发落地的瞬间，她感到从未有过的轻松。

想想这么美丽的长发上记载着多少自己由小女孩变成少女的秘密，想想这头长发曾经营造过多少次柔情和浪漫，想想这飘逸的长发曾经吸引过多少目光，想想自己是怎样的耐心呵护……现在这一切将会在长发落地的瞬间永远被她锁在心里……

机场的广播里在不停地播放着各航班飞机的最新信息。楚静岚的目光渐渐清晰起来。她把头转向江风，她看到了他微微的笑。

楚静岚轻轻地扬起了手，她无名指上的婚戒在阳光的映射下分外耀眼。

江风说："我……刚下飞机，你们这是……"

楚静岚说："哦！我……我们正要准备登机！你好吗！……"

江风说："挺好！你呢？"

楚静岚说："我……我也很好……那再见了！"

江风和高卓握手告别，楚静岚轻轻挥手，江风远远地站在机场的那一端，微笑地注视着他们离开，他的脑海里浮现出，他们在一起的时光，那些飞逝的过往，每一刻依然那么清晰。

广播里回荡着一曲《爱的代价》。

"还记得年少的梦吗……走吧，走吧，为自己的心灵找一个家，也许我仍然会想起他……"

楚静岚仰起头看看天，天空从未有过的蔚蓝，清爽，美丽……

水镜子

　　为了睡眠，安小雅想了很多办法，半年多来，属于她的夜晚总是清醒的。安小雅不记得自己多久没睡过觉了，为了能踏实睡一觉，她尝试过各种方法。坐最长的一班公交车，从西单到香山脚下，再从那儿坐回来，这种方法，开始一两次还是有些效果的，有一次她居然睡着了，直到终点站乘务员把她喊醒，如果不喊醒那该多好，那是她记忆中睡的最后一觉。那时候还是五月份，街上柳絮漫天飞舞着，使得整个城市充满柔情；那时候安小雅刚刚失恋，确切地说她是从马上当新娘的美梦中跌到痛苦的深渊。

　　安小雅和男友沈鹏飞在准备拍婚纱照的前一天晚上，她接到一个女人的电话，那是有着温柔音质的女人，在电话那头她似乎还在哭着，安小雅听到她娇弱的哭声顿生了怜悯之心，接下来女人说的话像是在讲故事。女人说，你是安小雅吧。安小雅说是的。女人听到安小雅说是，她没有往下继续说，而是抽抽搭地哭起来。后来安小雅回想，才觉得那哭声是有备而来的，那女人不简单，至少知道在说话之前先博得人的同情心，尤其是博得一个情敌的同情心。女人说，对不起，对不起，我不该爱上沈鹏飞,一开始我就知道爱上他是个错误,可是爱情来了,我没法抗拒,现在,现在我有了鹏飞的孩子,我只想求你成全我们!

安小雅听到这样的话第一反应并不是晴天霹雳,而是可笑。对方说的沈鹏飞也就是她的准未婚夫正在离她不到6米远的卫生间里洗澡,这让人感觉滑稽。安小雅和沈鹏飞是大学同学,他们是彼此的初恋,他们拥有很多青春期的回忆:第一次牵异性的手,第一次涩涩的初吻,第一次……他们从十八岁开始就把对方看成了一生的伴侣。上大学时,他们常常坐在黄昏里的池塘边,一起吟诵那首"当你老了,头发花白,睡意昏沉……"的诗歌,往往念到动情处他们会因为诗中的爱情而热泪盈眶,久久拥抱不愿分开。十年了,在这漫长而美丽的十年里,他们对相互的依赖已经不是爱情这一个词可以概括的。原本他们大学一毕业就打算结婚的,可当时沈鹏飞正在读硕士研究生,安小雅又刚刚工作,各方面都不成熟,但是这些年,他们一直把结婚挂在嘴边。他们的父母也早已经认同了他们。现在住的房子也是他们共同买的。安小雅之所以拖到现在不结婚,主要是她工作太忙,在《经济报》工作经常要在全国各地飞来飞去,她想趁年轻多跑跑,等过几年她打算从一线记者下来干编辑,再说沈鹏飞博士刚刚毕业,刚刚留校,得等他充分适应新的环境。

电话那头的女人,几次哽咽不语,她最后说,我知道你不相信,明天我们见一面吧,到时候你就知道了。明天我再给你打电话,忘了告诉你,我叫林蔓。安小雅没有回答,她拿着手机发呆,她的目光涣散失落。她的胃肠系统消化这些话还需要时间,她提醒自己必须保持冷静。这时沈鹏飞从浴室里走出来,穿着安小雅买给他的新睡衣,睡衣的扣子也没有扣全,头上的水珠还在滴,他笑着问,是谁的电话?安小雅回过神,她深深地看了一眼沈鹏飞,面前这个要与她共度一生的男子,身材修长,一脸的真诚,眼里流露着些许孩子的天真,可是他的心到底是什么颜色,有谁知道呢。

哦,没什么,你早点休息,我还要赶个稿子。安小雅恢复了自然的表情。

沈鹏飞坏坏地凑过来，说，要不要我陪你，等结了婚，我们有了宝宝，你就什么也别干了，到时我养着你！现在我的工资完全能做到了。

安小雅听了，没有温柔地笑，而是像看一只从未见过的怪兽一样瞪了一眼沈鹏飞。

那你写吧，我先睡了。沈鹏飞知趣地走了。沈鹏飞知道安小雅写稿子的时候不能打扰的，可他不知道安小雅刚刚接了一个关于他的电话。

安小雅没有再看他，只是点点头，假装整理资料，心里乱作一团。这个夜晚安小雅的大部分的时间是在回忆中度过的，她回忆着和沈鹏飞在一起的这十年。

沈鹏飞和她上的同一所大学，不过他比她高两级是学化学的，她们是在图书馆上自习的时候认识的。她回忆他们的第一次牵手，那是十年前冬天一个的黄昏，当时安小雅十八岁，沈鹏飞二十岁，那天，天上飘着零星的雪花，安小雅一下课匆匆打了一个盒饭就跑回宿舍钻进被窝暖了一会，她才吃起盒饭，宿舍的姐妹都笑她是温室的花朵。安小雅因为瘦，格外怕冷，沈鹏飞的电话偏偏那个时候打来，他因为紧张声音有点结结巴巴，情绪却很高涨地说，安小雅，你能出来吗，我想约你去铁桥上看落日，听说可壮观了，真的，不骗你！

这时候出门安小雅是几百个不情愿。她说，看什么日落啊，都下雪了，何况这么冷。沈鹏飞激动地说，真的有日落，你想想下午不是有太阳吗，不信你往西边看看。

安小雅不由自主地往窗外一看，可不，西边的太阳和黄昏的小雪相互映衬着。没办法，安小雅只能下楼了，沈鹏飞骑着车子在楼下等她了。

上来吧！

安小雅轻轻地跳了上去。

哇，你怎么这么轻啊。沈鹏飞说。安小雅听了，心砰砰砰地跳着。

这是他们第一次靠得那么近。到了铁桥，安小雅就快要冻僵了，沈鹏飞脱下自己的外套披在她身上，安小雅还是不停地哆嗦。她哆嗦的有点不好意思了。毕竟这是他们的第一次约会啊。沈鹏飞专注地看着她，看着看着，沈鹏飞涨红了脸，而安小雅的目光定格在了脚上的那一朵雪花上。突然，沈鹏飞一下把安小雅拥到了怀里。安小雅愣住了，她瞬间被温暖所覆盖。沈鹏飞激动地说，小雅，我一定要娶你。

黄昏落日的确很美，外加天上的雪花。安小雅的确感动万分，那一刻，清高美丽的安小雅爱上了老实上进的沈鹏飞。从此为了那句誓言，他们相爱着、努力着。

安小雅不愿过多回忆第二天的情景，那不光是场闹剧，更是她人生的一个噩梦，场面比电影小说里还精彩。安小雅再次接到林蔓的电话，是第二天下午四点半，安小雅写完一个特稿，盯着手机想，也许昨天的电话是个游戏，是有朋友对她和沈鹏飞的婚前考验。安小雅有几个朋友始终不相信他们的爱情坚不可摧。手机响了，是林蔓，安小雅跳了起来，看来不是愚人节的玩笑。

喂，你好，我是安小雅……

是我，我是林蔓，你现在有空吗，我想见你。

安小雅本能地想拒绝，可是她嘴巴上说，可以，在哪里？

就在你单位的对面的上岛咖啡，我等你，我穿红色的裙子。

安小雅和同事打了个招呼，就一阵风似的冲向了马路对面的上岛咖啡。她一进去就看到了那个林蔓，那个林蔓长得小巧玲珑，但是和安小雅一比，就有点黯然失色。可有一点，她占绝对优势，她比安小雅年轻，她充满活力。也许年轻就是资本，女子的盛花期就是那么几年，安小雅的花已经开到了花落时节，而林蔓正在灿烂。

林蔓给安小雅要了一杯咖啡，接着她从包里拿出了一落相片，还有一个化验单。她的行动倒不像她的声音般柔弱，而是开门见山，直截了当。原来林蔓是沈鹏飞的同门师妹，不过她是硕士，而沈鹏飞是博士。

桌子上的相片大都是林蔓和沈鹏飞去做调查时的亲密合影。那个化验单不用看就是怀孕证明。安小雅奇怪自己的冷静。她拿起相片一一看完，相片上的沈鹏飞在她看来是陌生的，她看到沈鹏飞穿着她送的七匹狼条纹衬衫，半拥着林蔓……安小雅仔细地看完，平静地说，说吧，找我的意图？

鹏飞说他早就不爱你了，他还说，是你缠着他，请你离开鹏飞，我有了他的孩子，我决定和他结婚，生下我们俩的孩子。

安小雅听完，眼前天旋地转起来，如果不是铁的事实摆在面前，她是绝对不会相信沈鹏飞会做出这样的事，为了证实一切都是真的，安小雅理智地拨通了沈鹏飞的电话，她要听他亲口说。

沈鹏飞十几分钟后就赶了过来。他一上楼就明白了一切。安小雅冷冷地说："沈鹏飞，我想听你亲口说。"

看到那些照片，安小雅的心里已经有了决定，即使沈鹏飞求她原谅，她也不可能和他结婚，当爱情出现背叛，还有什么值得留恋的。

沈鹏飞很愤怒地指责林蔓："我说过，那次只是个误会，为什么还要来打扰我的生活，为什么？"

林蔓哭了，这个时候，安小雅镇静的态度会让别人以为她是第三者。

"沈鹏飞先生，不要给我演戏了，我已经够了，我们结束了……"

这是安小雅和沈鹏飞说的最后一句话，说完她就冲出了酒吧，在大街上狂奔起来，她宁可让路人以为她是个疯子，也不愿别人知道自己是个弃妇。

当天晚上，沈鹏飞还是回来了，他是怕安小雅想不开，安小雅是想不开，她安静地躺在床上，手里却握着一把小小的藏刀。那把刀是去年她到云南采访的时候买的，刀子虽小，但非常锋利。沈鹏飞轻轻地走进他们的卧室，呆了几分钟，安小雅屏住呼吸，仔细地听着他的脚步声，直到沈鹏飞轻轻关上门，安小雅的眼泪才像决堤江水一般倾泻出来。凌晨三点半，安小雅握着那把藏刀，蹑手蹑脚地走到沈鹏飞的身边，借着窗外路灯的幽光，她看到了沈鹏飞酣睡的脸，他怎么能安然入睡？她气得抖了起来，刀就那样下去了……沈鹏飞偏偏翻了个身，刀"当啷"一声落在了地上，沈鹏飞一骨碌爬起来打开台灯。沈鹏飞看到了安小雅怨恨的目光，安小雅慌忙捡起刀，把刀指向自己的心脏。

小雅，你冷静一下，听我解释，事情不是你想的那样，我和那个林蔓真的没什么……

滚，滚……

安小雅手里的刀开始颤抖。沈鹏飞含着泪说："如果你把刀给我，并且不再胡来，我保证马上消失，我保证……"刀再次落到地上，沈鹏飞拿起刀飞快地出了门，关门的瞬间他说了声，小雅，对不起，等你冷静下来了，我再和你谈。

那个晚上，安小雅在沙发上窝了一夜，从此她再也不能入睡，她失眠了。接下来的日子，沈鹏飞苦苦哀求，安小雅却委托他们的朋友把分手协议转交给他。分手协议上很清楚地标明了房子和财产的问题，这么多年，他们之间的经济问题已经纠缠不清了。一个月后，萎靡不振的沈鹏飞来取他的衣物，他看到安小雅憔悴得没了人样，他蹲在地上失声痛哭。

"我错了，我错了，小雅，是我的错，请你不要折磨自己。"

安小雅见不得他的那个样子，她穿着拖鞋冲到花园无人的角落，痛哭了一场。回来时沈鹏飞已经走了，他留了一封长信。沈鹏飞没有拿走任何东西，他说他不会放弃的，他希望安小雅能给自己一次机会。他说，许多的话都没有说清楚，他和林蔓就发生过一次关系，是安小雅去贵州出差的那次，那次他们在野外调查，都喝了酒，是林蔓主动的，林蔓根本就没有怀孕，她为了拆散他们才那样说的，一直是林蔓纠缠他，他最后说，这辈子他只爱安小雅，只要安小雅不结婚，他就不结婚。

安小雅看了信又痛哭了一场。她跟单位请了一周的假，把自己关进房间谁来敲门都不开。这一周,她一直在发呆,屋子里安静得没有任何声响。她坐累了就站起来趴到阳台上看窗外的景色,有两次她打开窗户,看到一群鸽子穿梭在楼与楼之间,她笑了,她闭上眼睛,把自己也想象成鸽群中一只掉队的鸽子,她张开了双臂,想去追那群无忧无虑的和平使者。可是她踩的凳子突然倒了,她被重重地扔到了地上。她一下子清醒过来,那一刻她感到害怕。她觉得的自己的心可能病了。

第二天,她去了医院,挂了精神科,她告诉医生,最近心情不好,不想吃饭,睡不着觉,甚至感觉到活着没有意思。医生说:"依你目前的情况看,可能是抑郁症!"

"抑郁症?"安小雅听到自己得抑郁症,第一反应是可能遇见的是个庸医,她怎么可能得抑郁症,当她听完医生后面的话,她确信了自己得抑郁症的事实。

医生说:"失眠是导致抑郁症的直接因素,导致失眠的原因很多,贫穷、失恋、下岗、离婚、病痛……众多的社会压力让很多年轻人都精神紧张。长期就造成抑郁症,其实最主要的原因是你把一个问题老放心头上,没事的时候就老琢磨这个问题,慢慢的夜里睡不着,失眠,失眠后压力增大,就抑郁了!"

安小雅说:"大夫,我现在什么也不想,只想踏实的睡一觉。"

医生说:"只要你放下纠缠在心里的痛苦,你就睡得好、吃得香。医生给安小雅开了一大包安神的中药,还建议她去做做运动,最后医生说,最好把心里的苦闷找个人倾诉一下,这样对你的身体恢复有帮助。"

除了安小雅的两个好朋友,她的事谁也不知道,其他的同学、朋友、亲人都在等待她和沈鹏飞的婚礼。安小雅给一些关心他们的朋友简单地说了他们分手的事,也没有细说,只说和沈鹏飞不结婚了,原因是性格不合。她知道这样简单的解释别人听了是不能满意的,长期以来她和沈鹏飞已经成为了坚守爱情的楷模。有个朋友还惋惜说,小雅,连你们都分手了,我还怎么相信爱情!安小雅听了,只是笑,那笑里含着泪，一圈一圈汹涌而出的泪。安小雅不想说话，不想吃饭，只想睡觉，因为不睡觉，大家都会看出她是弃妇。女子的美是睡出来的，不是有个童话叫《睡美人》吗。

安小雅不知道自己是怎么回的家，她甚至不知道自己吃了没有，一进家她就迫不及待地从柜子找出一瓶茅台酒，这瓶酒是她去贵州采访时一个朋友送的。安小雅从不喝酒，这瓶酒一直被当做摆设。打开酒盖，芳香扑鼻而来。那扑鼻而来的酒香，对安小雅是种安慰，她倒了满满的一玻璃杯酒，喝了一大口，顿时她的肝肠像着了火，直烧得她浑身滚烫。安小雅指着酒瓶开始骂："沈鹏飞，你这个伪君子，小人，你这个人面兽心的狼，你这个两面三刀的家伙，我居然相信你爱我，我是傻子，我太傻了，我就不信没有你我活不下去，沈鹏飞，你这个王八蛋……"。

"我该怎么办，去死吗，为这样的男人值得吗，再找新的男朋友，我还相信爱情吗，随便找个人嫁了，那样我肯定会后悔。"突然她听到电视里有人说，去山花烂漫处逍遥，安小雅的脑子死死地记住了山花烂漫处逍遥，逍遥是个多么浪漫的词，光念出来就充满了无穷的诗意，可是山花烂漫的地方在哪里呢？安小雅想着这个问题，她趴在沙发上醉倒了，醉了自然就睡着了……

吃完一大堆中药，安小雅的气色有所好转，可她依然睡不着觉，漫漫长夜她一闭上眼睛都是沈鹏飞的影子。沈鹏飞此刻会在哪里？这个问题纠缠着她，她半夜三更给朋友打去电话，朋友说她现在神经了。朋友还说沈鹏飞去了上海做社会调查，他和那个林蔓本来没什么，朋友还劝她再给沈鹏飞一次悔过的机会，还说什么浪子回头金不换，安小雅没听朋友唠叨完就挂了电话。她意识到自己这样不正常的行为已经影响到了朋友们的生活。她不能再这样下去。后来的很多夜晚，安小雅的脑海里总有一片山花盛开的草原。分手后，安小雅觉得自己五彩斑斓的生活一夜之间变得苍白萎靡，以前有伟大的爱情和幸福的家庭，如今只剩下安身立命的工作，这一丝微光不足以为她疗伤。

第二天，安小雅强打精神，换了新的裙子，化了淡妆。她不想邋里邋遢的，那让外人一看她就是弃妇。安小雅和单位领导说，她最近身体很不好，需要调养一段时间，想把这两年攒的假都休了，那有大约两个月的时间。这些假本来是她结婚和度蜜月的，现在她只想去一个没有人认识她的地方安然入睡。单位的同事早就听说了她的事，马上要结婚却突然分手，想想谁都难以承受，大家都同情她。只是不能表示出太多的关怀，安小雅平时是很要强的性格。领导说，出去散散心也好，但一定要和单位保持联系，工资按休假发，等假期结束按时上班，你要保重啊……安小雅给领导留了一个她新的手机号码。

走出单位，她给家里打了个电话，电话是爸爸接的，她说要出去学习一段时间，等学习完了就回家看他们。爸爸说，那你和鹏飞的婚事呢？安小雅说，现在工作很忙压力大这事先放放。她怕父亲再问就说，爸，回头我和你们打电话，我到那边就不用手机了。没等父亲开口，她就挂了电话。

挂了电话，安小雅长出了口气，直奔火车站。她机械地排着队，直到售票员问她，去哪里、哪趟车，她才清醒过来，她一下子给问闷了，她不知道自己要去哪里？

"快，后面的人还等着呢！"售票员显然已经被磨光了耐心。

"和我前面的人一样！"安小雅脱口而出。

"去青海德令哈是吗？"

"恩"。

"哪天的？"

"和那人一样吧。"

"那就是今天晚上10点的车。"

安小雅拿到票，她什么东西都没有准备。她匆匆忙忙去超市买了一大包吃的，用的，去银行取了些现金，带了银行卡。她不知道还准备什么？直到晚上匆匆上了火车，她躺在卧铺上，这才意识到自己要去的地方是青藏高原。家里的水电忘关了，还忘记缴这个月的燃气费，水电费，物业费……更糟糕的是她把门上的钥匙没有交给朋友保管。安小雅想到沈鹏飞有钥匙的。她就给沈鹏飞发个短信，这是分手以来，她第一次主动和他联系，"沈鹏飞，我要出去一段时间，我不知道自己去哪儿，不知道什么时候回来，因为走得匆忙，拜托你照顾一下房子，你也可以先住那儿，等我回来再做打算，放心，我不会去死的，谢谢……"发完这个短信，安小雅咬咬嘴唇，把旧的手机卡扔进了垃圾箱，从此她将了无牵挂。

安小雅想到了无牵挂，不禁悲从中来，她擦掉眼角的泪痕，强打精神。这才端端正正地坐起来，看她坐的这趟车，这是个还算整洁的车厢，车厢里的空气闷热污浊，已经到了睡觉时间，车灯一片昏暗，不时有一两个男人或者女人，在车厢里来回轻轻走动，他们可能去卫生间，或者去接开水，安小雅看不清他们的脸，当他们小心翼翼地从她身边穿过，那样的声响是不会惊醒已经睡着的人的，安小雅觉得和他们虽不曾相识，可在这沉沉的夜色里，他们至少知道彼此的存在。尽管他们每次经过都是无言的，脚步也是很轻的，可安小雅觉得有他们陪着她，她的夜晚不再孤单。

安小雅躺在窄床上，她的脑子却没有停止片刻，她想一下火车就找一家便宜但旅客川流不息的家庭旅馆，那里或许卫生条件差，只要有人气就行。是的，她此次外出的目的就是为了寻找人气，这么多年，她的生活中除了工作就是沈鹏飞，她几乎没有任何社交圈子，一个沈鹏飞填满了她的整个世界。如今她长期依附着的大树不再让她依靠，她自己几乎无法站立，一点风吹草动对她都是迫害。而此行她是要自己去经历风吹雨打的，她要证明自己可以一个人活得很好。

第二天天一亮，安小雅就迫不及待地起床了。她不是去刷牙，洗脸，是她饿了，黎明时分，她的肚子就"咕咕咕"地小声叫了，那时候她正听着躺在中铺的中年男人打鼾，鼾声此起彼伏，安小雅听着听着，就不由自主地想到沈鹏飞，他睡觉很安静，可安小雅睡觉很不老实，沈鹏飞经常会给她盖好几次被子。有一次沈鹏飞说她夜里居然打鼾，她还不相信。沈鹏飞说，不信等我录下来，你自己听。安小雅当时以为沈鹏飞开玩笑，没想到他真给录下来了，还很郑重其事放给她听。安小雅的鼾声很文雅，的确，在鼾声里那算是相当文雅的声音，可那的确是鼾声，是睡得很踏实的鼾声。安小雅在回忆自己的鼾声的时候，她听到了肚子咕咕的叫声。这是近半年来，她第一次感觉到饿。过去她常常想不起来，自己有没有吃饭，或者上一顿吃了什么。失眠不光会摧毁一个人的容颜，还能迅速地摧毁一个人的记忆力。记得出门的时候，她怕自己忘记带身份证，还强迫自己检查了好多遍，才放心的。现在，为防止遗漏，她一般随身带着记事本，可以随时把想起的事情记在本子上。

安小雅起身从包里翻出了一盒方便面。她跳下床迅速去洗漱间洗脸刷牙，之后泡了方便面。方便面的香味飘散开来，安小雅闻见后觉得更饿了，她想待会儿吃了面，再买杯牛奶喝，当然如果有蛋糕的话，她还想吃个蛋糕……安小雅想着想着，她咽了咽口水就狼吞虎咽地吃起面来。她从来没有这么快得吃过东西，那简直是秋风扫落叶的速度，等她喝完最后一滴汤，她听到有人在笑，她抬头是对面的一位大妈在笑，分明是在笑她。

大妈慈眉善目："姑娘，这么早就饿了啊，真是年轻呦！"

安小雅有些不好意思地点点头。在陌生人面前，从职业的角度她向来都很勇敢的，此刻她却有点不好意思，谁让大妈刚刚见证了她的饿相呢。

"姑娘，我看你昨晚没怎么睡，这样可不好啊！"大妈说。

"太累了睡不着，大妈，你去哪里？"安小雅知道自己翻来覆去地可能影响了对铺的大妈休息。

"我去看我的小女儿。"

"她在青海吗?"

"是,她和姑爷在青海德令哈,他们有个草场,我是去看她,她快做妈妈了,我是去伺候月子的。"

"真的,大妈要当外婆了。"

"嘿嘿,是啊,要当外婆了……"

大妈感叹着,原来大妈是河北人,只有一个女儿,生女儿的时候都30岁了,可女儿人生得好,就是命不太好,她先嫁了一个开车的,三年没有生孩子,那男人就和她离婚了。后来,女儿到西宁出差时认识了现在的姑爷,现在的姑爷是藏族,没结过婚,他也不嫌弃女儿不能生孩子,对女儿特别好,可是大妈想到女儿要跑到青藏高原生活,她哪舍得,她就劝女儿和姑爷到河北做生意。可姑爷说家里有牧场没人照看。女儿就跟姑爷留在草原。前年女儿居然怀上了,可是她当时不知道,还去背水,结果孩子给流掉了,女儿流掉孩子回到娘家住了半年,姑爷也想把草场租出去,来河北做生意,可女儿死活不同意,她说青海虽然艰苦,可让她这个医生断定不能怀孕的女人怀了孩子,那是她的福地,她还要去。这不今年春天她又回来了,没多久,肚子里就有了。

大妈说,我本来寻思着给她领养个孤儿院的孩子,人都打听好了,没想到这孩子又怀了,现在都七个多月了,我高兴啊。大妈说着抹起了眼泪。

安小雅安慰着,大妈,你现在该高兴才是啊。

小被子和小衣服,她一件件的让安小雅看。安小雅看着这些小衣服小鞋子,她的眼眶突然热了,泪水掉了下来,如果不是节外生枝,她和沈鹏飞说不定会有蜜月宝宝了。安小雅想到这些,泪水肆意起来。

大妈关切地问,姑娘,你这是怎么了,是不是我这老太太的话勾起你的啥伤心事了。安小雅只是一个劲地摇头,悲伤正在袭击着她,她无法说,沈鹏飞的背叛摧毁了她所有关于幸福的梦想。这时火车上热闹起来,安小雅擦干泪水,帮着老人叠好衣服。她说,大妈,别见怪啊,我只是最近碰到一些事,慢慢就好了。大妈拉着安小雅的手,这一拉,安小雅才发现自己的手是如此冰凉。

孩子,可别想不开。我女儿当时因为不能生孩子,她都自杀过,现在还不是好好的,老天爷把一切都看在眼里,你千万别和自己过不去!

傍晚火车驶入青藏高原境内,安小雅看着车外无边无际的荒野,她觉得自己到了天的尽头,望着这片神圣的土地,她想自己之所以会来这里,也许是一种冥冥中的召唤。

第二天一早,火车到站了。安小雅帮大妈拉着旅行包,那个包里装满了一个外婆对准外孙的所有爱和期待,她们随着人流下了火车。走了几步,安小雅不由自主地张开了嘴巴,她不是呼喊,而是呼吸。高原缺氧,她的头紧绷绷的生疼。安小雅看到了前来接大妈的女儿,她骄傲地挺着肚子,眼里含着泪水。一切都看起来那么感人。安小雅把大妈的包放下,悄悄离开。

她要去哪里呢,对于这个叫作德令哈的小城,安小雅早在一首诗里听过,那是海子的诗歌,突然想起了海子,因为是他,让这个高原城市出名的。当年海子在德令哈时,是下着雨的,而安小雅所处的德令哈则是艳阳高照,安小雅心里默念着:

"……

姐姐,今夜我在德令哈

这是雨水中一座荒凉的城

除了那些路过的和居住的

德令哈……今夜

这是唯一的,最后的,抒情。

这是唯一的,最后的,草原。

……

今夜我只有美丽的戈壁

姐姐,今夜我不关心人类,我只想你……"

安小雅走出车站,心里一阵悲凉,她该想谁呢,如今连个值得思念的人都没有,是不是有些失败?那一刻,安小雅才承认自己是从感情的战场上败下阵来的逃兵。她吸吸鼻子,平静下来。一出站,车站周边的商业气息很浓,安小雅有一点点的失望,不过多年记者的习惯,让她对任何环境有种天然的宽容。这一次,她是从那个充满包容的北京逃出来的,她抱着决绝的态度去陌生的城市寻找睡眠,在任何地方哪怕小旅馆、小巴士或者任何候车室。她要彻底摆脱失眠和沈鹏飞的忏悔,是的,她不可能让他的忏悔得逞,来这里也算是情感的逃逸。她想两个月的假期足以帮她疗伤。

安小雅背着旅行包,在街上漫无目的地游荡,行人三三两两,街上很多藏民穿着宽大的袍子慢慢悠悠地晃着,安小雅看起来显得有些格格不入。这里的生活节奏明显地慢了下来,这里的每个人的每一步都踏踏实实地踩在大地上。街上有不少小店,安小雅一家一家的转,都是藏族工艺品,她什么也没买,过去她很喜欢买这些东西,可此刻她只为打发时间,她穿梭于一个店铺和一个店铺之间,可脑子却想的是先吃点东西然后在这温暖的阳光里睡他个地老天荒。在火车上她一直没有睡又喝的水少,再加上现在的高原反应,她感觉自己轻如棉花,一阵风会将她吹倒。 路过一家川菜店,安小雅停了下来,她走进去,要了一碗米线。吃完饭她不知道该去哪里。她就坐在店里要了一杯啤酒,慢慢地喝着。店老板是个精明的女人,她几次凑过来想搭话,都被安小雅的冷漠拒绝了。安小雅要了一个凉拌心里美,要了一盘花生米,老板娘建议她再吃个热菜。

安小雅无精打采地说:"那你看着上一个素菜吧。"

老板娘欣喜地去了,安小雅这才发现,偌大的一个饭店就她一个客人。怪不得老板娘想和她说话。老板娘也想知道外面的事,想知道她从哪里来。等老板娘再次端来素菜的时候。安小雅和她简单地聊了几句,顺便问了问旅馆的情况,得知旅馆随到随住,安小雅也不着急入住了。

吃过饭,安小雅去对面的书店买了一本地图。可她在地图上找不到德令哈,找得头晕眼花了还没找到。以往她可是找地图的高手。看来抑郁症的确是能摧毁人的心智。出了书店,她继续往东走,不一会儿就到了一个小型车站,有四五辆小巴士停在那里。安小雅向一位司机打听离草原最近的地方,没想到司机说,我们这里到处都是草原,你想去哪个草原。

安小雅心里一喜,想着时间还早,先去看看草原再回来找个旅馆休息,她上了车,刚坐下。

司机说:"我这车开十几分钟就到草原了,你到时候就下……"

车上已经坐了几个藏族男人,他们皮肤黝黑,但轮廓分明,他们的身上散发出一种原野的味道。

"买票了……"司机的口气凶巴巴的。

安小雅问:"到草原票价多少?"

司机的目光更不耐烦了。

"八块!"

安小雅问完这个问题,她心里突然有些害怕了。她有点后悔上这个车了。可是车已经开了,安小雅只好买了票。车一开出县城,就颠簸起来,不过安小雅难得地打了个长盹,似昏睡,似清醒,路越来越难走,车不停颠簸,安小雅被颠清醒了。她睁开沉重的眼皮,发现车上的人下了一半。安小雅看向窗外,外面是一望无际的草原。安小雅突然喊了起来。

"停车,我要下车。"

司机不知道嘟囔了什么,居然停了车。安小雅下了车,她不知道她在哪里。她跑向草原,跑了几步,她就蹲在地上,她的脚步变得沉重,头也疼得厉害。等她再次回头看那辆巴士,那车已开到草原尽头了。

安小雅轻轻地放下背包,她趴在背包上休息了片刻。下午的草原,温暖、辽阔、苍茫。安小雅的身旁脚下盛开着无数红色和白色的小野花。安小雅躺到草地上,闭上眼睛,听着呼呼的微风,听着小鸟啾啾的叫声，不知道过了多久，她再次睁开眼睛发觉黄昏已经悄悄来临，粉红的霞光把草原映衬得分外辉煌，安小雅急忙掏出相机，尽情地拍了起来。不多会儿，暮色便已深沉，草原变得寂静而肃穆，飕飕的冷风吹来，安小雅感觉到了冷。她原本想等那躺巴士返回的时候顺便在城里找个小旅馆睡觉，可漫长的等待过后，举目四望，那条蜿蜒曲折的路上依旧静悄悄的。

安小雅知道她必须回到县城，不然她可能会被冻死。她没有任何野外生存的经验也没带帐篷，听说草原还有狼，想到狼，安小雅加快步子，她机械地凭着记忆的方向，沿着公路走，她没有走到公路上，她怕有什么危险，她走在离路不远的草地里。安小雅的脑子一片空白，恐惧占据了一切，她一边鼓励自己，一边看着西边迅速坠落的太阳。情急之下安小雅拿出手机，手机的信号非常差，她试了几个方向，信号时有时无，她按下的110始终拨不出去。天完全暗下来，草原变成了墨色，一只只燕子从头顶飞过，安小雅默念着，燕子，请带我走出这里吧！燕子啊，好心的燕子……

就在这个时候，安小雅发现了远处的羊群。看见羊群的瞬间，她疯了似的狂奔起来，她脚步依然沉重，尽管只有羊，没有人，可是她丝毫没有犹豫地朝着羊群的方向追去。她想喊叫，羊儿，羊儿，等等我，可她张开口，却发不出声音。她的头晕得厉害，她鼓励着自己追啊，追啊。终于她抓住了一只羊儿的尾巴，那只羊咩咩地大声叫着，挣脱着，安小雅的脚一软，就跪在了地上，她强迫自己站起来，一定要起来，她的腿脚偏偏不听话，朦胧中，她听到了狗叫，接着，一个藏族女人来到了她的身边。

喂！你醒醒……

安小雅记得自己冲藏族女子笑了笑，之后她被驮到马上，后来她什么也不知道了。等她醒来的时候，她发现自己睡在帐篷里，帐篷里点着两盏酥油灯发着淡淡的蓝光。

藏族女子微笑地看着她："你醒了？"

"恩，我睡着了吗？"安小雅问这句话的时候，她也在问自己，自己明明踏实地睡了一觉，虽然有点口干舌燥，呼吸困难，可她居然睡着了。

"你睡了大半天了。你饿了吧，姐姐，家里的发电机坏了，没有灯……"藏族女子说着急忙招呼安小雅吃饭。

安小雅慢慢起身，她的头不那么疼了。

"你叫什么名字？"

"我叫泽仁娜姆。"

安小雅听她会说汉语，很是吃惊："泽仁娜姆，我能在你这借宿一晚吗，我迷路了。"

泽仁娜姆说："可以的，就怕你不习惯！"

泽仁娜姆说她今年二十一岁，安小雅一听，自己居然比她大那么多，怪不得喊她姐姐。

"就你一个人吗？"

"不是，我男人去镇子上了？"

"啊，你结婚了……"

"恩，我都要当妈妈了……"

"啊，那你男人晚上回来不？"

"不知道，他去镇子上打台球了，他每次去要玩半个多月才回来。"

"那你一个人，不害怕吗？"

"都习惯了。"

泽仁娜姆说："你饿了吧，我先去做饭，你再睡会儿。"

"好，我能帮你什么吗？"

安小雅想站起来，泽仁娜姆一把扶住她，笑着说："你躺着，休息一下，我去做饭。"

安小雅说："好妹妹，谢谢你，谢谢……"

安小雅躺下不一会儿又睡着了，很踏实地睡着了，连梦都没有，迷迷糊糊中她感觉到泽仁娜姆轻轻摇她。

"姐姐，你吃点东西吧。"

泽仁娜姆说着端了酥油茶，还有一盆羊肉放在安小雅的身边。

安小雅点点头，微微地笑了一下，接过一碗冒着热气的褐色的液体，这就是酥油茶了，她听到肚子在叫，这声音泄露了一个秘密，不光是饥饿，还说明她的生命力很旺盛，轻轻地吸了一嘴，一点点的咸，一点点的奶腥气，一点点的涩。若平时这味道她肯定接受不了，会放弃品尝，可现在她微锁了一下眉头的功夫，这种味道就被她强迫着适应了。安小雅一口气喝完了。泽仁娜姆笑着接过碗，又给她倒了一杯，安小雅又一口气喝完，她擦擦嘴自己笑了。

她这才仔细地打量起帐篷和泽仁娜姆来。帐篷门上挂着一个厚厚的布帘，透过布帘的缝隙从外面照进一束很亮的光，是第二天了吗？

泽仁娜姆说，是，都中午了，看你昨天睡的那么香，我就没喊你，你终于醒来了，你要再不醒来，我就真的要喊你了……

安小雅有些不好意思地整理了一下散乱的头发。她注意到她睡的帐篷，这个低矮的帐篷有十平方米的样子，屋里的陈设很简单，都是些简单用具，潮湿的空气里夹杂着牛粪和酥油茶的味道。再看泽仁娜姆，她还是个小姑娘，瓜子脸，肤色是典型的高原红，眉目清秀，身材高挑，梳着粗黑的辫子，穿一身蓝袍子。

安小雅摸了摸泽仁娜姆微挺的肚子：几个月了？

有八个月了！

啊，那不是快生了吗？

你喜欢男孩，女孩？

都喜欢。

泽仁娜姆也在看她。姐姐，你的脸色不好，可能不适应我们高原的气候吧。

安小雅握住泽仁娜姆的手，她语气平静地说，姐姐太累了，姐姐已经几个月没有睡过觉了。

呀，几个月没有睡觉，那你怎么活？

呵呵，我也不知道自己怎么活的，反正还活着。

姐姐你读过大学吗？泽仁娜姆突然问。

安小雅说，是的。

泽仁娜姆听了长长地叹了声气："姐姐你真有福，我只读到小学三年级，当时我们的老师说，只要我继续读下去，就能考上大学，可我阿妈生了弟弟，家里活计又多，阿爸不让我读书了，不过后来我听广播也学到了不少知识……"

安小雅说："是啊，你当时坚持读就好了，说不定现在还在读大学呢，不过你别难过，你瞧你都要当妈妈了！以后可以让你的孩子读大学。"

这个晚上，安小雅和泽仁娜姆说了很多话，她不记得什么时候睡的，在这海拔4000多米的高原牧场，在简陋的帐篷里，她听着牧羊犬的吠声沉沉睡去，这是漫长的一觉，这一觉她睡得安宁，踏实。醒来的时候，太阳已经升得老高。

泽仁娜姆笑她："姐姐，你可真能睡，太阳都被你睡得快落下去了。"

安小雅说："泽仁娜姆，我能借件你的袍子吗？"

泽仁娜姆说："早就给你拿出来了。"

安小雅穿上了有淡淡酥油味的长袍子，高兴地不停甩袖子，她小学的时候跳过藏族舞，现在都忘记了。

泽仁娜姆笑着给她示范了几个动作，两个女子一边笑着，一边舞着。

安小雅决定在泽仁娜姆家住下，她交给泽仁娜姆1000块钱。

泽仁娜姆不要，说："姐姐帮我放羊就可以了。"

安小雅说："不行，这是我的生活费，你必须收下。"泽仁娜姆这才收下。

清晨的草原是金色的，草原的尽头是连绵不绝的群山，山上白雪皑皑，空气冰冰的，安小雅深深吸一口，很舒服，闭上眼睛，能感觉到那股纯洁的气息直入脾肺。她抬头望着清澈湛蓝的天空，洁白的云朵随性飘着，再低头，草地上的各色花朵随风扭动，花瓣上的露珠在阳光中滚落，羊群咩咩地朝着水草丰茂的地方移动，等安小雅洗完脸，泽仁娜姆的炉子已经生好，炊烟袅袅，安小雅想，这里就是山花烂漫的地方。

"姐姐，吃早饭了。"泽仁娜姆笑着从帐篷里跑出来。安小雅的到来，对于寂寞的她来说，也是非常开心的，她真是个孩子……

安小雅发现帐篷前的木桩上，拴着一只绵羊，这只羊羔带着漂亮的彩色头饰，被打扮的"花枝招展"。安小雅惊叫着问："妹妹，你为什么把这只羊儿打扮的这么美！"

泽仁娜姆笑了："这是我们的风俗，这只羊是我的阿爸从屠刀下救的，从刀下救出的羊，被救后，就要好好的养着，直到老死，而且还要给它佩带特别的头饰，它是我们家的宝贝呢。"

安小雅摸了摸这个"宝贝"的头，随即进了帐篷。

安小雅走进帐篷，听到收音机里正在播放韩红的歌《天路》，安小雅走过去，拿起小小的收音机。

泽仁娜姆笑着说："平时我就听收音机，我的汉话本来说得不好，多半都是学收音机里主持人的话。"

泽仁娜姆已经结婚两年了，她刚出嫁的时候是和公婆一起过。她的丈夫多杰才让有一个弟弟，一个妹妹，去年他们都结婚了，弟弟结婚后，多杰才让的阿爸决定让两个儿子分家，他家有两个牧场，可两个牧场相距很远，不好管理，就把两个儿子分开了。多杰才让的阿爸和小儿子一起过，就把小牧场分给了泽仁娜姆和多杰才让，不过这个牧场却离泽仁娜姆家的牧场比较近。

安小雅穿上藏袍，泽仁娜姆给她梳了一头的麻花辫。除了皮肤有点苍白，远远的看去就是十足的藏族女子了。她渐渐适应了高原稀薄的氧气，适应了涩涩的酥油茶，适应了吃没有菜的羊肉土豆面片……

每天安小雅和泽仁娜姆一起醒来，泽仁娜姆生火做藏巴，安小雅帮着烧火，并负责给小猫和大黄狗喂食。吃过早饭，泽仁娜姆把羊赶到远点的草地上后，就去运水。泽仁娜姆说，以前她每天都去背水，背水是藏族女人一天必须要干的活，草原上没有水井，但从雪山上融化的小河随处都找得到，怀孕后，她肚子一天天大起来，就改用马车拉水了。

安小雅也想去，泽仁娜姆不让她去，让她去睡觉，把那些没有睡的觉补回来，安小雅听了哈哈笑起来。

她说："傻妹妹，过去的觉永远是过去的觉，只要不耽误以后的瞌睡就好。"

尽管是用马驮水，可来回要走五六里的路程，安小雅有些体力不支，总累得上气不接下气。泽仁娜姆说她最近也没去驮过水，她怀孕后都是多杰才让帮她驮水，最近他不在，家里没水吃了只好自己去。去驮水的路上，偶尔能碰见一两个背水的女人，她们弯着背，但步伐轻快，路上，泽仁娜姆的话很多，她总是讲她的阿妈，讲她的妹妹和弟弟还有她们的小时候，安小雅静静地听。

到了小溪边，安小雅会习惯性地伸伸胳膊踢踢腿，清晨的溪边的微风徐徐吹来，有些许的凉意，不过，冰冰的很舒服。瓦蓝的天空，朵朵棉花般的流云自在地随风飘动，小溪边的草有些枯黄了，草原的秋天已经来了。盛好水，安小雅会坐下来，看小溪缓缓流淌，听溪水哗哗歌唱，泽仁娜姆一看见她眯起眼睛陶醉的样子就捂着嘴巴笑个不停。笑够了，泽仁娜姆拿出小梳子，照着水里梳头，她说把圣水当镜子，她感觉水中的自己像仙女一样圣洁。安小雅抬头也望见了水中自己的倒影她的影子苍老而疲惫，安小雅清晰地看到了自己的伤口，那滴着血的伤口，她轻轻投下一枚石子，将自己的倒影打散，水波轻轻荡漾，影子就那样消失了。

泽仁娜姆见安小雅不快乐，她停下梳头，说："姐姐，你怎么了？"

安小雅摇摇头接过泽仁娜姆的梳子，替她梳起头来。

"姐姐，有些事情不要放在心上，就像流水一样，让它从我们心里流走，流到很远很远的地方，这样我们的心永远都是清清澈澈的。"

"娜姆，你为什么总是这么快乐？"安小雅轻声问。

"姐姐，我给你唱歌吧，我小时候，阿爸喝醉了耍酒疯打我们的时候，我们就跑出帐篷，跑到小溪边，阿妈就教我们唱歌，阿妈说，一唱歌浑身都舒坦了，都像太阳照着一样，什么烦恼也没有了。"

说话间，泽仁娜姆的歌声响起，温柔的歌声丝丝入耳，入心，入肺，入胃，安小雅闭上眼睛，安小雅觉得自己的每一个细胞都在自由呼吸，她听到自己千疮百孔遍体鳞伤的身体，正在神奇般的愈合，而北京发生的一切正在模糊，她忘记了一切，不知不觉间她泪流满面。

泽仁娜姆轻轻擦去她的泪水，她的歌声没有停止。回来的路上，泽仁娜姆一直在教安小雅唱她们藏族的祝酒歌。安小雅边学边笑，她从来没有这么放松过。

回到家已是正午，她们开始准备午饭。泽仁娜姆做的是面片，她把家里的唯一的一个土豆放在了里面。安小雅吃的很香，吃了两碗。吃过饭，安小雅让泽仁娜姆去睡一会，她则去刷碗。洗完碗，她还想洗洗衣服，可是白天运来的水只剩半桶了，安小雅打消了洗衣服的念头。泽仁娜姆睡着了，安小雅轻轻地退出帐篷，突然一只小花猫跳出来，绕着安小雅的脚喵喵地叫个不停。安小雅想它可能饿了，她从锅里拿出了些早上剩下的藏巴，蹲下来，喂小猫吃，小猫很快吃饱了，它满足地扭扭头，在安小雅身边舒舒服服地躺下，眯着眼睛晒起太阳来。安小雅看着小猫满足舒服的样儿，她笑了。她也学小猫，坐下来，眯着眼睛晒太阳。她知道，此刻她的脸正在被强烈的紫外线暴晒着，她还知道，过不了多久，她的苍白将会被黝黑取代。果然，下午洗脸的时候，她的脸火辣辣得疼。泽仁娜姆醒来后就带安小雅去赶羊。安小雅在路上问了很多在十分幼稚的问题。她问，羊儿走远了怎么办？

羊儿被人偷了怎么办？

羊儿迷路了怎么办？

羊儿被狼吃了怎么办？

泽仁娜姆笑着一一给她做了回答。她还讲了头羊的重要性。那只羊的确有长者风范，连甩尾巴的姿态都充满权威，从此她有事没事总会去抚摸头羊的绒毛，头羊会绕着她跳来跳去。动物也是极富情感的。

安小雅还问："你们穿衣服为什么喜欢把右手放在袄子的外面？"

泽仁娜姆说，这个习惯从我们的祖先就有了，可能是为了干活方便，我们女人因为要烧水、做饭、生火，袍子又长，袖子也长，所以放一条袖子就方便了，男人是为了放牧的时候方便，那样挥舞鞭子赶牛羊的时候就很自如，现在不干活了，这个习惯一直保留着。

安小雅住了大半个月，一直没有见到多杰才让。这天清晨，她被凄惨的喊声惊醒，她急忙摇醒泽仁娜姆，出了帐篷，看到了一个伤痕累累的藏族女孩，衣服被撕烂着，头上还流着血，站在清晨的阳光下，泪流满面……

"央金，你怎么来了？"

原来是泽仁娜姆的妹妹央金，央金说："姐姐，我无路可去，才旦天天打我，我快受不了了，昨天他喝醉了，拿起刀说要杀我，我就逃出来了，姐姐，我真想死了算了……"

安小雅和泽仁娜姆扶央金进了帐篷，躺下。

安小雅很气愤地说："你告诉我牧场在哪里，我去找那个才旦算账，他不知道打人是犯法的吗？"

泽仁娜姆显得异常冷静，她端来一盆清水，轻轻地擦拭央金身上的伤口。擦完了，拿出干净的布条替她包扎。安小雅只能在一旁帮忙。

央金哭着说："姐姐，我该怎么办，我不想回去了。"

泽仁娜姆说："妹妹，你要忍受，你还记得我刚结婚的时候，多杰才让打断了我的胳膊，我哭着跑回家，阿妈对我说的话吗？她说，男人都是孩子，等长大了就好了。阿妈还说，佛祖说，人生来是受苦的，所以，央金你要承受。"

央金不哭了，帮央金擦拭伤口的安小雅却突然哭起来。泽仁娜姆和央金都不知道怎么安慰她，只好任她哭，安小雅哭够了，她让央金睡一会儿。而她和泽仁娜姆谁也没有再说话，默默干起活来。傍晚时分，央金醒了，泽仁娜姆在帐篷前生起了篝火，她们围着篝火唱歌说笑，火焰闪烁不停，安小雅真希望永远都像此刻一样快乐。

央金在姐姐家住了两天，第三天中午才旦来了，泽仁娜姆没有怪罪妹夫为什么打央金，而是把家里唯一的一块牛肉煮了，热情款待了他。当才旦带着央金消失在草原尽头，安小雅看到泽仁娜姆的泪静静流淌，世上哪有姐姐不心疼自己亲妹妹的。晚上安小雅久久不能入睡。泽仁娜姆说，才旦喝了酒就爱打央金，但他们两个是真心相爱结婚的。她比我幸运多了。

安小雅说："那多杰和你不是真心相爱吗？"

泽仁娜姆说："我当时本来要和贡赞订婚的，贡赞和我从小一起长大，小时候我们一起读书，一起放羊，一起去采蘑菇，贡赞经常拉着我的手，说长大了要娶我。我想我这辈子就是贡赞的女人了。可是，多杰家来提亲的时候，我阿爸看上了多杰家的财产和牧场，就答应了多杰的婚事。"

"那贡赞呢？"

"贡赞家兄弟很多，只有一个牧场，日子比我们家还艰难。贡赞知道我定亲消息的那天夜里来找我，说要带我走。当时我阿爸已经收了多杰家的彩礼，我又怎么能走呢。那天晚上，我就把我的身子交给了贡赞，贡赞在我的怀里哭的很伤心，没多久他就去了西藏，帮他叔叔照看生意。"

安小雅说："傻妹妹，你当时应该走，如果你走了，你阿爸和阿妈会原谅你的。"

泽仁娜姆说，阿爸阿妈养育了我，我得报恩，多杰家的彩礼可以让阿爸扩大牧场扩大羊群，那样阿妈的日子就会好过点。

"那多杰知道贡赞的事吗？"

"知道，多杰和贡赞也一起读过中学，因为这事，多杰结婚后天天打骂我，还逼我忘记贡赞，我怎能忘记贡赞呢，他是这个世界上对我最好人，我只爱他一个。"

"那贡赞后来找过你吗？"

"贡赞去西藏后第二年，回来过一次，他骑着马找到牧场专门来看我，他还想带我走，我们刚刚分家到这里，如果我走了，多杰怎么办，我犹豫了，没跟贡赞走。贡赞抱着我痛哭了一场，就走了，从此我再也没有见到他，去年我听说他的阿爸和阿妈也去了西藏，也许这辈子我再也见不到他了！"

安小雅握着泽仁娜姆的手，此刻她不知道如何安慰她。

泽仁娜姆："你后悔吗？"

"贡赞走后，多杰知道了他来找我的事，他天天打我骂我，那段日子我特别后悔，我如果跟贡赞，他肯定不会打我，他会像羊妈妈保护小羊羔一样保护我疼惜我的，后来我有了孩子，多杰就很少打我了，他去镇子上找女人，找乐子，我也不管他，我只希望孩子健康，我有孩子就足够了……"

这天夜里下雨了，躺在帐篷里，安小雅听着风雨声，帐篷在微微地晃动着，安小雅紧紧地握住泽仁娜姆的手，听她和贡赞的故事。

泽仁娜姆说，我和贡赞之间的故事太多了，草原上不像城市里那么多小孩子，我们的牧场和贡赞家的牧场紧紧挨着，两家大人常常走动，而我们小孩子就一起玩。我记得我九岁的时候，我就不读书了，在家里帮阿妈放羊做饭，那一年九月中旬突然下了一场罕见的暴风雪，我去寻找走失的羊儿，没想到却遇见了狼，跟着我的牧羊狗还没有挣扎就被狼咬死了，可能狼是怕它饿死在雪地里，它连着咬死了两只羊，我当时吓傻了,除了喊救命,就只有等死了,就在那个时候,我听到了枪响,听到了马蹄声,狼夹着尾巴逃了,我抬头看到了贡赞,是他救了我。从那以后,贡赞总是不放心我,经常会去草原上找我,他还把他最心爱的牧羊狗送给了我……

三天后,她们去驮水,意外地遇见了泽仁娜姆的阿妈。其实泽仁娜姆的阿妈已经取完水走远了,可泽仁娜姆从背影中还是辨别出了那是她的阿妈。泽仁娜姆也不顾自己拖着的大肚子,就奔了过去,泽仁娜姆的阿妈看见女儿也眼泪汪汪起来,她才40多岁,繁重的劳累让她过早的苍老,泽仁娜姆把身上的钱塞给了阿妈,她们坐在路边说着藏语,安小雅听不懂她们在说什么,可是,她能从语气中感觉到这对母女的喜悦。回来的路上,泽仁娜姆说,她阿爸病了,她想抽空去看看阿爸。路过一个小小的湖泊,天气热了起来,泽仁娜姆说她想洗头发,不然肚子再大点的时候,就弯不下腰了,安小雅就给她洗,湖水温温的,安小雅唱着刚刚学会的一首草原歌儿,泽仁娜姆听着,一边纠正,一边咯咯地笑。

泽仁娜姆说这里湖里的水可以治肚痛和胃病。安小雅听了跑到上游,掬起一捧水,美美地喝起来。泽仁娜姆又在笑,她真的是只草原上自由飞翔的燕子,那么快乐,那么美丽。

时间不知不觉过去了20天,安小雅在这与世隔绝的地方忘记了一切,甚至当她在夜晚听到收音机里的主持人大谈爱情的时候,她会想到沈鹏飞,她的心不会那么痛了。她还没有离开,已经开始留恋草原。留恋泽仁娜姆,还有她肚子里的小家伙。这里没有一丝的烦恼,这里的时光尽管单调,却不乏味。

白天,她和泽仁娜姆一起放羊,拾牛粪,晒牛粪,唱歌,和泽仁娜姆学习藏族歌曲,还学习骑马、赶羊,甚至她和泽仁娜姆养的两只牧羊狗也成了朋友。奔波劳累一天,往往夜里睡得很踏实,每天清晨,安小雅常常会伴着小鸟的叫声醒来,这时候的泽仁娜姆还睡得正香,她的肚子一天比一天大,小家伙正在茁壮地成长,安小雅常常会和他说话,泽仁娜姆说，以后孩子肯定会说一口很流利的汉语。安小雅说，这孩子就做我的干儿子吧。

草原的朝阳是粉色的，远方绵延起伏的昆仑山掩映在云雾之中。鸟声阵阵，羊儿也都咩咩地和清晨的生灵打着招呼，牧羊狗警惕地望着远方，安小雅伸了个懒腰，先刷牙，洗脸，生火。她带来的牙膏已经被挤得像个纸片了，她想必须去趟镇子买点东西，还得和单位联系联系。自从来到这里，她的手机也从来没有开过。安小雅吃过早饭和泽仁娜姆说起去镇子上买些东西的事情，泽仁娜姆说，等过几天多杰才让回来了，她陪安小雅一起去。

泽仁娜姆说，草原的冬天马上来了，等我生完孩子，就要搬回冬窝子住了，那是镇子上的瓦房，到时候，姐姐就可以天天去镇子上转。

安小雅说，傻妹妹，姐姐的假期已经用了大半，说不定都等不到你的宝宝出生，我就走了，我已经非常打扰你的生活了。

泽仁娜姆，你不要走，姐姐，你不知道你的到来，让我的生活多快乐。泽仁娜姆泪眼朦胧地说。

阳光灿烂夺目，安小雅打开相机，她要给泽仁娜姆拍一些相片，她要记录她的生活，也记录自己的生活，这生活是天赐的，她要好好的享受。安小雅会在泽仁娜姆不注意的时候，轻轻按下快门。泽仁娜姆做饭的时候，梳头的时候，升火的时候，给猫咪喂食的时候，每一张相片里的泽仁娜姆，几乎都在微笑，她的目光纯真而善良。泽仁娜姆看到相机里的自己，会很惊讶，她说，如果现在是夏天就好了，草原上野花遍地，黄的，紫的，红的，白的，风里都是花的香味。

安小雅说，那么，明年春天，我还来看你。

泽仁娜姆说，那时候，我就陪你去捉蝴蝶。许多许多的蝴蝶就都来了，还有蜜蜂……

安小雅说，那时候，不是你陪我，是我们陪小多杰了。

泽仁娜姆又笑了，安小雅也忘情地笑了。

安小雅分担了很多泽仁娜姆的家务，她把帐篷收拾得很干净，她会做简单的饭，她常常感叹，要是有点蔬菜就好了，我可以给你做更多的花样。

泽仁娜姆说，多杰才让来的时候会带点蔬菜的。

有时候安小雅和泽仁娜姆几乎一天都不说什么话，各自忙各自的活，她们偶尔用眼神望望对方，会心一笑。有时候，安小雅走过去抓一下泽仁娜姆的辫子，轻笑一下。安小雅第一次发现，生活原来真的可以这样简单，这样纯粹。安小雅把她带来的衣服送给了泽仁娜姆。泽仁娜姆穿上她的休闲装显得有点不伦不类，不过依然很美。

半个月后，央金骑马来看她们，央金说，我现在学会保护自己了，才旦喝酒的时候，我就帮他倒酒，把他彻底灌醉，他醉倒了就不打我了。才旦平时清醒的时候，从来不打我。

安小雅把自己的一件格子裙送给了央金，央金非常高兴，把自己戴的一个景泰蓝的项链作为礼物送给安小雅。安小雅也收下了。央金走时还请安小雅去她的牧场做客，她说，她没有姐姐辛苦，婆婆小姑子都会帮她做点家务。吃过午饭，央金就匆匆走了，走的时候，她才说，她是偷偷跑出来的。安小雅对泽仁娜姆说，央金还是个孩子。

下午安小雅独自去赶羊，泽仁娜姆有点不舒服，可能白天见到央金，她太激动了。安小雅让她去睡一会儿。黄昏时分，天突然开始刮风，安小雅艰难地把羊儿们赶回来，远远地她就看到泽仁娜姆站在帐篷外面小声哭，身体也在抖动，这是她第一次看到泽仁娜姆哭，大风把她的头发吹得乱糟糟的，她脸上的泪珠也被吹散了，泪珠雨点一样飘下来，安小雅不知道为什么，自己突然很想陪她一起哭。

安小雅把泽仁娜姆拉进帐篷，拉下厚厚的布帘，她才发现，帐篷里的灯不知道什么时候亮了，灯一闪一闪的，看来发电机被人修好了，最近她们一直点酥油灯照明。泽仁娜姆还在啜泣，安小雅干脆关了灯，她点亮酥油灯，这才注意到桌子上有一堆蔬菜和面粉，显然有人来过。

"妹妹，你怎么了？"

"多杰要和我……，我没让，他就打我。"

"你都怀了孩子，他还打你，他人呢？"

"他走了，他喝了酒……"

泽仁娜姆说着低声抽泣起来。

安小雅把泽仁娜姆抱在怀里："别哭了，你马上要当妈妈了，哭了对孩子不好。"

安小雅此刻不能换位思考，是的，如果她是泽仁娜姆，如果她一个人住在荒无人烟的草原，如果为了家庭利益嫁给一个不爱的男人，如果一个人承担所有的家务，如果丈夫经常打骂自己，如果怀孕的时候还挨打，如果……，她真的不敢想，真的不能想。这一夜，安小雅辗转反侧难以入眠，黎明时分她才沉沉睡去。

睡梦中她听到了泽仁娜姆的歌声。安小雅睁开眼，天已大亮，她走出帐篷，看到泽仁娜姆正一边生火，一边哼着歌，她已经忘记了昨天的痛苦，歌声缠绵温婉，只不过是用藏语唱的。安小雅听得入了迷，直到牧羊犬叫才把她唤醒。安小雅非要泽仁娜姆用汉语唱。

泽仁娜姆说她不会用汉语唱，但知道大概意思，大意是：

那一刻我升起风马 不为乞福 只为守候你的到来

那一月我摇动所有的经筒 不为超度 只为触摸你的指尖

那一年磕长头在山路 不为觐见 只为贴着你的温暖

那一世我翻遍十万大山 不为修来世 只为路中能与你相遇

那一瞬我飞升成仙 不为长生 只为佑你平安喜乐

……

安小雅说，我一定要学会这首歌，以后想你的时候，我就唱这首歌。这天下午，草原上下起了暴雨，安小雅没有想到这么美丽的草原会有那么可怕的时刻。就那么一会儿，大片大片的乌云从远方压过来，天瞬间变得昏暗，昏暗得犹如夜幕降临，还没有等安小雅跑回帐篷，斗大的雨点已经砸了下来。泽仁娜姆却显得很平静,她点亮酥油灯说:"姐姐,你别怕,这雨很快就过去了。"

这雨好吓人呢。安小雅一边用毛巾擦脸,一边往泽仁娜姆身边凑。她从小就怕打雷的天,这样的天,她常常躲在妈妈的怀里,妈妈用手捂着她的耳朵,安小雅想到了妈妈,这是来草原第一次想起妈妈,长久以来她有点排斥想念和回忆。此刻她想起妈妈,内心充满了温暖。

一碗茶的功夫,雨就停了,泽仁娜姆拉着安小雅走出帐篷,金灿灿的阳光照着青翠的草原。

"看,彩虹!"泽仁娜姆喊了一声。

安小雅顺着她的手指方向,看到了一条艳丽的彩虹挂在半空。她迅速取出相机,她让泽仁娜姆帮她拍一张,和雨后彩虹的合影。泽仁娜姆早就学会了拍照。她按下快门的瞬间。安小雅突然举起双手:"喊着,彩虹啊,你太美丽了,你和泽仁娜姆一样美丽⋯⋯"

泽仁娜姆的男人多杰才让再次回来的时候,已经是十天之后了,而安小雅已经在准备回程的事。假期过了大半,这些日子,如果不是安小雅陪着,偌大的草原就泽仁娜姆一个人,陪伴她的除了羊儿,小猫和牧羊犬,就是那台发电机和一个收音机,深夜里,还经常听到狼叫。泽仁娜姆的肚子已经很大了,她现在弯腰都很困难。安小雅一天忙得天昏地暗。安小雅意识到自己胖的时候,已经有点晚了。她换洗衣服的时候,居然系不上扣子。安小雅的脸也黑了。她甚至不知道现在是十月几号了。 深夜里,草原上寂静得能听见自己的呼吸声,泽仁娜姆睡着了,她的手放在肚子上。安小雅往往点一支烟,她坐在夜色中,看天上的月亮和星星。在北京的时候,她从来没有这样注视过月亮,偶尔抬头月亮也是昏黄模糊的,而草原上的月亮,始终清澈明亮,像个圆镜子挂在那里,星星也都钻石般璀璨美丽。此刻所有的羊群,所有的生灵都在梦里,只有一双眼睛注视着,那便是安小雅的。

安小雅完全摆脱了失眠,只是泽仁娜姆睡得太早了,天一黑,她就打起哈欠。没有办法，肯定是她肚子里的孩子想睡觉了。

冬季牧场的草枯黄了。

泽仁娜姆每天都去拾牛粪，她说这是烧火过冬的。夜里盖着羊皮的被子也觉得很冷。一天下午，安小雅正在认真地拾牛粪，她忽然听到有人喊她。一抬头，她才知道是泽仁娜姆的男人多杰才让。

"回去吧，天快黑了。泽仁娜姆让我来找你。她说你出来半天了！"

多杰才让是个很帅的小伙子，他也二十刚出头的样子，骑着一匹棕色的马，皮肤黝黑，棱角分明，眼睛清澈，身上洒满了高原特有的灿烂阳光。

安小雅大方地喊了声："你好，多杰才让！"多杰才让反而有点不好意思地低下头，他急忙接过安小雅手中的牛粪筐，说："你是家里的客人，怎么能干活呢！"

安小雅说："放心，我不会迷路的，不过终于见到了泽仁娜姆的男人，我天天在听她说你，可是就是不见你来。我都在你家住了一个月了，你这些天在哪里？"

"和朋友们在镇子上，我们藏族的男人都是这样，家里的活都是女人的事！"

多杰才让住了几天，他宰了一头肥羊，让安小雅吃。

安小雅拿出钱，拜托多杰才让给自己买点日用品。

多杰才让说："我明天带你去镇子上吧。"

这时候多杰才让的手机响了。安小雅这才想起她也有个手机。安小雅知道父母可能快急疯了。她让多杰才让帮她的手机冲电。多杰才让一看她的手机漂亮便爱不释手。安小雅说，那我们换手机吧。你帮我把两个电池冲好。明天我要去镇子上买东西。顺便给家里打电话。

第二天，安小雅和多杰才让去了镇子上。多杰才让去充电，她在仅有的几家商店买日用品。她给泽仁娜姆买了新衣服，给多杰才让买了新衣服，给自己买了一件军大衣。还给没有出生的孩子买了点东西。还买了新的牙膏和牙刷，还有镇子上最好的护服品——小护士。她又买了几十斤的白菜，胡萝卜和土豆，洋葱，镇子上就这三种菜。她还买了两大箱方便面。泽仁娜姆爱吃。她还买了一袋大米。买完这些，安小雅望见了从一家发廊里走出来的多杰才让。

　　安小雅想他可能去洗头了，或者理发，她没往别处想。这个小镇虽然很小，从东走到西，不到十分钟，可是安小雅看到了小镇上却有几个洗头房，洗头房门口依靠着几个穿着暴露的卷发女子，她们靠在门边，冲街上的男人搔首弄姿，她们的出现让这条小街突然有点不伦不类。安小雅从她们身边走过，她闻到了刺鼻的香水味。她的眉头皱了皱，现在的小姐真是无处不在。回来的路上，安小雅从多杰才让的身上也闻到了一股劣质的香水味。那味道和她刚刚在街上闻到的有些相似，安小雅就直接问多杰才让："你去找女人了？"

　　多杰才让点点头，脸上也没有过多的羞愧。

　　泽仁娜姆知道了会怎么样？

　　她不会难过的，她也不会说什么！她觉得很正常。再说她怀孕了。

　　安小雅的心隐隐作痛。

　　安小雅看到旁边有公用电话。她先给公司打了个电话，之后给家里打了电话。家里的父母都不在，是小侄女接的，安小雅说，告诉爷爷，姑姑很好，姑姑过些天再打电话。

　　小侄女说，姑父前段时间来过。他说他找不到你了……

　　姑父？

　　安小雅吃了一惊，莫非沈鹏飞去她家里找过她。

　　多杰才让也把安小雅叫姐姐了。多杰才让在的日子，泽仁娜姆就很悠闲地在家里给安小雅梳一头的麻花辫，然后插上漂亮的野花。泽仁娜姆说，藏族的女孩没有出嫁前都梳这样的头发。安小雅看着镜子中的自己，她突然哭了。她拥抱着泽仁娜姆说，谢谢你，好妹妹，遇见你，是上天的安排。

夜里吃过晚饭，安小雅会给多杰才让讲很多关于北京的事。还说以后带他们去北京的天安门玩。多杰听得津津有味，男人总是成熟的很慢。夜里，安小雅和泽仁娜姆睡在一起，多杰才让睡外面的小帐篷。一天夜里，泽仁娜姆说起了她的出生，她说："妈妈把我生在山林里，她去砍柴，正好肚子疼，后来就生了，听阿爸讲，妈妈早上出门的时候空着手，回来的时候背着一捆柴，怀里还抱着我……"泽仁娜姆还说我们藏族女人是不允许在家里生的，要在牛啊羊啊住的地方生，如果把孩子生到帐篷里，那可能会有血光之灾的。泽仁娜姆的弟弟是她阿妈在羊圈里生下的，泽仁娜姆的妈妈一共生过六个孩子，可是只活了三个，其他的都得病死了。

安小雅想起了自己的出生。自己出生的时候，妈妈已经是大龄妇女了，生的很艰难，妈妈肚子整整疼了三天三夜，生下她，爸爸当时哭了，妈妈却笑了。

安小雅的失眠都通通被草原的风吹走了，在这里，安小雅拥有了丢失的快乐，她什么都看到了，看到了蓝色的天，绿色的草，洁白的云，还有快乐的小羊羔，她常常站在山花中间，会把自己想象成一只五彩的蝴蝶，她飞啊飞啊，旋转，旋转，再旋转，她旋转掉了四十多天，她的假期就要结束了，而草原的秋天也快要结束了。

草原上下过第一场雪后，多杰才让去接她阿妈了，因为泽仁娜姆生完孩子，得有个伺候她的人，何况再过一个月他们还要搬回冬窝子，都需要人手。多杰才让走后的第二天，泽仁娜姆的肚子就疼了，安小雅正在收拾碗筷，泽仁娜姆正在擦桌子，突然泽仁娜姆喊了起来："姐姐……我……我肚子疼，孩子可能……要出来了！"

安小雅把泽仁娜姆扶到凳子上坐下：怎么可能，说不定是阵痛，书上说，孕妇快生的时候肚子会一阵一阵的疼，再说镇子上的大夫不是给你算过日子，是这个月的月底吗？

泽仁娜姆已经没有说话的力气了，她咬着牙，呻吟着。安小雅看着她额头渗出的汗珠,她的腿也有点软了,她不知道该怎么办。

姐姐,你去……去烧一锅开水,你帮我……

不行,我这就去套车,送你去镇子上的卫生所……

来不及了,姐姐,他就要出来了……

安小雅揭开泽仁娜姆的袍子,她看到羊水已经都流出来了。安小雅一下子慌了,泽仁娜姆死死地抓着她的手,安小雅看她难受的样子,她忍不住哭了起来。她哪儿见过这样的情景,她此刻恨自己没有看过相关的书,她从来都简单地认为生孩子必须去医院,她不知道有的地方生孩子必须靠自己。安小雅把自己的一个塑料杯子放到泽仁娜姆的手里,妹妹,你要是难受,就捏着这个杯子,你要挺住啊,我相信你一定会平安无事的,你要疼就放声喊出来。

泽仁娜姆忍受着一波波的疼痛,她的头发被汗水湿透。疼痛一阵阵的袭来,此刻的她除了疼已经没别的感觉,可是,泽仁娜姆还是清醒地知道自己要做什么,有条不紊的安排着,她强忍着疼痛说:姐姐,你点亮酥油灯,把那两把剪刀在火上烧烧。那柜子里有麻纸,姐姐不要怕,我见过女人生孩子,你听我的……

安小雅一边手忙脚乱,嘴里一直在鼓励泽仁娜姆。她努力使自己平静下来,她深吸一口气,她知道此刻自己是泽仁娜姆的那根救命的稻草,她这根稻草是绝对不能倒的。安小雅准备好了一切,可是泽仁娜姆还在叫,当安小雅看到孩子露出了半个脑袋的时候,突然一股奇特的力量笼罩着她,她不再颤抖,她激动喊着,妹妹,你加把劲,宝宝的头快出来了,妹妹,你再用用力,用力,腰上用劲,这是你的第一个孩子,你一定要加把劲……

剧烈的疼痛让泽仁娜姆忍不住一声声地惨叫起来。叫着叫着泽仁娜姆气息弱了,安小雅怕她昏过去,她真不知道该怎么办了。安小雅能感觉到她的痛。那种痛一定比打针的痛要痛一百倍。安小雅是很怕痛的那种人,小时候感冒发烧打针的时候,她都疼得哇哇叫,此刻,泽仁娜姆喊声已经有些微弱，她的心悬着……

听到孩子啼哭的那一声，泽仁娜姆松了一口气，安小雅差点晕倒了，她知道孩子已经平安来到这世上，极度的紧张使她无法承受。朦胧中，她听到泽仁娜姆一边喊着姐姐，一边咯咯地笑。安小雅软软地趴起来，她自己觉得有些难为情。泽仁娜姆尽管非常疲惫，可是她的眼睛演示不住她的喜悦，安小雅给她喂了一碗红糖水，让她好好睡。

第二天多杰才让也赶来了，一起来的还有他的阿妈。听到摩托声，安小雅狂奔出去，告诉多杰才让，泽仁娜姆为他生了个儿子。多杰才让一把抱起安小雅转了一圈又一圈，嘴巴里吆喝着："我有儿子了，我有儿子了……"

多杰才让给孩子取名格桑，小格桑一天一个样儿。泽仁娜姆的阿妈和央金也来过一次，自从有了小格桑，帐篷里天天笑声不断。抱着小格桑安小雅提醒自己该是离开的时候了，假期已经满了。

草原的冬天往往来的很突然，几天工夫，草场已经枯黄，多杰才让他们忙着准备着搬回冬窝子的事，安小雅一个人到镇子上为泽仁娜姆买了很多东西，有婴儿的衣服，还有玩具，买完东西她顺便给家里和单位打了电话。单位的领导问她几号上班，安小雅说下周一就报到。

家里的电话是妈妈接的，妈妈一听到安小雅的声音，就哭了：小雅，你在哪里，告诉妈妈你在哪里，我和你爸还有鹏飞都快急疯了，鹏飞已经报警了……

安小雅强忍着泪水笑着说：妈妈，我很好，现在吃得好，睡得好，你放心，过两天，我就去看你，我现在就去买票，你等着我。

安小雅买了两天后到西宁的火车票，她想坐飞机回去。可这天晚上她却感冒了，泽仁娜姆请求她再待一天。安小雅看着泽仁娜姆泪汪汪的眼睛，她就留下了，泽仁娜姆一直默默地陪着她。许是到了离开的时候，安小雅突然不知道和她说些什么，其实有很多的话，长久地萦绕在心头，可是那一刻却一句也说不出。

中午的时候安小雅感觉好多了，她坐在枯黄的草地上，贪婪地聆听着草原的风声，任热辣辣的阳光照射皮肤。吃过午饭，她一个人去看附近的小溪，在小溪的倒影中，她看到了自己微笑的脸庞，她轻轻地捧起一掬清水，含在嘴里，溪水清凉无比……

傍晚时分，她和泽仁娜姆在逗格桑玩，摩托声传来，是多杰才让回来了，多杰才让是到镇子上给她买药去的。她们抱着小格桑走出帐篷，一出来，安小雅愣住了，她居然看到了沈鹏飞，沈鹏飞微笑地看着她……

沈鹏飞看到安小雅穿着长长的藏袍，梳着一头的麻花辫儿，他微笑着，流着泪，他扔掉手里的箱子，慢慢走向安小雅……

"终于找到你了，小雅……"

原来沈鹏飞是根据她的公用电话找到这里的，他坐飞机转火车到了镇子上。他一问安小雅，镇子上的人都知道的。有人告诉了多杰才让，多杰才让和泽仁娜姆商量，不告诉安小雅直接把人接来。

安小雅看到沈鹏飞愣了一秒，随即她丢下手里的玩具，开始没命地往远处狂奔，沈鹏飞追了过去，没跑几步就倒下了。

他高原反应了。

安小雅听见他倒下，才折回来跑到他身边。沈鹏飞一把抓住她的手："小雅，我们回家吧……"

安小雅听了，没有摇头也没有点头，她的手任沈鹏飞握着，一滴泪悄悄地滴了下去和沈鹏飞的泪融化在了一起……

可以。爱

中年女医生告诉我，我的心脏出了点问题，必须住院观察一段时间。她微笑着问我在这之前是否晕倒过。我本来想一口否认，可是仔细一想，这一段时间我确实出现过几次胸闷、头晕，最严重的一次是上个周末。

那晚，我和棋子正在一家酒吧里收拾他爸的情妇。后来就晕倒了，我原以为这是由于喝酒有点多的缘故。

棋子是我的高中同学，他说他爸有外遇，请我帮忙，我们正商量着，没想到那个女人居然不知什么时候，坐在了我们对面的桌子上，酒吧里虽然昏暗，那个狐狸精却被暴露无疑。

棋子说那狐狸精就是化成灰他也认得，狐狸精好像也觉察出了空气里危险的气味，她的目光时不时地扫过我们这边。棋子站了起来，他有意无意地叼着一支烟，提起酒瓶对我说，"妈的，送上门来了！"

本来我想劝棋子按我们刚定的计划，过两天再报仇，没想到棋子已经走了过去，我也顺手拎了一个啤酒瓶跟了过去。我们谁也没有说话，走到那个狐狸精面前，那个女人惊恐地看着我们，她紧张地发抖。当然，她和我想象中的"狐狸精"的形象完全不同。她是个漂亮的女人，而且是个很年轻的漂亮女人，几乎和我们是同龄人。酒吧里幽暗的灯光下，她含泪的样子真的很动人，可是谁让她是第三者呢。

棋子低吼："臭婊子，我今天让你尝尝抢别人老公的滋味……"

"你们，你们要干什么……"狐狸精好像已经在发抖了。

棋子的酒瓶下去了，等我的酒瓶正要下去的时候，棋子突然喊了声"快跑"，我的眼前冒着金花，一跑出酒吧，我就晕倒了。棋子吓坏了，他掐着我的人中，喊着："老大，说话呀，你怎么了，怎么了，别吓我！"

好在我很快醒了过来，我才弄明白逃跑的原因，就在我举酒瓶的瞬间，棋子那个有钱的老爹突然出现了。

当时，我没有在意自己为什么会晕倒，关心的是那个酒瓶下去了没有。

棋子说："当然！"

我说："那就好，下次遇见我们再教训那个'狐狸精'！"

我从小对第三者充满了憎恨，这事只有棋子知道。

我的家坐落在广州市某一个角落的高楼里。我不是地道的南方人，父母也都是北方人。当年，父母为了永恒的爱情，大学毕业就来到这里工作。当时正是改革开放初期，他们和很多人一样，都加入了建设经济特区的行列，我也理所当然地就被生在了这个空气差、污染严重、白天黑夜不得消停的城市。不过在我五岁的时候，我的那个爹背叛了老妈，从老妈发现那个人背叛自己的那一天开始，老妈就没有和他再说过一句话，一直以为他们再不可能说话的。

外婆说老妈的个性太要强，男人偶尔犯一次错，只要他悔改就可以原谅。老妈却没有原谅那个人，离婚时她也是找的律师协商的，后来关于我的抚养问题，他们也是书信讨论。我听外婆说，那个人给老妈写了几十封忏悔信，但，老妈还是没能原谅那个爹！听说，那个爹在国外一直没有再结婚，当然如果没有私生子的话应该只有我这么一个当混混的儿子，这么多年他每个月都给我寄生活费，十五年月月如此从未间断。

　　这个城市太大了，车多、人多、楼房也多，整个城市每时每刻都是闹哄哄的，即使待在紧闭着窗户的房间里，也能感觉到杂乱的声音从四面八方钻进来。我从来没有喜欢过这个城市，那又挤又闷的人群，脏乱的街道，还有大款的宝马和乞丐假装的可怜，这都让我深恶痛绝。如果要说喜欢，就数去"宵夜"了，我已经习惯了夜间的生活，要不是生病，不知道我还要"宵"到什么时候。

　　小时候经常幻想自己能有一双翅膀，那样我就可以在喘不过气的时候，离开这个城市。可我一直不曾长过翅膀，我就只能一直待在这个颜色灰暗的城市，独自一个人边走边醉。所有的心情所有的喜怒哀乐，都被我用一张冷冰冰的脸覆盖。在别人眼里是酷，而我知道那不是真实的自己，那是一个虚伪的假象。我觉得所有人和我一样虚伪，比如老妈，当她正蓬头垢面地追着打我，打得歇斯底里的时候，突然有人打电话，找公关经理的她时，她会在一秒钟之内把微笑挂在脸上。

　　有时候在大街上溜达，看着一张张复杂的面孔，我会同情他们辛苦的伪装，他们活得可真累啊。过去，我在家里除了吃饭睡觉一分钟也不想多待。好在我有一帮酒肉朋友。他们随叫随到，即使陪我喝酒喝到天亮，也不会觉得累。

　　这个城市说大也大，说小也小，半年玩下来，所有能去的酒吧迪厅都被我们玩遍，再去玩的时候，我们总会站在马路边为去哪里"疯"而争得面红耳赤。我是败类，败类不去迪厅谁去迪厅，我一直这样安慰自己。

　　在医院里住了整整三十六天，这些日子让我异常难受。

　　这天下午我终于偷偷跑出了医院，先买了一盒香烟狠狠地抽了两根，这几天可把我憋坏了，又叫了棋子和经常一起喝酒的几个哥们儿去一家酒吧玩。

别的哥们儿对这次聚会表现出极大的兴趣，棋子却像个唠叨的女人，他反复地劝我回医院养病。

我骂他，"你他妈的烦不烦，要去你去好了，神经病！"

棋子终于不说话了。我们到了附近的酒吧。

过去，我总是带着一帮哥们儿，在黑色的夜里出没于不同的酒吧，和男的女的相识的不相识的各类酒友或长饮或狂酌。这帮经常在酒吧里打发时间的家伙，他们的脸，在酒吧昏暗的灯光下，苍白而呆滞，如同一个个夜色下的幽灵，躲过太阳的刺眼，在一个个充满了罪恶的夜晚出现，然后用他们的钞票换几瓶酒精麻醉自己的灵魂。

走进酒吧，棋子就占了一个最好的位置，我点燃一支烟，还没来得及抽一口，就见几个"红毛"很霸道地坐在了棋子占的那个桌子上，棋子吓得站了起来，不知如何是好，我晃晃悠悠地走了过去。

"怎么着，哥几个，这桌子你们也敢坐……"

其中一个"红毛"，似乎是他们的头儿，扭头一看见我，刚才的张狂一下子收敛了，其他几个红毛看见我，甚至都开始哆嗦了……

不知道是大哥您的，我们下次不敢了……

还不快滚……我大吼一声，"红毛"们全没了踪影。

这几个红毛，曾经都是我的手下败将，其中一个的肋骨被我打断了两次，每次看见我，就像老鼠见了猫一样……

大伙喝了不少酒，有人提议去迪厅，我也觉得还没有尽兴，去迪厅的路上，我就觉得胸闷，大概是酒精发作的缘故吧。一进迪厅，听见轰鸣的音乐，我就钻进了舞池，跳了没两下，我就软软地倒下了，棋子一把扶住我，我听见他歇斯底里地大声吼叫"……快叫救护车……"

之后，我什么也不知道了。我又住进了医院，在迪厅又一次晕倒，这让我确信自己真的病了。医生警告我，如果再发生类似的事情，就会导致心脏突然停止有效收缩，造成全身供血严重不足，如果得不到及时的抢救，后果将不堪设想。

我仍无法接受这个事实,上帝太不公平了,居然把我这么热爱自由的人关进了医院。我整天在医院大闹,不过老妈的确没有像以前那样训我,她总是很心平气和,小心翼翼地劝我,连说话的声音也柔和得让我无法接受。

一天下午,棋子跑来看我,那一整天,我一直拒绝吃药,把来打针的护士,也一个个骂了出去,还把药扔在地上踩碎。正在那个时候棋子进来了,看见我"发疯",一把抱住我吼道:"马丁,你不要命了,有病不治,你傻啊你!"

我愤怒地指着他的鼻子:"出去,你给我滚出去,我是傻,傻子不需要同情,你们都给我滚出去,我现在就是不要命了,怎么样?"

棋子也生气了:"……别以为你生了点儿破病,就能为所欲为,哥们儿不吃你这套,你爱吃不吃!"说完很响地关上门。

那天一直到天黑,我没有吃一粒药,中午的饭倒是吃了一大碗,我是在跟上帝赌气。老妈一天都没吃饭,她苦口婆心地劝我,外婆也有点低三下四地求我。我都不理她们,我说,你们烦不烦啊,大不了,一死了之,我不怕。

由于情绪一直激动,我的胸口开始隐隐地疼痛,脸色苍白,发青,老妈含着泪叫来了医生。医生后面跟着两个有点"怯场"的护士。

医生严肃警告说:"孩子,你现在必须吃药!"

我说:"我不吃,我不怕死!"

医生说:"没有死那么严重,有病应该配合我们治疗,先把病治好。"

我面不改色地说,我要试一试,不吃药,会不会死人,会不会变成傻子。

这时老妈"哇"地一声哭了,她有点绝望地边哭边说:"医生你去忙你的吧,不要再理他了,今天,我就看着他死,让他死……"

老妈嚎啕大哭,我怔住了。在我的印象里,老妈从来没有哭过,更何况当着这么多人的面。老妈哭着捂着脸跑了出去。

"这孩子，怎么还不听话，看把你妈气得！"外婆唠叨着追出去。

我愣了片刻，指着护士说："你，把药拿来，还有那什么针也尽管打吧！"

医生护士们面面相觑，似乎在怀疑她们的耳朵和眼睛是不是出了问题。

老妈如果能当着众人痛哭，我想，吃下这些不是很苦的药，我应该没有问题。在我的印象里，老妈从来没有当着这么多人的面哭过，甚至在家里她也从来不哭。

我开始配合医生治疗，只是老妈的哭声让我变得更加沉默寡言了。

我承认，住院之前我没有认真地干过一件事情，哪怕仔细地系衣服的扣子。为了把自己装扮成一个十足的小混混派头，衣服上的扣子一直都是形同虚设。现在我终于明白人世间的确存在着"报应"这个东西。你以什么样的姿态对待生活，生活也会以同样的方式对待你。体内太多的酒精在麻醉大脑的同时，也顺便把我的心脏麻醉了，不然我的心怎么可能一不高兴就不老实跳了呢？

住院期间，那帮狐朋狗友没有一个来看我，他们肯定都知道我住院的事，可是他们像蒸发了一样，一个个突然消失了。只有棋子在一天下午，悄悄地推开了病房门，贼头贼脑地小声说："马丁，你千万别大声，不然你老妈就把我哄出去了！"

棋子趁我老妈回家的空当，才溜进来，见到我。我这才知道，老妈每天凶巴巴地守在门口，把前来探视我的哥们儿一个个都打发走了，棋子是最执着的一个。

"你不知道，你妈瞪人的样子真是可怕。她一看见黄头发，或者戴耳环的哥们儿来找你，就一个一个哄走，说以后谁敢来打扰马丁，就和谁拼命或者报警，马丁，你到底得的什么病啊，能把你妈吓成这样……"

这时我发现，棋子的一头红发不见了。

棋子摸着短发，嘿嘿地笑着说："没有办法，哥们儿想见你呀！"

我笑了笑骂道："你真是猪头啊，对了，你那老爹的情人怎么样了？"

"嗨！上次为酒瓶的事情，老爹还差点没打死我。我叫着他的名字说，如果狐狸精现在比你儿子还重要的话，我现在就去派出所自首，没想到这招可真灵，那狐狸精也不知道最近藏到哪去了。我硬是没找见，不过老爹不敢背着我打我妈了！"

"小子，我知道你最近正在找'狐狸精'……"

"别说话，你妈来了，她怎么这么快就来了，我怎么办啊！出去来不及了！"棋子从窗户里看见老妈正要上楼，他居然吓得不知所措。

我也紧张了，忙指了指床下，棋子想也没想就钻了进去。

老妈提着饭进来的时候，我若无其事地翻着一本漫画书。耳朵却竖得老高，生怕棋子有点响动，惊动了我那精明的老妈。好在老妈正嘱咐我吃饭的时候，电话突然响了。我心里窃喜，我想棋子也一定在床下喊"天助我也！"果然老妈接完电话说有急事要出去。

棋子爬出床来，和我共享了一顿美餐。那天，棋子为了感谢我，临走前从口袋里摸出了一个盒子，说送给我的，我打开一看，是个翡翠观音。

"小子，你哪来的这个？"

"你别忘了，我老爹有的是钱，以后见你的面也困难，这是我专门给你买的，你就戴着它吧，希望它能保佑你早点好，我可不喜欢你整天躺在病床上！……"

我大笑，在棋子面前我是从不说谢谢的，随即，戴上了观音。棋子走后的第二天，我就出院了，不过我心脏到底出了什么状况，我一直也没有弄清楚。但我从没有因为心脏出了毛病，而想到过死。

现在，我在家里很充实也很悠闲。每天，我要按时吃药，定期还要去医院做检查。不过，我一直不知道我的心脏目前的状况，老妈和医生总是像没事一样，让我放轻松。凭感觉，我知道他们正联合起来，隐瞒着一个真相。

　　七十六岁高龄的外婆搬来和我们同住。这个小脚老太太都快八十岁了，还是那么精神抖擞，每天一大早起来还要去广场锻炼，做饭时还要哼几句"好一朵美丽的茉莉花……"。外婆是这个世界唯一爱我的人，也是我最爱的人。对她，我是不设防的，小时候我考试成绩不好，老妈总打我，外婆总会用她瘦小的身体保护我。在家养病的这些日子，实在无聊，我会同外婆聊聊天，她会把那些陈年旧事不厌其烦地一遍又一遍地讲给我听。外婆曾经是江南大户人家的小姐，身上的贵族气息很浓厚，年轻时也是个水灵灵的大美女，现在脸上虽然长了老年斑，可依稀还是可以看出点当年的影子。我想象不出昔日的外婆何等漂亮，不过这一点老妈可以证明，或者我那英俊的舅舅可以证明，当然我也可以证明一点儿。

　　外婆经常拿出一张发黄的老照片，戴上老花镜，用手摸了又摸，看了又看，然后叹口气，感叹着："光阴似箭啊，那个时候我还是个黄花闺女，你看这是我大哥，这是二哥，这是我父亲，也就是你的太爷爷……"

　　我经常会顺着外婆的手指看下去，相片是民国时期拍的，背景是有点模糊了，外婆说是在他祖父的堂屋前拍的，相片上的外婆梳着两个小辫，有点拘束地夹在她的大哥和二哥之间，外婆说那时她刚放开了缠了的脚，心里很高兴，但是她的脚已经变形了，再也长不大了。外婆说要不是她那个出国的舅舅回来说服她母亲，说不定她那封建的母亲早就把她嫁出去当了童养媳。

　　外婆每次说到她缠脚的事，都有点忧伤，她的记忆是从缠脚那天开始的，尽管那是件很遥远的事了，但每次说起她都有种恍若隔世的感觉。

　　看来，缠脚的那天是外婆记忆里最疼痛最悲伤的一天。只要看见那张相片，外婆就会给我讲缠脚的事。对缠脚这件事我是非常陌生的，可我还是对外婆充满了同情，也会耐心地听她讲，常常我会听着外婆的故事沉沉睡去……

我经常感觉疲乏，感到很累。

我真的病了。

这个病同时也让我告别了红头发和白酒瓶。

出院后，棋子一直没来找过我，他像蒸发了一样。我打过几次电话，但都有个陌生的女人告诉我，"对不起，您拨打的电话已停机……"有时候我会在心里大骂棋子的忘恩负义，他怎么连换手机号码也不和我说，这小子可真是个猪头……

我的生活圈子一下子变得特别特别小。除了外婆每天主动找我聊天，我几乎没有心思主动张口说话。以前实在无聊，我会嚼个口香糖，让嘴角夸张地抽动。现在我的嘴巴也沾了心脏的光，得到了前所未有的休息。

一个秋雨绵绵的晚上，我做了一个梦。睡梦里，我梦见了老妈，一直在别人面前叫她老妈，其实老妈并不老，也不是丑八怪，她是一家公关公司的经理，气质优雅，她对自己所拥有的一切都很满意，除了婚姻和儿子。那晚我梦见，老妈和我在公园里放风筝，她牵着我的手，奔跑着，她穿着席地的长裙，笑得很灿烂，蓝蓝的天空上，风筝逍遥地飞着，我追随着风筝，大声喊着"妈妈快点……"

我醒了，感到呼吸有一点急促，现在身体脆弱到禁不起做个美梦。外面还在下雨，我吃了一片药，打开房间，看见老妈独自一人站在阳台上，她又在抽烟。

最近她对我关怀备至，而且很久没有骂过我了。她不骂，我倒觉得不自在，她对我越好，我越不敢正视她的眼睛，我知道，这个世界上，我最对不起的人就是老妈了。

我是很少叫妈的，也好多年没有叫过爸了。我对赐予我生命的这两个人充满了恨意。他们两个因为爱情而结婚，婚后幸福了五年，父亲背叛了我妈，我六岁时，他们离婚了。老妈想尽各种办法争取到我的抚养权，从此我失去了叫爸爸的权利，老妈不让我见那个人，因为这个，我也很少叫她"妈妈"。

其实我不是完全失去了叫爸爸的权利，是我自动放弃了叫爸爸的权利。七岁那年我放学没有回家，而是直接去了爸爸家。不知道为什么那天特别想见他，可当我兴冲冲地推开门，看到的是父亲和一个年轻女人亲密地坐在沙发上。我顺手拿起门口的一个瓶子朝那女人砸去，那以后我再也没有叫过一次爸爸。那个人实在不能忍受亲生儿子对他敌视的目光，半年后他出国了，在国外他每月按时给我寄生活费，可我从没动过他的一分钱。

我从没问过老妈和那个人之间到底发生过什么事情，但我觉得爱情是最靠不住的东西。我一直希望自己是外婆生的孩子。那样就会和老妈没有母子关系，她也不会天天唠唠叨叨地教训我，打我。因为我太不争气，常惹得老妈生气，她脸上的皱纹与岁月无关，与我却息息相关。

老妈抽烟一般是心情不好的时候，小时候一看见她皱着眉头，吐着烟圈，我就会吓得紧紧抓住外婆的衣服，腿会不听话地发抖。此刻看着香烟在老妈的手上燃成灰烬，蓝色的烟雾在她的身旁缭绕，她的神情变幻莫测。她一动不动地听着窗外的雨声，我很想上前打个招呼，甚至想告诉她，我刚刚梦见了她。

老妈听见响动转过头来，我发现她居然在哭，她的眼里全是泪水，我呆住了。我知道自从我生病，她哭了很多次了，可是她从来不会当着我的面哭的。过去我认为，抽烟的女人是不哭的，至少是不会当着别人的面哭，尤其老妈更不可能哭。

老妈看着我，我也看着她，客厅里没有丝毫的响声，外面的雨比刚才大了，噼里啪啦地敲着玻璃也敲着我的心。这样注视着老妈，我并不觉得有什么尴尬。

突然我很想喊一声"妈妈",哪怕只有我一个人能听见。

"上卫生间吗?"老妈匆忙熄了烟问我。

我低下头"哦"了一声。

晚上我再也睡不着了……

第二天中午,棋子居然打电话找我,说他就在我家附近,我说了:"小子,你终于出现了!"然后就出了门。

外婆在睡午觉我没有叫醒她。我走下楼,穿过两条马路,便看见棋子站在马路对面的树阴里。一副歪歪扭扭的样子,那也是陪伴过他多年的动作。我笑着喊了一声。这时,我才发觉天气非常热。棋子见我并不是特别兴奋,僵硬地拍了拍我,怎么搞得,得了点儿病,走得比蚂蚁还慢!

我说,不就是你多等了几分钟吗,怎么连这点耐心也没有。

棋子掏出两根烟,递我一根,我接过烟,但没有点火。这时棋子才笑了,哥们儿忘记你连抽烟的娱乐也取消了。

棋子说着又把我手里的烟装回口袋。

广州的热是人无法忍受的,虽然进入了秋季,可整条大街还是就像刚烧开水的锅炉一样。天实在很热,棋子敞着短T恤,我说,还是去喝点冷饮吧!

棋子说,好吧,附近就有几家。

大街上嘈杂一片。川流不息的人,无所事事的人,还有光大腿的女人和露肚皮的男人让我窒息,要不是棋子召唤,我是不会在这种鸟天气出门的。

我知道棋子今天有事,可我不知道是什么事。棋子虽然经常跟着我打架酗酒,其实有时候他很懦弱也很胆小。我们走进街道旁的一家冷饮店,一个神情恍惚的小姑娘强装着微笑,问我们喝点什么,显然她是受不了这样的天气,也可能累了。棋子要了瓶啤酒,而我只能喝冰镇的矿泉水。

冷饮店聚集了很多人，我们必须提高一点声音。

我说："小子，这些日子怎么过的，找到工作了？"

棋子说："这些日子真他妈的惨不忍睹，我被老爹给赶出家门了！"

"怎么，他知道了？"

棋子看着我，半天没有说话，他说，我现在被赶出家是小事，我就是担心我妈受不了。

我皱了皱眉头，我说，是狐狸精说的吗？

"不是，我也不知道他是怎么知道的，反正狐狸精突然不辞而别，我老爹他简直就是个暴君，他说我没有权力干涉他的私生活！我说，除非你不是我爹。"

我问："那你现在住在哪？"

一听问他在哪住，棋子笑了起来，他说他最近找了女朋友。原来，他老爹一气之下把棋子赶出了家门，当时棋子身上只有六百元，本来打算投奔我，可又怕我老妈。在街上溜达的时候，棋子发现出租房屋启事，看了房子就住了进去，遇见了他现在的女朋友罗兰，棋子叫她紫罗兰。当时紫罗兰就住在他的隔壁，两个人一见如故，认识第二天就一起合租了一套两室一厅，一周后便住在一起，过起了小日子。

紫罗兰是一个乐队的吉他手，当时棋子没钱付房租，钱都是她掏的。棋子说他现在在紫罗兰上班的酒吧里当服务生。

我大笑说："你可真有福气啊，刚被赶出家门，居然找了个'老婆'。"

棋子笑着说："我今天找你有事。"

我说："你他妈的是不是缺钱了，怎么不早说，我出门时给你多带点！"

棋子说："不是，我……我最近有件大事要做，想和你商量商量。"

我说："你别他妈的吞吞吐吐了，说吧，只要哥们儿能帮你，就一定帮。"

棋子举起杯子说:"不过这事情你要替我保密。"

我们碰了一下杯子,喝干了各自的杯子。

棋子说:"我想教训教训老爹,不过我现在根本进不了他的公司,他现在见不得我,我也见不得他……"

棋子说了前半句,我就知道他后面的内容,多少年的哥们儿了。

我说:"你是想让我想办法把他约出来,或者弄清他的行踪。"

棋子点头。

我有点发愣,棋子的眼神有点恍惚,他一定是想起什么了,很小的时候我心里也有过教训父亲的想法,尤其老妈发脾气的时候,我就恨我父亲,所以我现在完全理解棋子。

我说:"兄弟,既然现在有了紫罗兰,也有了工作,你就好好过日子,然后如果可能结婚的话,就把你妈接出来,说不定你老爹哪天良心发现会重新对你们好的。"

棋子咬咬牙:"事情不是你说的那么简单,我他妈的被赶出门的那天,老爹打断了我妈的两根肋骨,我当时就想杀了他,可是他身边有保安。"

棋子的眼睛有点红,他说他老爹自从狐狸精走后基本上不回家,他好几次去找他,都碰见他喝得醉醺醺地抱着别的女人,每次回家也要大骂他妈妈。他彻底变了,变得让他害怕。

我说:"我可以帮你,可是你必须答应我不冲动,冷静点,你们好好谈谈,毕竟你们是父子。"

棋子说:"什么鸟父子,我现在恨不得和他断绝父子关系,我恨透他了,那就拜托你了。"

我说你放心吧,会搞定的。

这时紫罗兰打电话了,棋子接完电话匆匆走了,他说老板找他有事,走了两步我才想起还不知道他的电话号码。棋子以最快的速度告诉了我号码,然后飞快地消失在茫茫人海中。我一个人坐在那里,感觉身体渗着冰冷的寒意。棋子这次是铁了心要和他老爹干一场。

第二天一直下雨,中午时分雨停了,我正打算出门透透气,棋子打来电话说让我在那天喝冷饮的地方等他,从棋子的语气里听不出任何异常,感觉他正经多了。我吃了几个白色的蓝色的还有红色的药片,给厨房里的外婆打了声招呼,就匆匆下楼,照旧穿过两条马路,雨后的阳光让人松了口气,人们穿着很少的衣服,脸上没有了大日头照着时的烦躁和郁闷。

推开冷饮店,今天小店里空荡荡的,我有种预感,我的朋友棋子正在发生着微妙的变化。

自从我生病,我的那帮狐朋狗友不知道去哪里鬼混了,只有棋子还和我保持着联系。我坐在很显眼的位置等待棋子,大约十分钟他推开门进来,阳光的影子似乎还留在他的身上。

"实在对不起,中午本来想让你休息的,可是事情有点急!"棋子匆匆坐在我的对面,他的额头还渗着小汗滴,他肯定是跑着过来的。

"得了,废话少说,讲正事吧。"我说。其实我还没有来得及吃饭就接到他的电话。

"是这样,我听说老爹明天有个招标会,你想办法把这个交给他。"说着棋子从口袋里掏出一个信封。

服务员站在我们身后,我说:"小子,喝点什么,咱们可不能白坐人家的凳子。"

棋子要了杯啤酒,我要杯橙汁。

服务员端上饮料我才小声问棋子:"这是什么?"

"一封信!"

"谁写的?"

"狐狸精!"

"狐狸精?"

是以狐狸精的名义写的,其实是紫罗兰写的,棋子说着得意得嘿嘿笑了起来，我也笑了，真是久违的笑容。

我说："你想干什么？"

"你别管，你只要把他给我叫出来！你知不知道，我妈到现在还住在医院！"

棋子的话让我非常不安继而是担心。他的眼睛告诉我他迫切地想要给他妈出口气。

我说："这几天你就一直在打听这个，紫罗兰也支持你？"

棋子说："对，这是目前我唯一想做的，紫罗兰她是很有侠义心肠的人，这消息还是她帮我打听的。"

我说："难道没有其他的办法吗，一定要和你老爹反目？"

"没有别的办法，何况我们早就反目了，你知道吗，紫罗兰她爸妈离婚付出了什么代价吗？"

我不由的问："什么代价？"我明白紫罗兰和我们是同一类人，不然她怎么可能做棋子的女友。

"紫罗兰已经离家出走四年了，他父母在她出走后全部的心思放在了找女儿上，她妈妈差点疯了，结果是到现在他们都没有离婚。"棋子说。

我问："那现在呢，她回去了吗？"

"找是找到了，可是紫罗兰却不想回家，高考前夕她出走了，该错过的都错过了，她没有回去，她以前学习特别好！"

我说："我们先不说她，那你想怎么办？"

我急于想知道棋子会把他老爹怎么样，我可不想把他帮进监狱，甚至让他后悔终身。棋子却是闭口不答，只说就求我这一件事，别的事情让我就别问了。

这时外婆打电话喊我吃午饭，我们出了冷饮店，阳光投在棋子的身上，他是那样的固执和无畏。我知道这个忙我必须得帮，因为我不帮他也会去找别人帮的。

- 195 -

第二天早上,我很顺利地把那封信让会场的工作人员交给了棋子老爹。本来想在角落里想观察他看完信的表情,可是他却把信装在了公文包里,我有点失望地打电话告诉棋子。

棋子说信送到就可以了。

因为我心脏的毛病,我的生活也发生了很大的变化。或者说,心脏病使我过上了"五好青年"的生活。不过有时候我还是不小心会回到原来的那个我。比如,过人行横道时,我会像走公园里的林阴小道一样,两手叉到裤兜里,吹着口哨,慢慢悠悠若无其事地走过去。直到汽车喇叭乱叫的时候,才意识到我又犯错了。要是过去,才不管喇叭什么的,我会叼着烟,斜眼看着那些司机说,我走我的你按你的,有本事压过来啊,谁怕谁啊,司机们都会骂我疯子,避开我走!

还有,现在吃饭有时候一着急,我会狼吞虎咽,外婆会笑着提醒,"看看,又急了不是!"

人的有些习惯是可以慢慢改的,如果危及到生命,那就更要改。

一个周末过后,棋子打电话来,问我下午有没有时间,说让我陪他去一个地方,好几天他都没有给我打电话了,我一直为他悬着的心,今天听见他安然无恙,总算是放了下来。

下午,我找了个借口出门,棋子还是在老地方等我。不同的是今天他没有喋喋不休地给我说他最近的生活,他显得很沉默,只是让我跟着他,我们的步子都很快,棋子由于走得太快,我和他之间相差好几米。

棋子的步子坚决,他几乎没有回头看跟在他身后的我,我们穿过了一条街道,拐了个弯,又穿过了两个街道,在一个叫"安详的港湾"的咖啡店门口停下来,棋子说,到了。

棋子说,你在后面给了我不少勇气和力量,其实你知道,我是很胆小的。

说完这句话,棋子低下头说,如果,哥们儿万一出了什么事情,你抽空去看看我妈,她快出院了。

说完这些，他让我走，本来我是不想走的，棋子说你放心吧！我看他坚定的样子，也就只好出来了。不过出来后，我没有离开。

我看着棋子走进去后，总觉得心里不踏实，又跟了进去。酒吧里的确非常安静，没有几个人，午后的阳光在迎街的玻璃窗上漫溢进来，酒吧老板模样的人没事，正翻着一张报纸，他脚边趴着一只胖胖的斑点狗正在睡觉，只耳朵偶尔动一下，我用目光仔细寻找棋子，却只看到一个年轻女人正坐着埋头读书，像是本旧版的《张爱玲作品集》。

在酒吧墙角的地方，有一对男女不断制造着响声，像是在争吵什么。

我以为自己搞错了地方，明明看见棋子从这里进来的，现在却没有他的影子。正打算问酒吧老板的时候，棋子出现了，他走到我跟前，有点不耐烦地说："你怎么进来了，你先走吧，我等个人，晚上我给你打电话。"

棋子没有任何表情，我没有辩解，拍了拍他的肩，平静地退了出来，带上了酒吧的门。

心里暗自为棋子祈祷，因为凭直觉，我闻到了危险的气息。回来的路上，我看见了那辆棋子过去一直为之自豪的宝马车，那是他老爹的车。

棋子终于约出了他老爹，我在原地傻站了一会儿，不知道该不该重新回去。一阵风吹散了街上乱糟糟的汽车鸣笛声和男人女人的尖叫吵闹声，歪歪扭扭的树也端正起来。我转身回头，又朝那个"安详的港湾"走去。

没有推门进去，就看见棋子老爹正指手画脚地教训儿子。棋子安静地站着，他的脸色苍白，突然棋子一把揪住了他老爹，我站在门口傻了，不过他的手很快自动松开，他被摔到在旁边的座位上，也可能是他自己瘫坐在身边的位子上。看样子棋子是在矛盾，不过敢肯定的是他根本没有用力揪他老爹，他老爹好像在颤抖。

以我对棋子的了解，我预感事情可能有点严重，正犹豫是进去还是不进去，这时棋子老爹也坐了下来，我松了口气。不管棋子是手足无措还是胸有成竹，我想我进去总还是个多余的人，只要他们坐下来，任何事都可以解决，他们终归还是父子。

我离开的时候大街上和刚才一样，声音和路人的表情几乎都没有变，没有人知道这里有一对父子正在紧张地谈判。

晚上我一直在等棋子的电话，可是一直没有等到，我给他打，电话也关机，我想他可能忘了要给我打电话的事了。

接下来的日子，我照样每天吃药，定期去医院检查。没有人喜欢去医院，我也一样，我越来越害怕进医院，每次到医院，我的内心就有些恐惧，害怕见到那些面色枯槁的人，他们病歪歪地走在医院的过道里透气，我经常躲着他们。还害怕听见医院里那些患了绝症的病人痛苦的呻吟，那叫声对我而言是一种致命的刺激。我真怕自己有一天也像那些得了绝症的人一样哭喊着要止痛药，无望地等待死亡。

晚上我静下心来看了会儿书，在家里我现在也是极少说话，外婆一如既往地爱我疼我，只是她经常会小心翼翼地观察我，她是被我的病也吓着了。快十点的时候，我无意间从书房的纱窗望出去，看到了老妈又一个人站在阳台上，我一直看着她，看她一两个小时地沉浸在我无法捉摸的深思之中；看她指间的烟灰一点一点的剥落。一种酸楚慢慢渗上心头，哽在喉咙里。

三天后的一个傍晚，我正打算出去散步，我很意外地接到了一个女孩子打来的电话。她叫辛月儿，她是我和棋子大学里经常一起混的朋友，几年前，她去了国外，这次回来想见我一面。

我不知道我是见她还是不见她。这二十二年来，喜欢过我的女孩其实很多，可是真正爱过我的姑娘只有一个，就是她，她和棋子一样都是我大学时的同班同学。辛月儿疯狂地追求了我两年，为了让我能喜欢她，她学会了抽烟喝酒还有泡吧，甚至穿低胸的裙子。可我却从没有关心过她一次，甚至没有认真地看过一次她为了能取悦于我而精心修饰过的那张脸。在一次喝酒的时候，辛月儿劝我少喝点，我当时很愤怒，又觉得她的唠叨简直让人烦透了，就顺手用酒瓶在她额头上留了个永久的痕迹。

辛月儿照顾了我两年的生活，因为我老换女朋友却从没有喜欢过她，甚至连临时的女友也没让她当过一次，她伤透了心，大学读了两年就自费去了法国留学。

最让我觉得自己该死的事情是，她走的那天我喝醉了，没有赶上送她。也许我真的对不起她。

这么多年我没有遇见过一个可以用心去爱的女孩。因为没有爱情这个东西，所以我好像从来都对女人不"感冒"，唯一感兴趣的只有喝酒。

最后我还是决定去见见辛月儿，怎么说呢，我的心情是有些复杂，如果我没有得心脏病，我想我肯定不会见她。可是病了以后，我发现我有了很大的变化。

我和辛月儿是在附近一家茶楼里见的面。

辛月儿比我先到，我很容易地认出了穿着白色风衣的辛月儿，第一眼就看出了她的变化，她长发披肩，气质高雅，没有走近她，就感觉到她眼里的深度，她真的变了，学习也许可以让任何人都高贵起来。我有点不相信面前的辛月儿就是那个和我曾经一起染着黄头发，天天喝酒抽烟泡酒吧的不学无术的疯丫头。

"嗨，在这边！"辛月儿见我站着不动，她站起来招手。

听见她说话，她的声音没有变，我确定面前的这个人就是辛月儿，就是那个深深爱过我的女孩。

辛月儿给我沏了一杯铁观音，她还记得我爱喝的茶。

良久我们都没有说一句话，茶楼里弥漫着轻扬的古筝曲调。正是暖暖的又有些冷意的秋天，窗外诗情画意般的夕阳让我不知道怎么张口问候面前这个我有愧于她的姑娘。

我看着窗外，辛月儿看着我，我能感到她的惊讶。我告别了过去的醉生梦死，现在看起来精神又气派，全然没有了当年小混混的影子，估计她也很不习惯吧！

"这么多年不见真的有种物是人非的感觉，这么多年你还好吗？"辛月儿的眼里是满满的微笑。

"真的抱歉，那一年你走的时候我没有赶上去送你！我到机场时飞机已经起飞了！"我说出了最想说的话。

"如果知道你还跑到机场去送过我，说不定我会后悔出国！"辛月儿有点自嘲地叹了口气。

我愣了一下，心想幸亏她不知道。

"我们有六年没有见了吧？你真的变了？"辛月儿抬头看我。

我看见了她额头上被我用酒瓶留下的那个永久疤痕，如果不是那个疤辛月儿会更漂亮，她本来就长得不赖。

我喝了口茶说："你是不是以为我还在混社会当酒鬼？要不是我的身体出问题，估计我还在混日子呢！现在我也说不上自己哪一天会突然晕倒再也醒不来，我的心脏现在很不老实，所以，我改做良民了，过去因为我，你也跟着混了几天日子。今天看见你过的挺好，真的为你高兴！"

"我相信你一定会好起来的！"辛月儿眼里含着泪。她原来已经知道了我生病的事。

我感到自己的头有点晕，可能是看见辛月儿激动了，闭着眼睛平静了片刻。

"怎么了？马丁，你是不是哪里不舒服！"

我摇摇头："辛月儿，你，你恨我吗？"

辛月儿苦笑了一下："如果说不恨那怎么可能，你毕竟是我的初恋，出国的那天，我本来发誓这辈子再也不见你这个冷血的家伙，可是在国外听朋友说你病了，我们都很担心你！也许爱了才会无怨无悔，如果没有你，也不会有我的今天！"

"辛月儿,谢谢你的过去,谢谢你的现在,过去你经常叫我浑球,我的确是个不折不扣的浑球,我向你道歉,希望你能原谅!"说完这些话心里舒服多了!

"你还记得那个棋子吗?"我笑着问。

辛月儿点点头说回国后,她给棋子打过电话,接下来她说的话让我万分震惊。

她说棋子他出事了,三天前他在一家酒吧里差点杀死了他父亲,现在被抓起来了,我是在电视上看到的,报纸上也报道了这件事,难道你还不知道?

窗外的灯光颤抖了几下,我的眼前恍惚了起来,辛月儿见我呼吸急促,连忙从我口袋里掏出药,放到我嘴里,她让我冷静点,说事情已经发生,着急没有用的。

我说,能不能具体点说,辛月儿说,报纸上说棋子是用尖刀刺的他父亲,不过没有刺到心脏。据说当时在场的人都呆了,是棋子自己打电话报的案,然后等警察来,他当时很平静。他父亲被人抬出酒吧时,棋子也没有看一眼,看样子他恨透了他父亲。

他老爹怎么样了,我最关心的是他如果死了,那棋子这辈子就完了。

听说并不是很严重,不过流了很多血,幸好没有刺到心脏,现在还在医院。

半响,我没有说话,茶楼里极其安静,我必须去看看棋子,给他勇气,那天真不该离开,如果我进去,我想事情可能和现在的完全不同,我后悔万分,可是事情已经发生了。

没有喝茶的心思,就把棋子老爹有第三者的事说了,辛月儿说她完全可以理解棋子,只是棋子的做法太极端了,我们约定过几天一起去看棋子。没想到,倒是棋子先来找我们了,大家都很震惊,他和紫罗兰一起来的,见到他,我顾不得和紫罗兰打招呼,一把抓住了棋子,是的,这是真的他,棋子不说话,只是用他的小眼睛盯着我,紫罗兰倒是先哭了起来，我的眼睛里有泪花，棋子的眼泪越来越多，这时辛月儿醒悟过来，她拉我们进了旁边一家餐馆。

还没有到吃饭的时间，餐馆就我们几个客人，辛月儿随便点了几个菜，而我和辛月儿几乎异口同声地问棋子，你是怎么出来的。

是老爹接我出来的，他把我从派出所带了出来，棋子低着头说。

老爹对警察说，那是他儿子的恶作剧，儿子只想吓唬他，是他自己不想活了，他觉得对不住儿子，你们不想想，他唯一的儿子可能害他亲爸爸吗……

老爹当时哭着把我带了出来，他说他那么疼我，没有想到有一天我会想杀他，老爹还说他错了，我没有想到他会向我道歉。棋子不说话捂着脸哭了起来。

我们都没有说话，等他平静。紫罗兰说，棋子到现在还没有吃饭呢，他是在自我惩罚。我也没有想到棋子会真的动手，可能是当时太冲动，何况当时到底发生了什么事，只有棋子知道。

这天晚上回家后，我无意中听到我老妈和在国外的我的那个爹正在通电话。她们好像在说，我要做什么心脏搭桥手术，不做会死，做了也不是百分百的把握。老妈是哭着说的，她还压低着嗓子，而我则一直保持这一个动作，听完了这些话。

听了这些，我一夜没说。我第一次思考起了死亡这两个字。

第二天我起得特别早，准确的说我其实一直没有睡，我的心情变得很坏，烦躁和痛苦占据了我的大脑。夜里，我将被子掀掉又盖上，掀掉又盖上，我既担心自己感冒，又希望自己感冒，这样可能会快一点结束自己，家里人也不会再这么痛苦。

我去街上溜达，看着来来往往的汽车，甚至有一头撞上去的冲动。当我在一条街道的拐角处，看到一个乞讨者时，我不想死了。那老人站在街口乞求，神情极为壮烈，他没有跪在地上，而是站在那里，脸上没有任何表情，他面前的碗里似乎没有一点钱的影子。

也许是无数的骗子乞讨者假装的可怜和脆弱，践踏了人们原本的善良，过路的人很少有人停下来看他身旁那张白纸上密密麻麻的字，看那原本可以让所有人心生同情怜悯的故事。

我站在远处，望着那个老人，他的头在那么多陌生人面前始终没有低下。

我问旁边卖冷饮的小姑娘他在这站了几天了。

那小姑娘叹口气说，有些日子了，他经常下午来，一直待到晚上，前天有几个好心人给了他不少钱，结果被一帮流氓给抢了，他在那里蹲着大声哭，我是亲眼看见的，听说他儿子得了心脏病，要做手术，家里为了治病已经倾家荡产。我让小姑娘把我身上所有的钱，放在了那位父亲面前的小瓷碗里，那位老人的眼里含着泪，似乎要给她鞠躬，我悄悄走开。穷人是不能生病的，我一直在想老人的样子，是该同情他的遭遇，还是该庆幸，自己的父母有钱。

第二天做完检查，主治医生要我留下，要和我聊聊。

医生说，他们准备给我做一个搭桥手术。他说任何手术是有风险的！说你现在要配合我们的治疗，每天按时吃药，最近千万不能激动，让心情保持愉快，这是你该做的事情！

听了医生的话，我半晌无语，他说我的手术他们最迟定到下个月，这是我父母的意思。出了医院，我又去了另一家医院，找到一位专家，向他咨询心脏搭桥的有关情况。那个专家给我耐心地讲了有关手术的很多情况，我只记住了："心脏搭桥手术风险比别的手术要大，期间会出现出血、感染等情况也可导致手术失败……"

坐在公共汽车靠车窗的位子上，看着窗外的人流和车流，我的大脑空空的。窗外的行人个个面无表情，面对这种表情，只能让绝望的人更绝望，伤心的人更伤心。所有的人都是一种表情，一种模式，这个世界到底怎么了，这么多的人，在人群中怎么都变得如此麻木？也许是生活把他们束缚成了这个样子，人都找不到自己了。下了公共汽车出来，我直接回家,现在我特别喜欢走那条回家的路,离开一会儿,我就会打电话给外婆,告诉她我在哪里。

我没有告诉我的朋友我要做手术的事,我想等我活着走出医院的时候,再告诉他们,我想他们到时候一定会张大嘴巴,不知道说什么了,尤其棋子,他肯定会摸着他的脑袋,喊我几声猪头的。

离手术还有一周的那个清晨,我常年在国外生活的那个爹回来了。

那是个傍晚,我从公园散步回来,发现客厅里多了一个陌生的中年男人,没有看到那人的脸,只看到一个宽厚的背影,像平常一样径直朝我的房间走去,我是从来不和老妈的朋友打招呼的。

这时老妈从厨房突然跑出来,喊住了我:"孩子,你先别回房间,家里来客人了!"

我应了一声,无意间扫了一眼坐在沙发上的那个人,那个人也正抬头看我,四目相对,我愣在了那里。

中年男人微笑着站起来:"孩子,你回来了,本来要去找你,怕在路上错过,你,你长大了……"

我站在那里,看着面前这个人,看着他在我面前拘束的表情和动作,他老了,十五年没有见,我还是没有忘记他,他的样子从没有在我脑子里消失过。

那个人喊着我的名字说:"孩子,来这边坐,你真的长大了……"

我没有动,心开始抽搐,泪不争气地流了下来。

我瞪大眼睛想去自己的房间,此刻我的呼吸急促,心跳加快,老妈歇斯底里地大吼道,"快扶住他,他要晕倒了!"

"孩子……孩子……"迷迷糊糊中老妈给我喂了药,药是躺在那个人的怀里吃的。几分钟后我恢复正常,清醒后,我久久不愿睁开眼睛,我感觉到了他们的气息,也听到了老妈低低的啜泣声。

这两个赐予我生命的人,终于在十五年后又重新站在了一起,站在他们儿子身边,就像我小时候有一次发烧,他们一直守在我的床边一夜没睡等我退烧一样。

十五年了，他们又这样站在我身边等我醒来。过了半响，我睁开眼睛，看见了那个中年男人含泪的目光和他微微颤抖的双手，老妈和他并肩站在床边，她又是泪流满面。老妈哭泣的声音让我撕心裂肺，我始终没有和那个我思念了十五年的所谓父亲说一句话，只是看着他，我的目光里应该是有怨恨，还有永远不可原谅的委屈。

"孩子，你感觉怎么样，要不我们去医院……"那个人俯身低头有点讨好我似的问。

我又深深地看了一眼那个人，从他的目光里我仿佛看到了愧疚和疼爱，我闭上眼睛说，你们都出去吧，我想一个人呆一会儿，我没事。

是的，我原谅了我的父亲。就在看到他的那一瞬间，我知道，我不再恨他。

医院定下做手术的日子后，我做了几件事，第一件事情是去理发店认认真真地理了一次发，生病以来我已经习惯了短短的头发，过去像甘柴一样的黄头发盖着我的头和脸，根本无法看清这个世界，何况留那样的发型除了让别人很容易地看出我的颓废还有我是混混，没有别的目的。

人的自我反省是惊天动地的，现在连我自己也怀疑是否真的经历过那样醉生梦死的生活，真有点不可思议，我怎么可能变成那样。我已经爱上了良民的生活，并且现在不是做良民而是已经变成良民了。在理发店，坐在那里，端详着镜子里的自己，看着自己的眼睛里表露的所有内容，很多事情是没有原因的，以前从没有这样安静地享受过理发，听着发型师手里的工具发出的声音，我总是很烦躁，总是催促他们快点快点，其实我压根就没有什么事情。

现在我心里有很多事，可是并不着急，我听着心跳的声音，看着镜子里的自己。理发店里不断有人来，也有人离开，就像我的头发理了又长，长了又理，生活的内容不断重复，可是细节几乎没有一个是重复的。理完发，我真诚地向发型师致谢，并且还说对这个发型很满意，年轻的发型师微笑着和我道别，他建议我冬天留稍长的头发我会更帅气，我说我会考虑的。

第二件事情是我想和父母一起去看一次大海。

那天，去海边，是老妈开着她那辆白色的小宝马，我和父亲坐在后面，车里播放着老妈最爱的二胡独奏曲《良宵》，我一直是看着窗外的，偶尔一回头发现父亲非常专心地注视着开车的老妈，老妈可能也觉察出了什么，她咳了一声，我在心里偷笑，老妈也有不好意思的时候。

我对父亲说："我妈的车开得不错吧！"

"不错，不错，很熟练的！"父亲这时已经收回了目光。

到现在还是喊不出"爸爸"，前几天外婆专门给我做工作，她以为我心里还在恨他，我说我不恨他了，至于为什么到现在喊不出"爸爸"，我也不知道原因，那个词这么多年是我一直排斥的。

对于天天喊爸爸甚至喊得不耐烦的人来说，喊"爸爸"已经是每天发音说话的一部分，可对于一个十五年没有喊过"爸爸"的人而言，那两个字是极难的发音，甚至有些沉重。

汽车继续前行，我继续给父亲介绍着老妈开宝马的故事。老妈是三年前才买的车，车买来不让我开，她也不开，不是她不想开，是她不敢大白天在街上开，最多晚上街上没人的时候才开，我当时经常拿这件事灭老妈的威风，现在想她那个时候是蛮可爱的。

老妈听着大笑起来。

第一次听见老妈在父亲面前放声大笑。我也笑了，我没有想挽回什么，只是觉得他们的冷战也该结束了。

往事就像路旁被风吹落的枯叶一样，尽管有色彩，但是不久便消失在泥土里，慢慢从生命中退出，而新的一年又会生长出新叶，叶子变绿，又枯萎，也会在秋风中融入泥土，过去的都是往事，只有期待新的轮回才最值得回味。

到海边的时候，正是傍晚时分，落日橙红一团，分不清哪儿是天哪儿是海，大海在夕阳里是最动人的，海风轻轻地吹着，老妈的长裙也随风舞动了起来。

大海和西天都是鲜艳的红，我们把车停在了沙滩上，我拉着老妈在沙滩上奔跑，父亲若有所思地望着我们，他的目光跟着我们一起奔跑，我很想拉着他一起奔跑，可是我们已经是被分开的整体了，被永远分开的整体，那是无法弥合的疤痕。

今天他们能陪我到海边我已经知足了。

老妈像个孩子一样，跑累了就卷起裤腿蹲在浅水里拾起贝壳来。

父亲和我坐在沙滩上，他点了一支烟，我说："我以为你戒烟了，也没有见你抽过。"

父亲拍了拍我的肩，他眯着眼睛说，男人怎么能不抽烟呢，你要不要也来一支。

我笑了，我说生病以后我就不抽烟了，过去我天天喝酒抽烟，一年里几乎没有清醒的日子，我让妈妈受累了。

父亲站了起来面朝大海，落日已经血红一片，分不清是海是天。

"孩子，我犯了一生不能饶恕的错，以前觉得人一生犯错是难免的，而我的错毁了一个家，毁了一个女人一生的幸福，也毁了自己的幸福，差点毁了一个孩子，到现在我不能正视你妈的眼睛，我心里有愧，我真的很想补偿你们，也很想让你妈妈狠狠地揍我一顿，这样我的心会好受一点……"

我也没有注意到父亲说这些话的时候老妈就在我们身后，等我发现的时候，老妈忍着泪跑开了，父亲满脸的泪水，他站在那里，一动不动地望着远方的晚霞，就像一尊雕像，他一定感觉到了老妈的存在，虽然他没有转头。

暮色渐起，大海已经朦胧不清，偶尔听见海浪轻拍着岩石的声音，吃过晚餐我们好像都没有离开的意思，海滩温温的，坐在上面让人从脚心到头顶都感到一种被拥抱的感觉，这时来海边散步的人正陆续回家。

我看了看老妈的脸，朦胧而平静，又看了看父亲的脸，也是朦胧而平静，我们谁也没有开口说话。

松软的沙滩，暮霭里即将沉睡的大海，还有凉爽的海风，和父母的呼吸，我开始幻想，幻想着我们都忘记了过去，忘记我的病，一家人坐在从前那个小院里的花园旁，父亲给我讲着《三国演义》里的故事，老妈则织着毛衣，偶尔还插话进来，打断父亲，一家人的笑声在小屋里回荡……

海风吹来，我打了个喷嚏，父母同时站了起来，几乎同时说"我们回家吧，天凉了！"我小时候其实就很崇拜父亲，我常想，如果儿时父亲给我的不是高大的形象，我会不会恨他入骨。

儿时的记忆是永远无法磨灭的，父母离婚前我已经有记忆了，记得有一次父母带我去逛街，因为贪玩我挣开老妈的手，蹲在一个捏泥人的手艺人跟前，等那个艺人捏好一个孙猴子的时候，才发现父母不在我的旁边，街上人特别多，那天应该是正月十五，我的个子很小，我不知道怎样才能找到父亲，我在腿和腿之间钻来钻去，那时候的人都穿黑皮鞋，我仔细盯着一双双移动的脚，找最大的鞋，因为我只知道父亲的脚很大，我被人群碰来转去，还不时被踩到，我终于害怕了，开始大哭起来，当我正绝望的时候，父亲突然不知从哪里冒出来，他一把抱起我，离开了拥挤的人群。

从此父亲在我的脑海里就根深蒂固地成为了英雄。直到父亲不要我和老妈的时候，我才把崇拜变成了痛恨，也不愿意想起往昔的他……

童年里的老妈每次下班，只要一看见我，总是亲着我的脸蛋叫我宝贝，她是从不打我的，老妈打我是从我半夜哭着喊父亲的那个晚上开始的，当所有的一切过去后，保留在记忆深处的全是那最美好的记忆。

从海边回来的第二天，父亲陪我去做检查，这是他第一次陪我去，以前去医院，老妈每次都要求陪我，每次都被我拒绝，我怕她看见我痛苦的样子难过，父亲要求陪我，我答应了，但是我还是让他在外面等着。

在医院，我安静地躺在病床上看液体静静流淌，感觉着时光一点点的流逝，我在想下次躺在这里的时候就该听上帝的判决了，不知道我的体内将换上谁的心脏。

走出病房的时候，父亲正和医生聊天，他手里端着一杯水，见我出来，急忙走过来，把杯子递到我的手上。

"小丁，来喝点水，先休息一下！"

我看着父亲，嘴唇动了动，却没有发出任何声音。

我接过杯子客气地说："让你久等了，输液每次很慢的……"

父亲没有说话，他摸了摸我的头，忽然想起什么似的说："对了，你妈今天也来了，她说外面下雨了，给你带了件衣服，可能我把衣服忘在医生的办公室了，你等一下，我这就去拿。孩子，你每次做检查的时候你妈就坐在这个凳子上等你，是医生刚才告诉我的！……"

我知道自从我生病以来，老妈还有外婆都很小心地讨好我，每次我出门她总是犹犹豫豫地问我去哪里，每次外婆总是嘱咐我早点回来，老妈会说"想吃什么自己买！"每次走了老远，老妈又会追下楼来问，"身上带钱了吗？"

而每次我都笑着："妈，我又不是小孩子……"

无论我什么时候下楼去外面，我总能感觉到老妈在阳台的一个角落里望着我，看着我出了大院的门，走过草坪，拐弯直到穿过马路。

病了这么久虽然我没有任何反常的举动，可老妈的那颗心一直是悬着的，我去医院做检查和输液，其实老妈一直都陪着我，只是她从没有让我发现过。今天父亲说到老妈送外套，经常坐在病房外等我，我这才明白为什么每次做完检查家里总是外婆一个人。原来老妈怕我怀疑总是比我晚很久才回家。

我不知道老妈每次看我平安走出医院，她当时一个人在街上漫无目的地溜达是怎样的寂寞和苦闷。这么久我一直活在自己的世界，从没有想过我每天的表情都会让老妈琢磨和猜测，会让她深深的不安。

穿着老妈送来的外套和父亲离开医院，又是一个秋天的黄昏，雨早已停了，一片带着雨水的树叶落在我的身上，我弯腰拾起叶子，反复地看着，心开始颤抖，我仿佛看见了老妈每次躲躲闪闪地跟在我身后，小心翼翼的样子。

泪水打在了湿漉漉的树叶上，街上车来车往，过马路时我的手被另一只大手紧紧地握住。我转头，父亲看着我说："小丁，要过马路了，过马路一定要小心，千万不能走神！广州的交通其实很混乱的，现在车多，要多加注意……"

"爸爸……"走到马路中央时，我突然喊出了那两个字。

父亲拉着我继续向前走，我猜他可能没有听见，走过马路我再也喊不出那个字了。父亲没有放开我的手，他握得更紧了。

当我听见父亲低声的啜泣声时，才意识到父亲一定听到了我那一声微弱的呼喊。

"爸，你怎么了……"

这时我们恰好过了马路，父亲一下子抱住了我。他重复着："孩子，爸爸对不起你们，对不起你们，你终于肯叫我爸爸了！你终于叫我爸爸了，我高兴得不知道说什么了……"

大街上突然变得很安静。

我的脖子湿湿的，父亲的泪水轻轻渗透到了我心里。

我知道这泪水是喜悦不是悲伤。

原本想可能这辈子也喊不出"爸爸"了，可是，如今，当我根本不知道，自己还有没有时间生他的气的时候，心里的恨就不见了。

第二天，我就住进了医院。每天，在医院里我都从迷失的梦里醒来，是的，我又安然地醒了过来，如果不做手术，很难知道，我在这个世界上还有几个清晨。

整个医院都是静悄悄的,父亲还在熟睡,我躺在被子里安静地看了会儿窗外越来越亮的光线,然后轻手轻脚地穿衣、洗脸。为了以防万一,医生这几天给我用了最好的药,心脏似乎比以前平静多了。

　　站在卫生间的大镜子前,不知道有多久没有在镜子里认真地看过自己了,小时候是极其爱照镜子的,动不动就站在镜子前梳自己的"小寸头",如果要是过年穿上新衣服那就更不得了,一天不知要去镜子前多少回,后来听人说爱照镜子的人都有自恋倾向,还暗自怕自己也是呢,不过自从我决定混社会以后,就很少照镜子,一头乱得像"鸡窝"的黄头发一度成了我的形象标志。

　　我用一条雪白的毛巾仔细地擦了我的额头、眉毛、眼睛、我的鼻子还有耳朵和嘴巴,没有失去水分的脸上,正在滋生着一颗青春痘。我有点奇怪地观察着这颗非同寻常的小痘痘,如今它是对我青春的唯一见证了,这说明,我还有荷尔蒙,我还可以爱,爱一切可以爱的。

　　做手术的这天早晨,我睁开眼睛,迎接我的是一缕美丽的阳光。那是一缕灿烂得有点让人睁不开眼睛的阳光,光柱里纷纷扬扬的尘埃,像大海里游动的无数条小鱼。我眯着眼,我不愿马上睁开眼睛,也不愿闭上眼睛。

　　这是我最后一缕阳光还是我人生的第一缕阳光,我想着这个哲学般的问题,被护士缓缓推进手术室……